Bilionário Mal-Humorado

Misha Bell

♠ Mozaika Publications ♠

Título original: *Billionaire Grump*
Copyright © 2023 Misha Bell
www.mishabell.com/pt/

Tradução: Nany
Preparação de Texto: Vania Nunes

Capa: Najla Qamber Designs
www.qamberdesignsmedia.com

Bell, Misha

Bilionário Mal-Humorado, de Misha Bell. Tradução: Nany. 1ª edição. Rio de Janeiro, BR, 2023.

Publicado por Mozaika Publications, por Mozaika LLC
www.mozaikallc.com

e-ISBN: 978-1-63142-879-1
Print ISBN: 978-1-63142-878-4

Capítulo 1

Lucius

O SAGUÃO ESTÁ cheio de sacos de carne cacofônicos, e estou atrasado.

Reajusto meus fones de ouvido gigantes e aumento o volume até que o som do heavy metal abafe as vozes irritantes.

Sim. Isso é um pouco melhor, embora o que eu realmente precise seja de óculos que use a Realidade Aumentada para filtrar as pessoas. Infelizmente, esse óculos ainda não existe.

Ah, bem. Assim é a vida – ou *sic vita est*, como diriam os romanos.

Fingindo não existir ninguém, passo pela mesa de segurança. Os guardas sabem que não devem verificar minha identidade. Afinal, sou dono da empresa proprietária do prédio.

Quando estou a meio caminho do meu elevador, começo a ter esperança de que vou chegar à reunião.

Graças à minha reputação, todos se afastam e abrem caminho para mim.

Espere. Falei cedo demais.

Um homem está no meu caminho. Um homem cujo nome não me lembro, mas tenho certeza de que é vice-presidente de algo idiota, como marketing.

Ele não percebe como estou atrasado para a reunião da Novus Rome? Todo mundo sabe que é minha maior prioridade no momento e, portanto, é sacrossanto.

O homem não parece ter a menor ideia. Ele claramente não é alto escalão o suficiente na escada corporativa para ser necessário para a reunião. Ou ele *é* alto, mas no outro sentido da palavra.

Incrivelmente, seus lábios estão se movendo.

Tipo, ele está falando comigo.

Eu dou a ele o TONAI, meu olhar patenteado de "tô nem aí".

Seus lábios ainda estão se movendo.

Não é por nada que meu sonho é substituir todos os meus funcionários por robôs. Eu daria um bilhão de dólares para fazer isso, ou alguns anos da minha vida. E talvez até meu pôster do *Gladiador* assinado por Russell Crowe.

Afasto o fone de ouvido direito. — O quê?

— Olá, senhor. Eu só queria dizer que nossa última campanha foi excepcionalmente bem e...

Eu me desligo do resto. Sempre posso saber o que as pessoas estão realmente dizendo e, neste caso, é: *Me promova. Por favor, me promova. Eu sei que não mereço isso, mas, por favor, me promova.*

A ironia é que ele acabou de prejudicar suas chances de promoção com sua grosseria. Isso é, se eu me lembrar do nome dele no final do ano...

Coloco o fone de volta em seu lugar. — Com licença, estou atrasado.

Ignorando suas desculpas gaguejadas, caminho decididamente para o elevador e, desta vez, minha expressão é tal que nenhum outro saco de carne ousa me interromper.

Enquanto ando, meu estômago ronca.

Droga. Eu deveria ter comido alguma coisa.

Meu estômago ronca concordando.

Eu odeio isso e qualquer coisa que me lembre que sou um escravo da biologia. Assim que puder carregar meu cérebro em um corpo de robô, farei isso e nunca mais olharei para trás – mas, por enquanto, espero que haja petiscos na reunião.

Chegando ao meu elevador, verifico o relógio do meu telefone enquanto espero as portas se abrirem.

Estou um minuto atrasado. Esperançoso que Eidith possa resolver as coisas com o cara da imobiliária, seja qual for o nome dele. Na verdade, dado o quanto eu quero esse pedaço de terra em particular, eu realmente deveria tentar lembrar o nome dele.

Abro minha agenda, alcanço o convite para a reunião e repito o sobrenome que parece idiota várias vezes na minha cabeça.

Sim. Decorei. Entro no elevador e aperto o botão superior: LXXXVIII.

Meu telefone toca.

Eu franzo a testa para ele, até que percebo que é Vovó ligando. Aceitando a ligação, aperto o botão de "porta aberta" para garantir que o elevador não feche. Minha avó é a única pessoa cujas ligações eu sempre atendo e não quero perder a recepção e, assim, preocupá-la desnecessariamente.

— Lucius, Chuchuzinho, como você está nesta linda manhã? — Ela pergunta, e posso imaginar seu sorriso com covinhas do outro lado da linha.

— Com fome e atrasado — digo, não fazendo um bom trabalho em evitar outra acusação de soar como o Grinch.

— Eu continuo te dizendo, e você não escuta: você precisa de uma boa mulher para cuidar de você.

Certo. Acrescentarei "encontrar uma boa mulher" à minha lista de tarefas, logo após "fazer um buraco na cabeça".

— Como estão suas costas? — Eu pergunto em vez de dar uma resposta.

Vovó distendeu um músculo ao abrir um pote de geleia de pêssego na outra semana, o que me levou a demitir sua empregada doméstica e substituí-la por um guarda-costas corpulento. Seu trabalho envolve abrir todos os potes futuros na casa de vovó, além de cuidar dela.

— Ah, muito melhor. — Com uma risada, ela

acrescenta: — Acontece que Aleksy era massagista na Polônia.

Tomo um gole da minha garrafa d'água, pensativo, enquanto processo o que acabei de ouvir. O guarda-costas anda tocando na minha avó? Preciso demiti-lo ou aumentar seu salário?

— Espere, você não disse que estava atrasado? — Vovó pergunta.

— Um pouco. Nada de mais.

— Vá — diz ela. — Ligue para mim depois.

— Eu ligo.

Ela desliga e eu aperto o botão de "fechar porta".

As portas se fecham lentamente – muito, muito devagar. Isso é o que você obtém quando opta pela aparência ao invés de eficiência. As portas são no estilo romano, que eu prefiro, mas todos os adornos fazem com que se movam mais devagar do que uma tartaruga que foi mordida por um caramujo radioativo.

Então, quando resta apenas uma pequena abertura, um pé delicado de sandália com esmalte rosa brilhante se encaixa entre as portas.

Um pé quase perfeito – tanto que serve como outro lembrete indesejável da minha biologia.

A pessoa a quem pertence o pé é corajosa. Se essa porta tivesse sido projetada pensando na eficiência, essa manobra teria cortado o pé e o elevador seguiria seu caminho como se nada tivesse acontecido. Infelizmente, o engenheiro que contratei era claramente um vegano abraçador de árvores porque as portas do elevador se abrem tão lentamente quanto se fecham.

Eu olho para o meu relógio novamente.

Cinco minutos atrasado agora.

Merda do caralho.

Volto minha atenção para o pé e me preparo para atacar sua dona.

Capítulo 2

Juno

Entro no prédio e paro meu audiolivro – *Eventos Insignificantes na Vida de um Cacto*. Até agora, o livro é ótimo, mas para minha decepção, é sobre uma garota humana e não um cacto, como o título sugere.

Enquanto observo o saguão, meus olhos se arregalam. O lugar parece moderno por fora, mas é como um museu da Roma Antiga por dentro.

Eu reajusto meu vestido – não que isso vá me ajudar a me misturar. Os ternos que vejo por aqui provavelmente custam mais do que ganho em um ano. Pior ainda, o ar frio arrepia a pele dos meus braços, fazendo-me perceber que minha roupa, um vestido amarelo de verão que comprei na TJMaxx, é um fracasso prático também, pois está fazendo um péssimo trabalho em me proteger da força do ar condicionado. Minhas sandálias também não estão ajudando.

Então, vejo algo próximo que me faz sentir quente... pelo menos por dentro.

É uma parede coberta de vegetação. Há trepadeiras, musgos e samambaias, que são ótimas, mas também há a representação do meu ser vivo favorito em todo o mundo: o cacto.

Incapaz de me conter, vou até a parede, onde me deparo com espinhos adoráveis de uma *Haworthia Retusa*, também conhecida como cacto estrela.

— Olá, pequeno cacto. Você é uma verdadeira estrela, não é? — Eu sussurro suavemente. A maioria das pessoas não entende quando falo com as plantas na frente delas. Na verdade, muitas vezes elas me encaminhariam para um psiquiatra. Eu abaixo minha voz ainda mais. — Você está com sede? Com fome? Frio?

Em casa, conheço meu cacto de estimação El Duderino tão bem que posso imaginar (e dizer em voz alta) qual seria sua resposta se vivêssemos em um universo melhor, onde os *cactuses pudessem* falar. Eu não ousaria responder como essa gostosa, mesmo que nos conhecêssemos melhor, porque isso é algo que ainda menos testemunhas entenderiam. Em vez disso, certifico-me de que ninguém está olhando e enfio o dedo indicador no solo ao lado da linda criatura.

Sim. O solo parece perfeito – não muito úmido. Claro, se eu conseguir esse emprego, trarei meu fiel tensiômetro para ter certeza.

Pelos espinhos de saguaro, quase me esqueci do

trabalho, ou mais especificamente, da entrevista que começará em alguns minutos.

Como pude ser tão desmiolada? Este não é o meu cliente típico de pequenas empresas. Este prédio pertence a uma corporação – o que significa que, se eu conseguir o emprego, finalmente vou ganhar o dinheiro de que preciso para pagar a mensalidade da faculdade.

Com a adrenalina no pico, corro até a mesa de segurança e quase esbarro em um homem usando fones de ouvido enormes.

Droga. Ele nem se preocupa em olhar para quem ele pode atropelar. Então, novamente, se um homem *fosse* me bater, este não seria de todo mal. Ele é alto, tem ombros largos, feições angulosas e taciturnas, nariz romano e olhos inteligentes cor de aço. Ele tem sobrancelhas grossas e espessas, e seu cabelo escuro é cortado em um falso *caesar* espetado que me dá vontade de correr meus dedos por ele. Falando em cabelo, eu me pergunto se a barba por fazer arranharia minha coxa se ele...

Pare aí, Juno.

Entrevista.

A alguns metros de distância, o estranho é parado por alguém de terno. A reação dele não é bonita. Ele quase rosna para o cara.

Que mal-humorado. É isso que vou ter que aturar agora que trabalharei numa empresa? Pelo menos minha entrevista é com uma mulher, então, definitivamente não é *esse* cara. Eu não tenho certeza de quanto tempo eu poderia aturá-lo antes de dar uma resposta. Sem mencionar que sua aparência seria uma distração durante uma entrevista.

Com esforço, desvio meu olhar do estranho irritantemente atraente. Tenho que me concentrar em conseguir o emprego.

Correndo para a mesa de segurança, entrego minha carteira de motorista para o cara lá, explicando que estou aqui para uma entrevista para o cargo de cuidadora de plantas.

O guarda verifica minha identidade e sorri. — Juno, né? Seus pais lhe deram o nome daquele filme?

Se eu ganhasse um cacto para cada vez que alguém falasse essa piada podre, eu faria o Deserto de Mojave suar para ser igual a mim.

Eu sorrio lindamente para ele. — Você quer dizer o filme que saiu em 2007? Se essa é sua maneira de dizer que pareço uma adolescente, vou considerar isso um elogio.

Ele olha para minha identidade e assobia. — Você tem trinta anos? Eu teria imaginado muito mais jovem.

Alguém está seguindo o roteiro. Essa é a segunda coisa mais comum que ouço, graças à minha deficiência de altura e às bochechas cheinhas das quais ainda não me livrei. Se ele me disser que pareço saudável e virginal, vamos acertar o trio do mal. Ou seria a quadra?

Escondendo meus pensamentos por trás de um

sorriso iluminado, eu bato meus cílios para ele. — Obrigada. Você é um doce. — Como anticongelante.

— Sem problemas. — Ele estende o passe de visitante em minha direção, mas então o puxa para longe do meu alcance no último segundo – algo que eu odiaria mesmo que não fosse pela minha altura. — Você não tem nenhuma arma com você, certo?

Balanço a cabeça com veemência e coloco meu sorriso mais inocente. Acontece que eu meio que tenho: na minha bolsa está uma gata chamada Atonic, que é letal – pelo menos nos poucos minutos do dia em que ela não está catatônica.

Sim, eu sei. Estou trazendo um animal vivo para uma entrevista importante. Acho que devo estar segura, pois há 99,999% de chance de que a gata durma o tempo todo. Estou cuidando da gata de Pearl, minha melhor amiga que falhou em me informar que sua filha peluda se transforma em uma fera quando deixada sozinha. Se meu querido El Duderino não fosse um cacto, ela já teria conhecido o saguaro gigante no céu-deserto do paraíso dos cactos. Felizmente, porém, é minha mobília que levou o peso das garras afiadas até agora.

— Excelente. — O guarda finalmente oferece o passe novamente, e é preciso muita força de vontade para pegá-lo com cuidado, em vez de puxá-lo rudemente.

Devo perguntar a ele onde posso encontrar o banheiro?

Não. Ele parece ser do tipo que faria uma piada de mau gosto, e não acho que poderia continuar sendo educada se ele o fizesse. Vou ter que me certificar de localizar um banheiro assim que chegar lá em cima.

Agradecendo ao guarda, vou até a catraca próxima e passo o passe pelo leitor.

Uma luz verde me informa que posso prosseguir. Eu atravesso, apenas para perceber que esqueci de perguntar ao guarda qual elevador pegar para chegar ao quadragésimo oitavo andar.

Com medo, examino meus arredores. Graças à minha dislexia, tarefas simples como essa são estressantes. Os números são particularmente difíceis de ler para mim. Se vejo um número de telefone sem o código de área entre parênteses e um travessão após os três primeiros dígitos, meu cérebro quer derreter.

Ufa.

Existem apenas dois pares de elevadores e posso analisar facilmente os números que explicam para onde ir. Eu acho. Tenho quase certeza de que o da esquerda vai do primeiro ao vigésimo nono andar, enquanto o outro serve o resto do prédio, incluindo o andar quarenta e oito.

Enquanto me dirijo para lá, vejo o elevador mais próximo se fechando. Então outro. E mais um.

Aff. Claro que todos partiram sem mim. A probabilidade de as coisas darem errado deve ser diretamente proporcional ao quanto eu quero obter meu diploma e, portanto, este emprego.

Espera. Vejo as portas do elevador mais distante apenas começando a fechar.

Esta é a minha chance.

Eu corro com todas as minhas forças e chego bem a tempo de enfiar o pé para impedir que as portas se fechem completamente.

Hum.

Estas portas parecem diferentes das outras. Esquisito. O importante é que elas realmente percebam meu pé e se abram. A alternativa seria perder o pé, e sou apegada a ele.

Quando o elevador reabre, vejo um homem lá dentro.

O gostoso rabugento de antes.

Oh, nossa.

Se olhares matassem, eu seria um cadáver comido por um abutre e excretado como guano para servir de fertilizante para cultivo de cacto.

Capítulo 3

Lucius

As PORTAS se abrem e vejo a quem está preso o lindo pé: uma mulher miúda. Antes que eu possa atacá-la por ousar usar meu elevador, ela voa até a parede com os botões do elevador. Ela se move rápido demais para eu dar uma boa olhada, mas posso ver seu reflexo pela parede espelhada.

Incapaz de me conter, eu a encaro. Mesmo que essa mulher tenha me atrasado, fico curioso sobre ela – biologia estúpida em ação mais uma vez. Em defesa da minha biologia, essa estranha simboliza os padrões romanos antigos de beleza feminina. Suave e curvilínea, com quadris largos, seios pequenos, cabelos cor de trigo e olhos grandes e amendoados da cor do mel, ela me lembra algumas das estátuas da minha *villa*. Inferno, ela é tão baixa quanto a mulher média da época.

Falando em sua estatura, fica difícil dizer quantos anos ela tem. Com base em seu comportamento imprudente, aposto que ela tem vinte e poucos anos — antes que o desenvolvimento do cérebro esteja completo.

Por que ela está olhando para os botões do elevador com tanta atenção?

Além disso, ela está murmurando alguma coisa?

Com uma curiosidade mórbida, pauso minha música e desligo a função de cancelamento de ruído em meus fones de ouvido.

— Que tipo de idiota usaria algarismos romanos para isso? — Eu a ouço murmurar. — E por que eles não estão em filas organizadas como todos os outros botões de elevador?

Eu cerro minha mandíbula.

Esse "idiota" seria eu. Adoro algarismos romanos e todos sabem que este é o *meu* elevador. Quanto à falta de fileiras, foi ideia do engenheiro.

Hesitante, ela pressiona o botão XLIV.

Paramos instantaneamente.

Ela põe a cabeça para fora do elevador, xinga baixinho e pressiona XLVI.

Novamente, este parece não ser o andar de que ela precisa, então ela pressiona XLIX, depois LVIII.

Depois de mais duas paradas, tiro meus fones de ouvido. — Você tem cinco anos? — Eu rosno.

Ela se volta para mim. — O quê?

— Você está apertando todos os botões — digo friamente. — Como uma criança.

E enquanto eu observo com fascínio relutante, suas bochechas redondas ficam vermelhas e suas narinas dilatam.

Capítulo 4

Juno

— Você **está** me chamando de estúpida? — Eu estalo. Qualquer um pode ter problemas com esses malditos botões, não apenas uma pessoa com dislexia.

Ele olha incisivamente para os botões. — Estúpido é quem faz estupidez.

Eu cerro meus dentes, dolorosamente. — Você é um babaca. E já assistiu *Forrest Gump* muitas vezes.

Seus lábios se achatam. — Esse filme não foi a origem desse ditado. É do latim: *Stultus est sicut stultus facit.*

Reviro os olhos. — Que tipo de *stultus* pretensioso cita latim?

O aço em seus olhos é tão frio que aposto que minha língua ficaria presa se eu tentasse lamber seu globo ocular. — Não sei. Talvez o 'idiota' que por acaso goste de tudo relacionado a Roma, incluindo seus numerais.

Meu queixo cai aberto. — Você tomou essa decisão? — Aponto em direção aos botões do elevador.

Ele concorda.

Merda. Ele provavelmente me ouviu antes, o que significa que comecei os insultos. Em minha defesa, ele fez uma escolha idiota.

Eu expiro frustrada. — Se você é um especialista em algarismos romanos, poderia ter me dito qual deles pressionar.

Ele cruza os braços sobre o peito. — Você não me perguntou.

Meus pelos se levantam novamente. — Perguntar a você? Parecia que você poderia arrancar minha cabeça apenas por existir.

— Isso é porque você atrasou...

O elevador para e as luzes ao nosso redor diminuem.

Nós dois olhamos para as portas.

Elas permanecem fechadas.

Ele se vira para mim e estreita os olhos acusadoramente. — O que você pressionou agora?

— Eu? Como? Eu estava olhando para você. Infelizmente.

Com um irritante aceno de cabeça, ele caminha em direção ao painel com os botões, e eu tenho que pular antes de ser pisoteada.

— Você provavelmente pressionou algo mais cedo — Ele murmura. — Por que mais estaríamos presos?

Por que é ilegal sufocar as pessoas? Apenas alguns

segundos com minhas mãos em sua garganta seriam um exercício calmante.

Em vez disso, olho para suas costas, as que estão bloqueando minha visão do que ele está fazendo, se é que está fazendo alguma coisa. — O pobre elevador provavelmente cometeu suicídio por causa desses algarismos romanos. Ele sabia que quando alguém vê coisas como L e XL, pensa em tamanhos de camiseta para tipos Neandertal como você. E nem me fale daquele botão XXX, que é uma clara referência à pornografia. Isso cria um ambiente de trabalho hostil...

— Você pode calar a boca para que eu possa nos tirar disso? — Ele solta.

Suas palavras trazem a realidade de nossa situação: já se passou mais de um minuto e as portas ainda estão fechadas.

Caro saguaro, estou realmente presa aqui? Com esse cara? E a minha entrevista?

— Silêncio, finalmente — Ele diz com satisfação e se move para o lado, então eu o vejo enfiar o dedo no botão "ajuda".

— É um milagre que não esteja em latim — Não posso deixar de dizer. — Ou Klingon.

— Olá? — diz ele no alto-falante sob o botão, sua voz cheia de irritação.

Nenhuma resposta, nem mesmo estática.

— Alguém aí? — Seu aborrecimento está claramente subindo a novas alturas. — Estou atrasado para uma reunião importante.

— E estou atrasada para uma entrevista — Eu interrompo, caso isso importe.

Ele faz uma pausa para arquear uma sobrancelha grossa para mim. — Uma entrevista? Para qual cargo?

Eu fico mais ereta. — Tenho certeza de que pessoas como você não percebem isso, mas as plantas deste prédio não cuidam de si mesmas.

Espera. Eu falei demais? Ele poderia atrapalhar minha entrevista – supondo que essa situação fodida do elevador ainda não o tenha feito? O que ele faz aqui, afinal – projeta elevadores ridículos? Isso não pode ser um trabalho de tempo integral, pode?

— Uma abraçadora de árvores — Ele murmura. — Logo vi.

Que idiota. Nunca abracei uma árvore na minha vida. Estou muito ocupada conversando com elas.

Ele volta sua atenção carrancuda para o botão "ajuda" – embora agora eu esteja pensando que deveria ter sido rotulado como "sem ajuda".

— Olá? Você pode me ouvir? — Ele grita. — Responda agora, ou está demitido.

Reviro os olhos. — É uma boa ideia ser um idiota com a pessoa que pode nos salvar?

Ele solta um suspiro audível. — Não importa. O botão deve estar com defeito. Eles não ousariam me ignorar.

Pego meu fiel telefone, um belo e simples Nokia 3310. — Você se acha, não?

Ele olha para minhas mãos, incrédulo. — Então é

por isso que o elevador emperrou. Ele passou por uma distorção do tempo e nos transportou para 2008.

Eu franzo a testa com a falta de sinal no meu Nokia. — Esta versão foi lançada em 2017.

— Ainda parece mais idiota do que um boneco de teste de colisão com morte cerebral. — Ele orgulhosamente puxa um iPhone do bolso. — É *assim* que um telefone deve ser.

Eu zombo. — É assim que a distração constante se parece. De qualquer forma, se o seu iPhoneNãoTãoEsperto – marca registrada – é tão bom, deve ter alguma recepção, certo?

Ele olha para a tela, mas posso dizer que ele já sabe a verdade: nenhuma recepção para seu queridinho também.

Ainda assim, não consigo resistir. — Viu? Seu telefone genial é tão inútil quanto. Só serve para transformar as pessoas em zumbis que checam as redes sociais.

Ele esconde o dispositivo, como um pai protetor. — Além de todas as suas qualidades cativantes, você também é uma tecnófoba?

Debato sobre jogar meu Nokia na cabeça dele, mas decido que não vale a pena gastar sessenta e cinco dólares para substituí-lo. — Só porque não quero me distrair não significa que sou uma tecnófoba.

— Na verdade, meu telefone é ótimo para bloquear distrações. — Ele coloca os fones de ouvido de volta nas orelhas. — Vê? — Ele aperta o play e ouço os acordes fracos de heavy metal.

— Muito maduro — Murmuro para ele.

— Desculpe — diz ele excessivamente alto. — Não consigo ouvir nenhuma distração.

Certo. Que seja. Pelo menos ele tem bom gosto para música. Meu cacto e eu somos grandes fãs do Metallica, que é o que eu acho que ele está ouvindo.

Começo a andar de um lado para o outro.

Estou presa e atrasada. Se essa paralização de elevador não se resolver em um ou dois minutos, posso praticamente dar adeus ao novo emprego – e, por extensão, ao dinheiro da mensalidade. Sem dinheiro para mensalidades significa sem diploma de Botânica, que tem sido meu sonho nos últimos anos.

Pelos sucos do saguaro, isso é muito ruim.

Dou uma espiada no gostosão, quero dizer, babaca.

O que ele diria sobre alguém com dislexia querendo um diploma universitário? Provavelmente que eu precisaria de uma universidade que usa livros para colorir. Na verdade, nem os livros de colorir ajudariam muito – nunca consigo ficar dentro daquelas linhas estúpidas.

Suspiro e desvio o olhar, cada vez mais preocupada. Deixando meus sonhos de lado, e se o elevador ficar parado por um tempo?

O problema mais imediato é minha crescente necessidade de fazer xixi – mas, paradoxalmente, uma preocupação de longo prazo será encontrar líquidos para beber.

Eu me pergunto... Se você está com sede o suficiente, seu corpo reabsorve a água da bexiga? Além disso, eu poderia dar uma de MacGyver e inventar um filtro para recuperar a água da minha urina com o que tenho comigo? Talvez através do pelo da gata?

Eu estremeço, e apenas parcialmente pelo ar-condicionado insano que, de alguma forma, está me alcançando aqui. A curto prazo, seria muito melhor se estivesse quente em vez de frio. Eu suaria os líquidos e não precisaria fazer xixi, embora ache que morreria de sede mais cedo. Lanço um olhar invejoso para o grande estranho. Aposto que ele tem uma bexiga do tamanho de um dirigível. Ele também tem uma garrafa de aço inoxidável que provavelmente está cheia de água que ele provavelmente não compartilhará.

Há também a questão da alimentação. Não tenho nada comestível comigo, a não ser uma lata de ração para gatos... e, teoricamente, a gata.

Não. Prefiro comer esse estranho à pobre Atonic.

Como um vidente, o estômago do estranho ronca.

Porcaria. Com esse cara sendo tão grande e malvado, ele provavelmente comeria a gata. Depois disso, ele me comeria... e não de uma forma divertida.

Estou tão, tão fodida.

Capítulo 5

Lucius

Por que ela está caminhando assim? Ela está tentando ser irritante? Provavelmente, e está funcionando – a ponto de meus olhos coçarem de tanto vê-la ir e vir neste espaço minúsculo.

Fechando os olhos, concentro-me no som da guitarra em meus fones de ouvido, mas, de alguma forma, ainda sinto a presença dela.

Provavelmente por causa de como o cheiro dela me alcança.

Ela cheira a grama recém-cortada e sol.

Espio por entre os cílios no momento em que ela tira um CD player da bolsa e o coloca em fones de ouvido com fio.

Um leitor de CD? Devo dizer a ela que é anterior até mesmo à antiguidade à qual ela chama de telefone?

Não. Melhor não me envolver. Ela pode farejar a dissonância de eu gostar tanto de tecnologia *e* da Roma

Antiga e comentar que, em vez de um iPhone, meu dispositivo de cálculo favorito deveria ser um ábaco.

Dou outra espiada. Ela para de andar e cuidadosamente coloca sua enorme bolsa no canto. A coisa parece pesada. Eu me pergunto o que ela guarda lá dentro. Um pequeno palhaço/demônio de filme de terror, estilo *It*? Um boneco assassino estilo Chucky?

Esfrego meus olhos cada vez mais irritados. Outra possibilidade é que ela use a bolsa como um saco de dormir improvisado. Tenho certeza de que ela é pequena o suficiente para caber dentro dela.

Ao recomeçar a andar, ela mexe nos controles do CD player.

Eu paro minha própria música para ouvir o que ela está ouvindo.

Hum. É apenas a voz de uma mulher falando.

Um audiolivro? Eles ainda fazem isso em CDs?

A única coisa positiva que posso dizer sobre minha parceira de confusão é que ela fez um bom trabalho em manter minha mente longe da confusão que é minha reunião imobiliária.

Até agora, quero dizer.

Caralho. Se eu não conseguir aquele terreno, a Novus Rome terá outro revés, o primeiro sendo quando aqueles abraçadores de árvores levantaram uma reclamação sobre o desmatamento no local original que escolhi.

Eu suspiro. Talvez eu devesse ter explicado a essas pessoas quanto oxigênio seria produzido pela vegetação vertical com a qual pretendo cobrir todos os arranha-céus. Ou que eu teria plantado novas árvores no Smart Central Park assim que a construção terminasse. Ou que a Novus Rome se esforçará para ter uma pegada de carbono negativa, com carros elétricos autônomos usados como transporte público e painéis solares cobrindo todas as superfícies.

Infelizmente, explicar não é meu forte. Posso ser um pouco antissocial, o que às vezes me prejudica nos negócios. No lado positivo, se um apocalipse zumbi acontecesse e eu tivesse que me sentar em um bunker sozinho, ficaria tão feliz quanto um molusco com Prozac.

Ela para de andar, estremece visivelmente e começa a dançar de um pé para o outro enquanto esfrega os braços.

Ela está com frio?

Provavelmente. Ela não está com muita roupa, e sua pele cremosa está arrepiada. Além disso, seus mamilos estão...

Espera. O que estou olhando? A porra da biologia ataca novamente. Eu tenho que ignorar o...

As luzes piscam, depois escurecem ainda mais.

Arrancando os fones de ouvido, vou até o botão de ajuda e aperto novamente. — Olá? Aqui é Lucius Warren. Você entende o que isso significa?

Nenhuma resposta — a menos que o desdém da minha companheira conte como uma.

Grunhindo de frustração, olho para o rosto dela e

não posso deixar de notar como seus lábios estão ficando azuis.

Ela definitivamente está congelando.

— Aqui. — Tiro a jaqueta. — Coloque isto.

Ela para de dançar e parece tão chocada que você pensaria que eu puxei meu fígado pelo umbigo e o estendi para ela, todo ensanguentado e nojento.

— Seu bater de dentes é muito chato — digo friamente. — Faça-me um favor e coloque isso.

O fato de cobrir aqueles mamilos duros é um bônus.

Ela não pega a jaqueta, apenas pisca seus lindos cílios para mim.

Falando em piscar, eu também faço isso, pois meus olhos coçam ainda mais.

Ela ainda não pega a porra da jaqueta, apenas olha para mim como se estivéssemos em algum impasse de filme de cowboy. Irritado, passo ao redor dela e a envolvo nela.

Um grande erro.

Meus dedos tocam seus ombros nus macios e sedosos, e uma mangueira de endorfina dispara em minha corrente sanguínea e circula em torno de todos os meus apêndices antes de se instalar no meu pau.

Droga. Acima de tudo, agora estou duro.

Capítulo 6

Juno

Santo Saguaro.

Seus dedos fortes só tocaram minha pele por uma fração de segundo, mas estou prestes a me transformar em uma poça patética de necessidade. Eu culpo o cheiro da jaqueta que me envolve – limpa, com um toque de amêndoas, além de algo inefavelmente masculino.

Nem preciso dizer que me sinto quente instantaneamente, e não apenas porque a jaqueta me cobre até os joelhos. Parte dessa quentura é um efeito colateral da fornalha que ganhou vida entre minhas pernas por algum motivo.

Ele se afasta de mim e meus ombros já sentem falta de seu toque.

Espera. Que diabos estou pensando? O frio deve ter mexido muito com o meu cérebro.

Falando em luta cerebral – a maneira como sua

camisa branca gruda ao peito poderoso não ajuda em nada.

Deslizando meus braços nas mangas da jaqueta – porque eu também aproveito –, eu limpo minha garganta. — Obrigada, Lucius. — Assim que ouvi o nome dele, não pude acreditar que não adivinhei.

Ele se parece totalmente com um Lucius.

Ele estreita os olhos para mim. — E qual é o seu nome?

— Juno — digo, e me preparo para a conexão usual do filme.

Pela primeira vez desde que nos conhecemos – e talvez em sua vida – seus lábios se curvam em um sorriso, revelando uma covinha. — Ah. Como Juno Sospita.

Uau. Eu quero viver naquela covinha. Eu pisco para ele, deslumbrada, e deixo escapar: — Quem?

O sorriso desaparece sem deixar vestígios, fazendo-me pensar que o imaginei. Em seu lugar há uma carranca condescendente. — Juno, a Salvadora? Rainha dos Deuses, filha de Saturno, esposa de Júpiter, mãe de Vulcano, Marte...

— Oh, você quer dizer a deusa romana — Interrompo, sentindo-me idiota. — Sim, eu sei tudo sobre ela. Foi por isso que meus pais me deram o nome – por causa dela e do mês de junho, que é quando eu nasci.

Ugh, por que estou balbuciando? Ele não se importa quando eu nasci. Ele provavelmente gostaria que eu nunca tivesse nascido, a julgar pelo brilho em seu rosto.

— Para alguém com o nome dela, você não sabe muito — diz ele. — Como o fato de que o mês recebeu o nome da deusa, então, você não recebeu o nome de Juno *e* Junho, apenas Juno.

Minhas mãos se fecham dentro das mangas de sua enorme jaqueta. — Eu sabia.

— Claro — diz ele, revirando os olhos. — Vamos fingir que sim.

— Tenho uma ideia melhor. — Coloco meus fones de ouvido. — Vou fingir que você não está aqui.

Com isso, retomo meu audiolivro e meu ritmo. Também finjo não o notar parado ali – uma tarefa difícil.

Ele esfrega os olhos como se estivessem incomodando, depois, coloca os fones de ouvido também.

O chamado da minha bexiga está ficando mais difícil de ignorar, mas devo ignorá-lo. Porque, qual é a alternativa? Pedir para ele se virar e levantar minha perna em um canto, como um cachorro?

Ele espirra, me assustando.

Nós travamos os olhos por um segundo. Hum. Seus orbes cinza-aço estão vermelhos e lacrimejantes. Ele está prestes a chorar pela reunião que está perdendo?

Ele intencionalmente aumenta o volume em seu telefone.

Certo.

Eu também aumento meu volume, e a indignação me ajuda a andar um pouco mais. Isto é, até que minha bexiga esteja prestes a estourar como um balão na presença de um menino de cinco anos com um picador de gelo. Não. Faça isso como os preços dos imóveis por volta de 2006.

Alguns minutos depois, tenho certeza de que meu corpo *não* sabe como utilizar a água da minha bexiga. Estou com tanta sede que estou fantasiando sobre roubar a garrafa d'água de Lucius e sair correndo. O que não funcionaria dentro deste minúsculo elevador.

Como se para me provocar, ele abre a dita garrafa e toma um grande gole.

Ui. Tenho que cruzar as pernas para não fazer xixi de inveja.

Ele tira os fones de ouvido com visível irritação. — Por que você está olhando para a minha garrafa assim?

Eu paro com raiva meu audiolivro. — Assim como?

Ele aponta para a minha bolsa. — Você não tem sua própria água naquele saco gigante?

— Não — digo defensivamente. A coisa está pesada graças à gata, e pensei em pegar uma bebida depois da entrevista. Eu não sabia que ficaria presa aqui.

Ele olha com mais raiva, então estende a garrafa d'água.

Pulo de um pé para o outro e balanço a cabeça.

— Está tudo bem — diz ele, um pouco mais cordialmente. — Tome um gole.

— Estou bem — Minto.

— Olha, se eles ainda não nos alcançaram, isso significa que algo muito sério aconteceu com o elevador, e podemos ficar aqui por um tempo. — Ele empurra a garrafa na minha direção.

Eu me afasto, dançando de um pé para o outro enquanto ando. — Eu não acho que deveria.

Ele passa os dedos pela gola da camisa. — Você está com medo dos meus germes?

Com medo, não. Mais como eu quero fertilizar e regar seus germes, até que fiquem grandes e fortes, e então eu os lamberia.

— Não. — Minha voz falha, e eu limpo minha garganta seca. — Obrigada.

Ele levanta uma sobrancelha espessa. — Por que diabos não?

Eu aperto minhas coxas juntas. — Não é da sua conta.

Ele estreita os olhos. — Espere um segundo. — Parece que uma lâmpada gigante acabou de explodir em uma supernova acima de sua cabeça. — Tem alguma coisa a ver com toda aquela dança? — Ele abaixa a voz. — Você precisa urinar?

Minhas orelhas, pescoço e rosto parecem que alguém os esfregou com spray de pimenta. — Eu não vou discutir minha bexiga com *você*.

Ele franze a testa e olha em volta.

O que ele está procurando? Ele está esperando que um banheiro feminino se manifeste magicamente no meio do elevador?

Ele volta sua atenção para mim, sua expressão sombria. — OK. Então, matamos esta garrafa e você pode usá-la para se aliviar.

Não. De jeito nenhum. Não na frente dele.

Ao que minha bexiga responde, *Por favor? Pelo amor de saguaro?*

Ugh. Não.

Eu me viro e tento pensar em algo, qualquer outra coisa. Areia. Vale da Morte. Salgados. Espere, isso está me deixando ainda mais sedenta.

Droga.

— Vai ser pior se você fizer na calça — diz Lucius secamente.

Sim, muito pior, minha bexiga grita. *E está prestes a acontecer!*

Não, não está. Eu posso segurar. Eu não tenho cinco anos.

— Como alternativa, você pode fazer na sua bolsa — diz Lucius prestativamente. — Pode ser mais fácil com seu encanamento.

Eu me viro para ele. — Desculpe? Meu encanamento?

Ele pisca. — Como mais você chamaria?

Arrgh! Um júri me condenaria se eu matasse esse homem? Depois de primeiro encharcá-lo com meu xixi?

— Não fale sobre meu encanamento — digo com os dentes cerrados. — Nunca.

Mesmo porque está me fazendo pensar em

banheiros, piorando, assim, a situação desesperadora da minha bexiga.

— Certo. — Ele balança a água dentro da garrafa. — Se você não quer isso, eu mesmo vou terminar.

Ai. Isso foi um espasmo da bexiga?

Eu observo com os olhos semicerrados enquanto Lucius provocativamente toma um gole. E outro.

— OK, você venceu. — Vou até ele e pego a garrafa d'água de suas mãos. Meus dedos roçam na mão dele no processo, e quase faço xixi na calça por causa do formigamento que desce pelo meu braço. Ignorando, esclareço: — Quero dizer, vou tomar um pouco de água, não a outra coisa.

— Certo. — Ele sorri. — Vá em frente e termine o resto.

Tomo um gole voraz e, por algum motivo, ele observa meus lábios atentamente.

Eu engulo, e uau. Que alívio.

Eu devia estar com mais sede do que pensava.

Quando empurro a garrafa vazia de volta para ele, ele levanta as mãos. — Você fica com isso. Vai precisar.

Reviro os olhos e coloco a garrafa no chão ao lado da minha bolsa.

OK, sem mais abaixadas. Quase perdi a luta contra minha bexiga naquele momento. A pressão da água atingindo meu estômago está piorando minha situação já terrível.

Mais alguns minutos e estou ferrada. Talvez até segundos.

Lucius arqueia as sobrancelhas e olha para mim, depois para a garrafa.

— Pare — Sussurro para ele. — Não vai acontecer.

— Algo está acontecendo. De uma forma ou de outra, a natureza vencerá — e você fará o indizível ou sofrerá um acidente.

Cruzo as pernas e as aperto com força. — De jeito nenhum. — O que é péssimo é o quão possível esse acidente está começando a soar.

— Só para você saber — diz ele. —, o alongamento excessivo da bexiga pode levar a problemas urinários. Sem mencionar que é ruim para os rins. Ah, e acho que pode causar cistite ou infecção do trato urinário, assim como...

— Você tem uma tara ou algo assim? Você não vai ganhar uma chuva dourada, não importa quantos fatos urológicos você liste.

Ele mostra seus dentes brancos em um sorriso surpreendente. — Então acho melhor você rezar para Cloacina, a deusa romana do banheiro. — Com aquela pérola de sabedoria, ele coloca os fones de ouvido e se afasta.

Porra. Agora que a distração da conversa chata se foi, o desejo se torna todo o meu mundo. Todo o meu universo.

Acho que não vou aguentar muito mais.

Desesperada, coloco meu audiolivro como último recurso e depois pratico a respiração Lamaze com as pernas cruzadas.

Eu também rezo caso isso ajude.

Não.

É isso.

O ponto sem retorno.

É a garrafa ou minha calcinha.

Olho para a garrafa.

Posso fazer xixi nela agora?

Não. E se ele virar?

Eu limpo minha garganta.

Ele não me ouve.

Isso é realmente bom para o que está por vir, mas irritante por enquanto.

Eu o cutuco no ombro.

Ele se vira e remove um fone de ouvido. — O quê?

Prendo a respiração. — Você ganhou.

— Eu 'ganhei'? — Ele aponta para o futuro banheiro. — Essa é minha garrafa d'água favorita, e eu não tenho uma tara por chuva dourada. Se, alguma coisa...

— OK, tudo bem — Resmungo. — Eu perco. Você perde. Nós dois perdemos. Melhor?

Ele dá de ombros.

— Eu tenho regras — digo.

Aquelas sobrancelhas grossas dele sobem.

— Primeiro, preciso que você se afaste. Em seguida, aumente o volume da sua música o mais alto possível.

O músculo de sua mandíbula se contrai. — Você percebe que é exatamente o que eu estava fazendo antes de você me interromper?

Eu fecho e abro meus punhos, mas ele não pode ver graças às mangas gigantes de sua jaqueta. — Eu estava com medo de que você se virasse antes de eu terminar.

Ele suspira, se vira intencionalmente e coloca os fones de ouvido de volta. — Pronto. Bata no meu ombro quando for seguro virar.

Eu enrolo as mangas da jaqueta até os cotovelos e me certifico de que a parede que ele está encarando não é reflexiva.

Não é.

Enfio a mão no bolso da bolsa e tiro um frasquinho de desinfetante para as mãos para depois, tomando cuidado para não incomodar a gata.

Enquanto arrasto meus pés até a garrafa, sinto como se estivesse andando na prancha.

Isso está realmente prestes a acontecer?

Se o piso do elevador desabasse ou os cabos se rompessem agora, eu não me importaria muito.

Abro a tampa da garrafa. Felizmente, é uma daquelas com boca larga, não uma garrafa esportiva com uma abertura minúscula.

Sério, eu vou fazer isso?

Parece que sim.

Viro as costas para Lucius, agacho, abaixo a calcinha e posiciono a garrafa da melhor maneira possível.

Espere. Quando foi a última vez que comi espargos?

Não.

Muito tarde.

A represa se rompe e você provavelmente poderia abastecer este elevador por um ano com a energia hidrelétrica produzida pelo fluxo resultante.

Eu nunca vou superar isso.

Capítulo 7

Lucius

Eu espero e espero.

E espirro.

E espero, esfregando meus olhos de uma baita coceira.

O que está demorando tanto? Então, novamente, por que eu me importo?

Ainda assim, eu já teria feito duas vezes. As mulheres demoram mais do que os homens quando se trata de se aliviar? É por isso que vão ao banheiro em grupos, para matar o tempo com uma conversa agradável?

Eu reprimo a irritação. Dada a dor de cabeça apertando minhas têmporas e a sensação de aperto no estômago, fica claro que a fome está mexendo com minha cabeça. Eu também posso estar ficando resfriado porque sinto cócegas na garganta e meu nariz está tentando escorrer. Além disso, sinto que meus globos oculares precisam ser esfregados com uma lixa, e a vontade de espirrar está crescendo novamente. É quase como se...

Um dedo minúsculo me cutuca entre minhas omoplatas.

Finalmente.

Eu a encaro, mantendo minha expressão neutra. Algo me diz que, se eu sorrir, ela se tornará uma assassina.

— Você higienizou esse dedo antes de me tocar? — Eu pergunto.

Ela assente.

— Aqui. — Sem encontrar meu olhar, ela me entrega a garrafa tampada.

Eu dou um passo para trás. — Não, obrigado. Pode manter.

Sem dizer uma palavra, ela caminha até a sacola gigante e coloca a garrafa no chão.

Minha vontade de espirrar se intensifica. Eu luto contra isso o máximo que posso, mas então acontece. Eu me viro e espirro. E espirro de novo. Que porra? Localizo um lenço de papel no bolso e consigo pegar um terceiro espirro quando ela diz alegremente: — Saguaro te abençoe! — Atrás de mim.

Saguaro, como o cacto?

A ideia me distrai tanto que mal pego o quarto espirro no lenço. Meus olhos estão cheios de lágrimas agora, e minha garganta está começando a ficar apertada. Sério, que porra?

— Você está bem? — Ela pergunta, agora parecendo preocupada. — Está doente?

Antes que eu possa responder, meu estômago ronca. Ruidosamente.

— Oh, você está com fome — diz ela.

Eu me viro para encará-la. — Essa é a sua opinião médica? — Meus olhos e nariz estão me matando.

— Eu seria mais legal comigo se fosse você — diz ela. — Eu tenho comida.

Meu estômago ronca mais alto. — Tem?

— Bem. — Ela dá uma olhada na bolsa. — É realmente para uma situação mais desesperadora. Tipo, se estivermos aqui daqui a algumas horas.

— Oh?

Ela exala. — É comida de gato.

Meu maxilar relaxa. Ela disse comida de *gato*?

— Ei, não estou dizendo que *quero* comer comida de gato — diz ela. — Mas se for preciso, esta é uma marca orgânica e o ingrediente principal é frango. Quão ruim pode ser?

Gato. *Isso* é o que está acontecendo comigo.

Eu aponto um dedo acusador para Juno. — Saia de perto de mim. O mais longe possível.

Suas narinas dilatam. — O quê?

Recuo até chegar ao canto. — Sou severamente alérgico a gatos. Você deve possuir um, e ter seu pelo ou caspa em você.

Seus olhos se arregalam e ela se afasta também.

Não que isso vá ajudar muito; ainda estamos a menos de 2,5 metros de distância.

Ela lança outro olhar para sua bolsa. — Você tem um EpiPen com você?

Eu balanço minha cabeça. — Não sei se...

Eu paro de falar porque a bolsa dela produz um som de gelar o sangue.

Um completo e real *miau*.

Capítulo 8

Juno

A CABEÇA de Atonic salta para fora.

OK, então a gata está fora do saco. Literalmente.

E Lucius é severamente alérgico.

Ele está olhando para a gata como se não pudesse acreditar em seus olhos. — Isso é um...?

— Uma gata, sim. Receio que sim — digo desculpando-me.

Lucius transfere seu olhar incrédulo para mim. — Isso é algum tipo de tentativa de assassinato?

Minha irritação aumenta novamente – uma configuração padrão ao lidar com Lucius. — O que você é, um rei? Um ditador? Kenny de *South Park*?

Dito isso, sua morte por gato pareceria muito natural, no que diz respeito aos assassinatos. O crime perfeito. E se for uma tentativa de assassinato, mas não minha? Talvez Pearl não seja uma queijeira como ela afirma, mas secretamente a maior assassina do mundo, e ela arranjou tudo isso: suas supostas férias, sua gata assassina treinada que finge dormir até o momento certo, esse elevador parado...

— *Miau?*

Saguaro nos ajude. Atonic pula para fora da bolsa e posso imaginar todo o cenário do assassinato se desenrolando. Ela se esfrega em Lucius. Ele incha como a bexiga de um adolescente depois de um vídeo pornô, então agarra sua garganta teatralmente e entra em choque anafilático.

Nem fodendo perto de mim.

— Fique atrás! — Eu grito para os dois, e então corajosamente me coloco entre o homem e a fera.

Atonic enrola o rabo e o abana. Então suas orelhas apontam para frente ameaçadoramente, direto para Lucius.

— Fique longe dele — digo a ela com firmeza.

É um erro. Atonic sempre quer ir exatamente para onde eu não quero que ela vá – provavelmente um efeito colateral de ser um gato. Ela mia perto da porta do banheiro até eu abrir, depois não entra de jeito nenhum. Embora, às vezes, ela apenas se deite na soleira como se dissesse: "Cadela, certifique-se de que a porta permaneça aberta o tempo todo". Então, neste caso, está claro como o dia que ela realmente quer esfregar seus alérgenos diretamente em sua futura vítima de assassinato.

Sim.

Ela salta para frente.

Felizmente para Lucius, há uma razão pela qual sempre fui escolhida como goleira do time de futebol do meu colégio.

Eu agarro a gata no meio do salto enquanto Lucius entra em um ataque de espirros.

Ou, pelo menos eu tento. Uma bola de pelo se comporta de maneira bem diferente de uma bola de futebol. A gata se solta do meu aperto e cai sobre as patas — algo que as bolas nunca fazem... pelo menos bolas de futebol.

Antes que eu possa agarrá-la, ela vai para ele de novo, mas encontra minha palma, assim como aquela bola fez quando meu time jogou contra nosso maior rival, Filhas de Chuck Norris.

— É como se estivesse tentando me pegar — diz Lucius entre espirros. Ele parece horrível, todo congestionado e irritado.

— Você desperta isso nas pessoas — digo enquanto agarro a gata sem sucesso. Apesar de o elevador ser um espaço pequeno e fechado, estou tendo muita dificuldade para pegá-la.

Ele zomba. — Excelente. Culpe a vítima.

— Cale-se. Você só está fazendo com que ela queira muito mais você. — Sem falar na tentação de deixar a gata passar.

A gata me lança um olhar que parece dizer: "Desafio aceito". Ela tenta se enfiar entre minhas pernas – que eu fecho, como uma dama decente, antes de agarrá-la sem sucesso.

Ela tenta contornar-me à minha esquerda. Depois à direita. A partir daqui, ela realmente ganha força e testa todas as minhas capacidades defensivas, enquanto ilude minhas tentativas de pegá-la e me faz pensar se Lucius é feito de erva-gateira.

Dada a aparência dele, é possível.

O pior é que essa batalha com a gata está me deixando com sede de novo. E cansada. Não tenho certeza de quanto tempo mais poderei defender Lucius nesse ritmo. Como goleiro, você não é atacado repetidamente assim – não a menos que seu time seja uma merda completa. Sem contar que já faz treze anos que não pego nenhuma bola... bolas de futebol, pelo menos.

De repente, as luzes do elevador voltam à intensidade original.

Oh, meu Deus. Pode ser?

Sim! Começamos a nos mover. Indo para baixo em vez de para cima, mas tudo bem para mim.

— Finalmente — Lucius diz triunfante atrás de mim antes de espirrar três vezes seguidas. Com uma voz anasalada, ele acrescenta: — Talvez eu realmente sobreviva hoje.

O bônus extra do movimento brusco é que parece confundir a gata, pelo menos por um segundo, mas isso é tudo de que preciso para fazer meu movimento.

Canalizando David Beckham, Michael Jordan e o Sr. Miyagi, eu pego a gata.

Ignoro seus miados indignados enquanto pego minha bolsa, enfio a gata dentro e fecho o zíper antes de jogar a bolsa no ombro.

Pronto. Alérgenos um pouco contidos.

Lucius espirra de novo, duas vezes. — O gato consegue respirar assim?

Agora ele está me acusando de crueldade animal? Viro-me para dizer algo mordaz, mas ao ver seus olhos vermelhos e lacrimejantes, me contento com: — Existem orifícios de ar nas laterais da bolsa. Que tipo de monstro você acha que eu sou?

Ele pragueja sob um espirro. — Talvez o tipo que enfia um gato no elevador privado de alguém que é alérgico a eles?

Acho que entrei direto naquele. Mas espere. Ele disse um elevador *privado*? Quem tem um...

As portas se abrem para o saguão, onde uma equipe de bombeiros está esperando por nós, machados a reboque.

— Vocês estão bem? — O mais alto pergunta enquanto corremos para fora da armadilha de metal. Pego a garrafa d'água no caminho e jogo na lata de lixo mais próxima – para esconder as evidências.

— O que aconteceu? — Lucius exige quando recupera o fôlego após outra série de espirros. — Por que o elevador estava parado?

Enquanto o bombeiro explica algo sobre um

incêndio no porão e como ele estragou a fiação do elevador, verifico meu telefone.

Sim.

Recebi um e-mail irritado da pessoa que eu deveria encontrar para a entrevista. Ela colocou em itálico a parte do e-mail em que afirmava: *Desnecessário dizer que você não conseguiu esse emprego.*

Todo mundo que trabalha neste prédio é tão rude? E se eu tivesse sido atropelada por um carro?

— Estão todos bem? — Lucius pergunta ao bombeiro, me surpreendendo. Ele soa um pouco melhor, embora ainda bastante congestionado.

— Sim — diz o bombeiro. — Algumas pessoas inalaram um pouco de fumaça, mas nós as colocamos no ar fresco e elas parecem estar bem.

— Falando em ar fresco — Interrompo. — Lucius, você deveria pegar um pouco.

— Não. Tenho uma reunião importante. — Ele pega seu iPhone e xinga tudo o que vê lá. — Acho que posso tomar aquele ar fresco.

Parece que a reunião importante dele deu tão ruim quanto a minha entrevista.

Ele abre caminho entre os bombeiros e eu o sigo até as portas da frente.

Para minha surpresa, Lucius as mantém abertas para mim. Provavelmente para acelerar o processo de me tirar – e a gata – de sua vida.

Ainda agradeço ao passar e me certifico de não tocá-lo com a sacola que contém a gata.

Ele não reconhece minha gratidão, provavelmente porque está muito ocupado olhando carrancudo para algumas pessoas com câmeras.

Ei, é interessante não ser o alvo de sua ira para variar.

Eu verifico os estranhos. Eles se parecem com repórteres, ou talvez paparazzi. De qualquer maneira, quão ruim foi aquele incêndio no porão para atraí-los aqui? Eu não acho que nenhum dos grupos cobre incêndios.

— Sr. Warren — diz um homem que mais se parece com uma doninha – e sua competição é acirrada. — Essa é...

— Sem comentários — diz Lucius bruscamente.

O cara não parece nem um pouco surpreso com a repreensão. Levantando sua câmera, ele se junta a seus camaradas para tirar fotos de Lucius – e, graças à proximidade, de mim.

Eu pisco com os flashes brilhantes e franzo a testa.

Quem é Lucius para os paparazzi quererem tirar uma foto dele?

Ignorando as câmeras, Lucius acena para uma limusine estacionada nas proximidades.

Um homem mais velho com o lábio superior rígido de um mordomo sai do veículo e abre a porta traseira.

— Este é Elijah — Lucius diz para mim. Voltando-se para Elijah, ele ordena: — Leve Juno para casa.

Vou pegar uma carona em uma limusine? Sério?

Quem *é* esse homem?

— E você, senhor? — Elijah pergunta, previsivelmente com um sotaque britânico.

Lucius responde com um olhar furioso.

— Considere feito, senhor — diz Elijah com uma reverência cortês.

— Deve ser uma alegria pura trabalhar para Lucius — digo a Elijah em um tom conspiratório enquanto me aproximo do veículo. Não vou recusar uma carona depois de tudo o que acabei de passar.

Os cantos dos olhos de Elijah sorriem, mas o resto de seu rosto parece digno, severo em seu trabalho. — Acomode-se, por favor.

— Espere. — Eu cuidadosamente coloco minha bolsa no chão da limusine. — Tenho que devolver a jaqueta a Lucius.

Lucius franze o nariz. — Não.

Ele é louco? Deve ser cara, e não terei uso para isso.

— Sério, pegue de volta. — Eu deslizo meus braços para fora das mangas. — Se for sobre as caspas da gata, eu pago a lavagem a seco.

Lucius se volta para Elijah. — Livre-se disso.

Elijah pega a jaqueta e gesticula para que eu entre na limusine.

Eu faço isso, e só depois que ele fecha a porta eu processo totalmente o quão estranho isso é.

Por que Lucius está me dando uma carona de limusine, em primeiro lugar? Ele não está preocupado em ter que fumigar o carro depois por causa da minha companheira gata?

Elijah fica atrás do volante. — Madame, qual é o endereço?

Madame? Ele acha que eu possuo um bordel?

Eu digo a ele para onde ir e penso em perguntas a fazer sobre Lucius, mas antes que eu possa, a divisão entre nós sobe e o carro parte.

Certo.

Que seja.

Preparando-me mentalmente para arrancar meus olhos, abro a bolsa.

É claro. Atonic está catatônica mais uma vez. É como se ela soubesse que o idiota alérgico está fora do alcance de suas garras.

Eu verifico minhas mensagens e encontro uma de Pearl me informando que ela quer se reunir com seu bebê peludo amanhã, voltando do aeroporto para casa.

Sim, claro, eu respondo. Lembre-me de contar sobre o assassinato que ela quase cometeu.

Pearl responde imediatamente:

Vou perder a recepção em um segundo, ou então eu faria você me contar AGORA.

Eu sorrio. Pearl vive para três coisas: essa gata, fazer queijo e fofocar.

No momento em que a limusine para, Elijah abre a porta para mim.

— Como você chegou aqui do seu lugar tão rápido? — Eu pergunto.

Suas sobrancelhas, quase tão grossas quanto as de Lucius, se erguem. — Rápido?

— Você é secretamente o Flash?

— Se estamos falando do Universo DC, você não acha que sou mais um Alfred? — Ele pergunta, impassível.

Eu escondo um sorriso. — Se o seu segredo não é velocidade, é possível que haja dois de vocês – gêmeos idênticos trabalhando para criar esse efeito?

— Sou apenas bom no meu trabalho — diz o talvez Elijah. — E você tem uma imaginação fantasiosa.

Eu saio do carro. — Bem, claro. Guarde seus segredos e obrigada pela carona. Ah, e por favor, diga a Lucius que foi um prazer conhecê-lo... só que não.

Desta vez, o sorriso de Elijah realmente toca seus lábios. — Sr. Warren não é tão ruim quanto a primeira impressão faz pensar.

— Concordo em discordar. — Pego minha bolsa e sigo na direção do meu prédio. — Obrigada novamente, e tchauzinho.

———

— Então — Sussurro para El Duderino quando me acomodo em meu lugar. — Preciso contar sobre o meu dia louco. — Passo a compartilhar tudo, porque quem precisa de terapeuta quando se tem um cacto por perto?

Cara, isso é totalmente radical. Esse cara Lucius parece um cara de quem você deveria ficar longe.

El Duderino é o meu cacto rabo de castor que, na minha opinião, não se parece com um castor (nem o animal, nem o órgão sexual) nem a sua cauda. Sua espécie é nativa dos Desertos de Mojave, Anza-Borrego e Colorado – e não me pergunte por que ele soa como um surfista amante da água em minha mente.

— Eu não poderia concordar mais — Respondo a ele em voz alta. — Eu definitivamente vou ficar longe de Lucius.

Claro que você concorda, cara. É como se sua voz fosse minha voz... cara.

Admito, posso gostar um pouco demais de *cactuses*. Mas, ei, pelo menos se alguém tentar roubar minha casa, vai acabar parecendo uma almofada de alfinetes.

Eu verifico o solo de El Duderino. Sim. Já se passaram três semanas desde que o reguei pela última vez e hoje é o grande dia.

Despejo água morna em um pires e coloco embaixo do vaso de El Duderino.

Uau, cara. Isso é uma grande onda. Radical.

— Estou feliz que você tenha gostado.

Parceiro! Nesse ritmo, vou florescer totalmente em uma semana ou mais.

À medida que a água é absorvida pelo solo de El Duderino, alimento a gata e procuro novas perspectivas de emprego. Não há nenhuma. Hoje era minha grande oportunidade, e eu estraguei tudo. Ou o elevador estragou.

Cara, estou boiando de boa na água.

Eu verifico. Sim. O solo está bem. Eu removo o pires.

Valeu, cara. Afogar-se é uma maneira totalmente nada legal de morrer.

— OK. Meu tempo para alimentação — digo e começo meu próprio jantar.

Depois, assisto a um pouco de TV, acaricio Atonic, falo com El Duderino uma última vez e vou para a cama. Quando adormeço, faço questão de não pensar – ou sonhar com – um certo homem com quem estava presa em um elevador.

Não importa o quão tentador possa ser.

———

Uma campainha me acorda assustada.

Grr. Lucius estava apenas lambendo minha...

Espere. Talvez seja bom eu ter acordado *disso*.

Como sempre, a gata está dormindo em cima da minha cabeça, provavelmente fingindo ser uma daquelas perucas que a nobreza usava antigamente.

Eu cuidadosamente a movo para o lado e corro para escovar os dentes antes de correr para a porta.

Quando abro, Pearl está ali, com os olhos verdes arregalados e entusiasmados.

— Você é famosa! — Ela empurra o telefone na minha cara.

Eu esfrego meus olhos. — O que você está...

E então eu vejo.

Uma foto minha com Lucius sob o título:

Bilionário recluso finalmente arranja uma namorada

Pelas barbas de saguaro?

Capítulo 9

Lucius

Passo algumas horas lidando com as consequências do incêndio antes de conseguir uma sala de conferências com Eidith para falar sobre o desastre do terreno da Novus Rome.

— Smithson saiu depois de meia hora de espera — diz Eidith sem preâmbulos. Então, por algum motivo estranho, ela coloca a mão no meu cotovelo e acrescenta: — Ele disse que tinha outra oferta e que aceitaria.

Resisto à vontade de sacudir a mão dela e esmagá-la na mesa da sala de conferências. — Por quê? Ele deve saber que eu ofereço mais.

Ela puxa a mão, felizmente, e encolhe os ombros. — Seu atraso feriu o ego dele. Provavelmente pensou que você não estava falando sério.

Malditos magnatas do mercado imobiliário e seus egos. — Você não conseguiu acalmá-lo?

Enquanto ela balança a cabeça, nem um único fio de cabelo sai do lugar em seu penteado preso.

É isso então. Eidith tem excelentes habilidades com as pessoas, e se ela não pode influenciar alguém, ninguém pode. Ela tem os instintos de um tubarão, e muitas vezes confio nela em situações como essa.

Eu decido cortar minhas perdas e seguir em frente. Há outra possibilidade que tenho pensado, de qualquer maneira. — E aquele outro pedaço de terra? Aquele no centro da Flórida?

Ela franze o nariz minuciosamente. — Eu posso arranjar isso, mas você tem certeza? Eles têm furacões.

— E temos incêndios. E terremotos.

— Ótimo ponto, como sempre. — Ela pega o telefone. — Vou entrar em contato com eles.

OK. Talvez a Flórida funcione ainda melhor do que a Califórnia. Afinal, todo mundo compara a Novus Rome a um parque temático — o que definitivamente não será. Mas se fosse, Orlando é tão famoso por seus parques temáticos quanto o sul da Califórnia, se não mais. O clima também é quente e a mão de obra seria mais barata. E se precisássemos cortar alguma árvore, provavelmente haveria menos resistência lá.

Pelo resto do dia, reviso meus planos para ver quais mudanças eu teria que fazer se o local fosse a Flórida. Acontece que são poucas.

Cansado, vou para casa, janto e decido relaxar. Como sempre, isso envolve algum contato com minhas criaturas favoritas em todo o mundo: Calígula, Blackbeard e Malfoy.

Atravessando a área da piscina, entro na gigantesca estufa com ar-condicionado, que eles chamam de lar.

O trio me cumprimenta com sons alegres e pulos de lado assim que entro.

Sentindo a tensão derreter, eu me curvo para acariciar cada um. As carícias rapidamente se transformam em brincadeiras frenéticas. O trio dorme dezesseis horas por dia, mas quando finalmente acorda, tem o tipo de energia que os humanos só conseguem alcançar com o uso de doses mortais de anfetaminas.

— Oi, senhor — diz Vincent, o veterinário que contratei para cuidar deles enquanto estou no trabalho. — Nenhum problema de saúde para relatar hoje.

Eu olho para cima. — Calígula aprendeu a rolar?

Ele concorda. — Reforcei nos outros também.

Eu decido acreditar em sua palavra. — Calígula, role.

Ele faz o que lhe é dito. Então Blackbeard e Malfoy se juntam, e tudo se transforma em um jogo rolante.

— Ótimo trabalho — digo a todos, incluindo Vincent.

— Tudo bem se eu for escolher alguns brinquedos para enriquecimento? — Vicente pergunta.

Eu aceno para ele e me concentro em meus pupilos enquanto eles começam uma perseguição – só que eles fazem isso de lado, porque são furões.

Não pela primeira vez, gostaria de poder levá-los

comigo para os lugares, como Juno faz com seu gato. Infelizmente, isso não iria bem. Na melhor das hipóteses, eles roubariam todos os pequenos objetos do meu escritório e, na pior, se despedaçariam em uma trituradora de papel. Além disso, no que diz respeito ao governo do estado da Califórnia, meu trio de furões é a "Sociedade Conservadora de Furões de Roma". Meus advogados tiveram que formar essa entidade legal porque furões são ilegais como animais de estimação aqui. Você precisa de uma permissão especial para mantê-los, que é concedida apenas a zoológicos, universidades com programas de pesquisa veterinária e sociedades conservacionistas.

Por que eu peguei furões, para início de conversa?

Eu não peguei.

Minha mãe os comprou por capricho em Las Vegas, apenas para decidir não ficar com eles depois que esconderam todas as bugigangas em seu apartamento. Desistir em vez de cuidar é um comportamento tão típico para minha mãe quanto roubar é para os furões. Na verdade, o termo "furão", ou "ferret" em inglês, é baseado no latim *furittus*, que se traduz em *pequeno ladrão*. Os romanos os mantinham, em vez de gatos, para caçar ratos.

Meu telefone vibra no meu bolso.

Eu tiro com cuidado. Blackbeard o roubou de mim pelo menos cinco vezes, Calígula quatro, e Malfoy não apenas o roubou uma dúzia de vezes, mas também o quebrou duas vezes.

— Oi, Vovó. — Eu levo o telefone ao meu ouvido enquanto pequenas patas o agarram com habilidade. Sim, há um furão subindo pelo meu corpo e não me importo. — Como você está?

— Por que você não me disse que tinha namorada? — Vovó parece desapontada, uma raridade em nossas interações.

Sobre o que ela está falando? Eu tiro Blackbeard da minha cabeça e o coloco no chão ao lado dos outros dois. Eles olham para mim, aparentemente tão confusos quanto eu. Por mais inteligentes que sejam, eles também não têm ideia do que Vovô está falando.

— O que você quer dizer com 'namorada'? — Pergunto com cuidado.

— Uma namorada é aquela coisa que eu tenho dito para você conseguir — diz Vovó. — Aquilo que leva à noiva, depois à esposa, depois aos bisnetos.

Eu balanço minha cabeça, então percebo que ela não pode me ver. — Eu não tenho namorada.

Todas as mulheres que conheci nos últimos anos me viam como um cofrinho com um pau e, em troca, penso nelas como nada mais do que uma forma de silenciar a biologia. Mas era pior quando eu era mais jovem e sem dinheiro. Elas não me viam como nada.

— Não seja tímido — diz Vovó com firmeza. — Está tudo na internet.

Calígula mordisca meu sapato enquanto puxo meu telefone para olhar boquiaberto.

— Oi? — A voz minúscula de Vovó soa no alto-falante. — Você está aí?

— Já ligo de volta — digo, trazendo o telefone de volta ao meu ouvido.

— De jeito nenhum, senhor. Eu exijo...

— Dois minutos. — Antes que ela possa se opor, encerro a ligação. A primeira vez que desligo na cara dela.

Uma mensagem de Vovó chega instantaneamente, poupando-me de ter que pesquisar no Google – e é por isso que desliguei o telefone. A mensagem contém um emoji de dois corações girando e um link para um artigo com uma foto minha e de Juno saindo do meu prédio, junto com mentiras suficientes para deixar o político mais desonesto orgulhoso.

Cerro os dentes enquanto examino o artigo. O autor é aquele repórter idiota. Recusei suas tentativas desajeitadas de me entrevistar, mas ele não desistiu e me persegue como se eu fosse uma maldita celebridade. Ele não percebe que eu poderia comprar sua publicação espalhafatosa e demiti-lo com um telefonema? Ou fazer com que minha equipe de segurança desenterre todo tipo de sujeira sobre ele e publique no...

Meu telefone vibra novamente.

Eu pego no piloto automático quando Malfoy começa a mordiscar meu pé.

— Veja, eu sei de tudo — diz Vovó. — E eu estou tão feliz. O mais feliz que já estive em muito tempo.

Balanço a cabeça, o que não esclarece. — Você está feliz?

— Claro — diz ela com uma risadinha de menina. — Quando ouvi a notícia, fiquei tão animada que minha pressão arterial caiu.

Arranco meu pé antes que Calígula o morda. Seus dentes são os mais afiados dos três, e eu gosto dos sapatos que estou usando. — Tenho certeza de que isso deveria acontecer de outra maneira.

— Não. Ela caiu. Além disso, tenho me sentido muito fraca ultimamente, mas não contei para você não se preocupar. Mas assim que li aquele artigo, me senti dez anos mais jovem.

Aqui vamos nós novamente.

— Diga que você vai apresentar nós duas — Vovó bajula. — Você pode imaginar o quanto esse encontro melhoraria minha saúde?

Sim. Ela está me manipulando. Esta é a assinatura de Vovó. Tenho certeza de que esse negócio de saúde é uma besteira total, mas um dia pode não ser. Ela está sob os cuidados dos melhores médicos, ainda assim, está na casa dos oitenta. Se eu ignorasse um de seus pedidos e sua saúde piorasse depois, nunca me perdoaria.

Exceto que não posso dar a ela isso. Não posso deixá-la conhecer minha namorada inexistente. A menos que... Uma ideia maluca passa pela minha cabeça.

— Sério — diz Vovó. — Por favor, deixe-me

conhecê-la. Preciso ter certeza de que ela é boa o suficiente para meu Chuchu.

Eu suspiro, alto. — Vou ter que pensar sobre isso.

— O que há para pensar? — Ela pergunta queixosamente. — Você tem vergonha da sua avó?

Ela está realmente exagerando hoje. — Eu não tenho vergonha. — Ao dizer isso, decido que talvez a ideia não seja tão maluca, afinal. Girando com a mesma rapidez que aplico aos negócios, digo calmamente: — É que tudo é novo. Não quero que Juno sinta que as coisas estão indo rápido demais.

— O nome dela é Juno? — Vovó parece tão animada quanto meus furões estão agindo. — Eu amo esse nome!

— É um nome bonito. — Ao contrário da *dona* do nome, mas Vovó não precisa saber disso.

— OK — diz vovó. — Se for muito cedo, vou esperar. Mas lembre-se de que não sou mais tão novinha.

Isso de novo? Ela *realmente* quer isso.

— Eu deveria ir — digo. — Juno provavelmente está esperando minha ligação.

Vovó engasga. — Oh, não! Ligue para ela. Imediatamente.

Isso é pânico na voz dela? Sério? — OK. Eu vou ligar.

— Bom. Não estrague tudo — Avisa Vovó e desliga sem se despedir.

Assim como nos negócios, analiso a decisão que

tomei rapidamente, todos os prós e contras se alinhando perfeitamente em minha cabeça.

Prós: Vovó ficará feliz – e talvez, embora improvável, mais saudável também. Outro benefício, embora menor: isso deve reduzir o número de alpinista social de que tenho que me esquivar nos eventos. Além disso, pode me tornar mais identificável com certos tipos de pessoas, facilitando assim o caminho para algumas transações comerciais.

Contras: terei que lidar com Juno e, por extensão, aquele pesadelo de gato.

Então, está decidido. Vou fazer de Juno minha namorada. Uma namorada de mentira, obviamente. Agora, só preciso fazer algumas diligências para garantir que ela não seja casada e não tenha muitos esqueletos em seu armário. Para isso, entro em contato com meu chefe de segurança e explico a situação.

— O que sabemos sobre ela? — Ele pergunta.

— O primeiro nome dela é Juno — digo. — Elijah a deixou na casa dela, então, temos o endereço dela. Ah, e ela estava no prédio para uma entrevista de emprego relacionada ao cuidado de plantas.

— Isso é o bastante para começar — diz ele. — Você quer o dossiê de sempre?

— Apenas verifique se há sinais de alerta e seja rápido.

Ele me garante que vai começar e desliga.

Volto a concentrar minha atenção nos furões.

Blackbeard está arrastando uma luva de jardim que

ele roubou sabe-se lá de onde, a cabeça de Calígula está enterrada no vaso de lilás e Malfoy está beliscando o mamilo de Calígula, um perto de seu "umbigo".

Balanço a cabeça, observando-os. Algumas pessoas – incluindo minha própria mãe – gostam de beijar o dito "umbigo" ou cutucá-lo gentilmente, fazer cócegas, esfregá-lo ou soprar fazendo caretas nele. Esperançosamente, eles fazem isso sem perceber a realidade biológica de que, quando se trata de furões machos, o que parece ser seu "umbigo" é, na verdade, seu pênis.

Sério, mal posso esperar até que nossos cérebros estejam integrados a computadores. Talvez, então, a maioria dos humanos não seja tão burra.

Capítulo 10

Juno

— CONTE-ME TUDO. — O tom exageradamente exigente de Pearl e a maneira como ela acaricia sua gata conspiram para fazê-la parecer uma vilã do mal – ou revelar sua verdadeira natureza. — E eu quero dizer cada detalhe — Ela continua. — Se não...

Com um suspiro, faço um gesto para ela se sentar no meu sofá esfarrapado e me atiro, andando pelo pequeno espaço do meu estúdio. Por razões de autopreservação, não menciono o incidente da garrafa d'água ou os sonhos molhados que Pearl interrompeu ao aparecer tão cedo.

— Então... você não sabia que Lucius Warren é um dos homens mais ricos do país? — Ela diz isso com tanta paixão que Atonic deixa de estar catatônica e me dá uma olhada preguiçosa em seu colo. — O mais próximo que um americano pode chegar de ser um príncipe?

Eu balanço minha cabeça, ainda atordoada com aquele artigo bizarro.

— Ou que ele é dono do prédio em que você tinha entrevista?

Outro aceno de cabeça. Eu me sinto idiota com isso porque ele teve a atitude de alguém que era dono daquele elevador. E o prédio, as pessoas e o céu acima de tudo. Em retrospectiva, faz sentido que ele tenha se tornado um bilionário – um recluso e mal-humorado.

Por que diabos alguém pensaria que sou namorada dele?

Os olhos de Pearl perfuram-me. — E você tem certeza absoluta de que vocês não estão namorando? — A decepção que ela está canalizando rivaliza com a dos fãs de *Star Wars* quando viram Jar Jar Binks pela primeira vez.

Reviro os olhos. — O repórter inventou tudo. A essa altura, Lucius provavelmente já se esqueceu de mim.

Minha campainha toca.

Pearl arqueia uma sobrancelha. — Esperando alguém?

Lanço um olhar desconfiado para a porta. — Não.

Ela fica de pé. — Vamos ver quem é.

Eu verifico o olho mágico e suspiro.

Não pode ser.

Esfrego o olho que apenas tentou me enganar e checo novamente.

Pelos espinhos do saguaro, é Elijah – o motorista do bilionário do qual estávamos discutindo.

Eu abro a porta.

Sim. Ainda Elijah.

— Oi — É o que sai da minha boca.

— Bom dia — Ele responde.

Se isso é uma alucinação, não é mais apenas visual.

Lanço um olhar para Pearl. Dada a sua expressão confusa, ela está vendo a mesma coisa que eu.

OK, então, o mordomo de Lucius está aqui. Na minha porta.

— Apresente-nos — Pearl sussurra alto o suficiente para os vizinhos ouvirem.

— Desculpe — digo. — Este é Elijah. Ele trabalha para Lucius Warren.

Os olhos de Pearl se arregalam. — Oh. Você vai convidá-lo a entrar?

Oh, certo. — Por favor, entre.

Elijah lança um olhar para a gata. — Fui instruído a não ter nenhum gato em mim.

— Ah, a gata está de saída — diz Pearl.

— De fato? — Elijah parece que ela prometeu a ele paz na Terra.

— Na verdade, ela é *minha* mascote — diz Pearl com uma piscadela. — Então, seu patrão não precisa se preocupar com alergias quando sair com Juno.

Aff. Mesmo depois de todas as garantias que dei a ela sobre não estarmos namorando, é para onde o pensamento dela vai.

— Tenho certeza de que isso será uma ótima notícia para ele — diz Elijah com uma reverência para Pearl. Virando-se para mim, ele diz: — Ele me enviou para dizer que está ansioso para falar com você quando tiver um momento oportuno.

Eu pisco estupidamente para todos. — Ansioso... para falar comigo?

— Provavelmente sobre o artigo — Pearl diz prestativamente.

Oh, merda. Eu nem pensei nisso. Estou em algum tipo de problema? Ele está? Existe uma força-tarefa especial do FBI por aí que policia a vida amorosa de bilionários mal-humorados?

Eu mordo meu lábio. — Acho que posso falar com ele. — Acenando para Pearl, acrescento: — Se ele me matar, tenho uma testemunha agora.

— Maravilhoso. — Elijah pega uma caixa gigante do chão perto da minha porta e a entrega para mim. — Sr. Warren gentilmente solicitou que você usasse isso.

Em um estado de estupor, pego a caixa e olho dentro – assim como minha melhor amiga intrometida.

Não tenho certeza se esperava que contivesse a cabeça cortada do paparazzi que tirou nossa foto, a cabeça cortada da pessoa responsável pelo elevador preso ou um penico portátil caso eu precise fazer xixi na presença de Lucius novamente, mas eu definitivamente *não* esperava um vestido, sapatos e roupas íntimas.

— Uau — diz Pearl.

— Versace e Gucci — diz Elijah. — Se não estou errado.

Pego o vestido e fico boquiaberta, depois repito a ação com os sapatos e a calcinha. Cada item é mais caro do que qualquer coisa na minha casa, incluindo possivelmente o próprio apartamento. — Para que tudo isso?

Pearl desvia seu olhar invejoso do vestido para olhar para mim. — Parece que alguém quer que sua namorada fique bonita na próxima foto... assim como no quarto.

Elijah franze os lábios. — Sr. Warren queria fornecer algo novo para você usar, preocupado com as alergias dele.

— Oh — diz Pearl, sua decepção palpável. — Eu provavelmente deveria tirar a gata daqui, antes que estrague essa parte do plano.

Elijah sai de seu caminho.

— Espere um segundo — digo, beliscando a ponta do meu nariz. — Ninguém vai a lugar nenhum até que alguém me explique o que Lucius quer.

Apesar do que Elijah disse, não posso deixar de pensar que a calcinha sugere algo inapropriado, embora seja possível que Pearl tenha acabado de me preparar.

A expressão de Elijah se torna inescrutável. — Eu não posso dizer. Não estou a par das confidências do Sr. Warren.

— Ele quer *você* — diz Pearl. — Obviamente.

Não pode ser isso. Impossível. Mas ele quer

alguma coisa, e se eu não descobrir o quê, a curiosidade vai me matar.

Acho que vou com Elijah, principalmente porque estou morrendo de vontade de experimentar o vestido e os sapatos, e a única maneira socialmente aceitável de fazer isso é concordar com essa loucura.

Espere um segundo. Eu examino os itens que estou segurando. — Como ele sabia meus tamanhos?

Pearl balança as sobrancelhas obscenamente. — Ele 'avaliou você', obviamente. Alguém para se manter.

— Nada disso — diz Elijah. — Ele fez sua equipe de segurança fazer uma pequena pesquisa sobre você. Foi assim que eu soube qual porta de apartamento tocar também.

Uma equipe de segurança descobriu o tamanho do meu sutiã? Como? E mais importante, por quê? Sem falar que o cara tem uma *equipe de segurança?*

— Tão alfa — Pearl respira com admiração. — Totalmente para se manter.

Sim, se com isso ela quer dizer um babaca que casualmente invade sua privacidade. Talvez essa força-tarefa do FBI exista por um motivo.

— OK. — Coloco tudo de volta na caixa. — Vou experimentar isso e, se gostar da minha aparência, talvez fale com ele.

Elijah limpa a garganta, parecendo muito desconfortável. — Sr. Warren tem um pedido que é um pré-requisito para todo o resto.

Eu suspiro. — O que é? A equipe de segurança dele

esqueceu de dizer a marca de absorventes internos que eu uso?

Elijah cora como uma donzela. — Você poderia lavar o gato de sua pele e cabelo?

— Desculpe? — Sinto meu rosto beliscar como uma garra de caranguejo. — Ele quer que eu tome banho?

Pearl sorri. — Aposto que suas palavras exatas para Elijah foram: "Dê banho nela e traga-a para mim."

O rubor de Elijah aumenta. — Mais uma vez, trata-se de segurança médica.

Mesmo? Ele sobreviveu a estar em um elevador comigo 'suja', para não mencionar com a ameaça de gato em si. Ainda assim, eu estava planejando tomar banho, já que por acaso tomo todas as manhãs, então, não adianta incomodar ainda mais o pobre Elijah.

— Vou tomar o maldito banho — digo a contragosto.

— E eu vou tirar a gata daqui — diz Pearl. — Antes que o impensável aconteça e um pelo de gata caia onde não deveria.

— Você se importaria se eu desinfetasse seu apartamento enquanto isso? — Elijah me pergunta.

Meu impulso inicial é uma repreensão raivosa, mas então percebo que estou prestes a conseguir uma limpeza gratuita no apartamento. — Por que diabos não? — Eu digo com um suspiro.

— Isso me lembra — diz Pearl. — Onde está a caixa de areia de Atonic?

Digo a ela e corro para o chuveiro.

Enquanto a limusine dirige por Malibu, não posso deixar de refletir sobre como o vestido, os sapatos e, especialmente, a calcinha parecem irritantemente perfeitos.

É como se aqueles designers os tivessem feito sob medida para mim.

Grr. E se isso estragar as roupas TJMaxx para mim? Da mesma forma, e se esses passeios de limusine arruinarem o Uber para mim? Ou...

Paramos, e Elijah faz aquele truque de abrir a porta para mim com uma rapidez impossível.

— Obrigada. — Eu saio e aprecio a vista gloriosa do oceano. — É esse o lugar? — Aponto para um restaurante à beira-mar que é tão chique e caro que as pessoas mais próximas como eu podem chegar lendo sobre ele no *Guia Michelin*. Que eu tenho.

— De fato — diz Elijah. — Sr. Warren já está lá dentro.

OK. Aqui vamos nós. Meus passos ressoam com os sapatos de arrasar, minha pressão arterial subindo enquanto eu me imagino enfrentando Lucius novamente.

— Srta. Lazko — diz a hostess. — Por favor, siga-me.

Devo me incomodar em ficar surpresa por ela saber quem eu sou?

Ela me conduz por um restaurante completamente vazio até chegarmos à mesa com a melhor vista.

Lucius está esperando lá, com uma taça de vinho na mão. Por alguma razão bizarra, minha respiração falha e sinto calor em todos os lugares errados.

Suprimindo minha libido rebelde, eu tiro meus olhos de como seu paletó abraça seus ombros largos e vou direto ao ponto. — Você me comprou roupas de baixo?

Lucius me olha da cabeça aos pés, sua expressão ilegível, enquanto a hostess parece que está engasgando com a saliva quando diz: — Vou dizer ao chef para começar o omakase.

— Faça isso — Lucius diz a ela com um aceno de mão desdenhoso antes de se levantar para puxar uma cadeira, presumivelmente para mim.

Eu planto minha bunda na referida cadeira. — Não se esquive da minha pergunta.

— Eu não vou. — Ele volta ao seu lugar. — A resposta é obviamente sim.

Pelas raízes do saguaro, ele estabeleceu um novo recorde para trazer à tona meus impulsos violentos. — Você não nega ser completamente inapropriado?

— É assim que você sempre reage aos presentes? Você deve ser uma alegria no seu aniversário.

— Existem presentes apropriados, e existem presentes inapropriados — Resmungo.

Ele levanta uma sobrancelha grossa. — Então... você não está usando o sutiã e a calcinha que eu comprei para você?

— Não é da sua conta.

Suas pupilas dilatam ligeiramente. — Está usando *alguma* roupa de baixo?

— Menos ainda da sua conta!

Ele inclina a cabeça. — Eu afirmo que você *está* usando meu presente. Quer negar?

Grr. Uma sensação de formigamento se espalha da parte de trás do meu pescoço por todo o meu rosto. — Se *estou* usando alguma coisa, seria porque Elijah jogou a carta da alergia a gatos.

Sua expressão escurece. — Isso me lembra... Quem carrega o gato da amiga para uma entrevista? Ou em qualquer lugar?

Quando ele ouviu falar de Pearl? Isso também fazia parte das informações que sua equipe de segurança desenterrou? Elijah não parece ser do tipo que manda mensagens de texto e dirige.

Eu massageio meu pescoço repentinamente rígido. — Não tente fazer isso comigo. Além da calcinha, você também tem que responder pela invasão da minha privacidade.

Antes que ele possa responder, nosso garçom – um cara alto e bonito da minha idade – vem com uma garrafa de vinho e duas taças.

— 1996 Screaming Eagle — diz ele, exibindo a garrafa como se estivesse em um anúncio de revista.

Lucius assente, e o garçom abre o vinho e serve uma taça para ele.

Quando chega a minha vez, o garçom lança um olhar apreciativo para mim. Pisco, surpresa e lisonjeada em partes iguais, mas então me lembro do que estou vestindo. Minha atratividade recém-descoberta se deve a Versace e Gucci... e a Lucius por comprar a roupa.

Falando em Lucius, seus olhos estão duros de repente – e se concentram no garçom.

— Onde está a garçonete?

O garçom coloca o vinho na mesa e parece que está prestes a sair correndo.

— A qual delas o senhor se refere? Temos várias.

— A loira — diz Lucius imperiosamente. — Aquela com boa memória.

— Jessica? — O garçom pergunta com cautela.

— Tanto faz — diz Lucius. — Onde ela está?

Devo me sentir menos especial agora que vejo que Lucius é um bastardo rude não apenas comigo?

O garçom se afasta da mesa. — Quando alguém reserva o restaurante inteiro, sou eu quem...

— Arrume outra pessoa. — A frase soa como uma ordem militar.

O garçom olha impotente para a hostess. — Que tal Maddy? Todo mundo está...

— Ela está bem. — Lucius enfia a mão no bolso e tira uma nota de cem dólares novinha em folha. — Por sua inconveniência.

O garçom pega o dinheiro e corre para a hostess.

A conversa deles é fácil de imaginar:

— *Maddy, você tirou o palito pequeno hoje.*

— *Não, Garçom Gostoso, não quero servir àquele cara. Por favor, não me obrigue.*

— *Ele dá gorjetas altas.*

— *Certo. Mas aposto que vou sentir que mereci cada centavo quando a refeição terminar.*

Terminada a conversa, a hostess que virou garçonete e o belo garçom dirigem-se para a cozinha.

— Você percebe que eles vão cuspir na nossa comida agora — Sussurro.

Lucius zomba. — Se alguém ousar cuspir na obra-prima que o chef elaborou com tanto cuidado, ele os transformará em sashimi.

Minhas palmas estão trêmulas, como se quisessem bater em alguém. — Você me faz parecer má por associação.

Ele gira o vinho em seu copo. — Como?

Eu pego meu próprio copo para não bater nele. — Por ser um idiota?

Ele toma um gole. — Ele não era profissional e eu não o demiti. Um idiota o teria feito.

Eu abaixo meu copo. — Espera. Você é o dono deste lugar?

Ele dá de ombros. — Quando provar o bacalhau preto, vai entender por quê.

Incapaz de apresentar uma refutação que não seja cheia de palavrões, pego minha taça e tomo um gole de vinho.

Uvas sagradas. Não sou uma conhecedora, mas este é de longe o melhor vinho que já provei. É leve como uma pena, suave como seda e tem um gosto residual de terra que não consigo identificar.

— Você gosta de vinho? — Lucius pergunta, me observando atentamente.

Achei que não, mas talvez eu goste agora. — Você ainda está mudando de assunto.

Suas sobrancelhas expressivas fazem uma pergunta.

— Minha privacidade — Eu enuncio. — Você invadiu.

— Você percebeu que se candidatou a um emprego em uma empresa que possuo? — Ele pergunta.

Eu olho para ele. — E daí?

— O que minha equipe fez não é tão diferente da verificação de antecedentes que você teria obtido de qualquer empregador.

Eu me pego dedilhando na mesa e paro. — Isso é feito antes de oferecer um emprego a alguém.

Ele abaixa o copo. — Por que você acha que está aqui?

Estou tão atordoada com a pergunta que engulo meu vinho, sem provar nenhuma de suas sutilezas anteriores.

Algo como: "Por que estou aqui?" deveria ter sido a primeira pergunta que fiz, mas de alguma forma, acho difícil fazer a coisa lógica quando Lucius está por perto.

Quando abro a boca para finalmente fazer aquela pergunta importante, a garçonete/hostess, Maddy, se dirige à nossa mesa com uma bandeja nas mãos.

— Lagosta tártaro — Ela diz enquanto coloca os

pratos na frente de cada um de nós. Piscando seus cílios postiços para Lucius, ela acrescenta recatadamente: — Existe uma razão para me pedir para servi-lo, Sr. Warren?

Uau, senhora, tenha alguma dignidade.

— Eu apenas queria um profissional — Lucius diz friamente. — Alguém que não cobice o encontro do cliente.

Ele não percebe a ironia de dizer isso para uma mulher cobiçando-o enquanto eles falam? Ela não sabe que não sou realmente o encontro dele, apesar do que ele acabou de dizer.

Maddy parece ser rápida na compreensão porque ela interrompe seu próprio olhar instantaneamente e murmura algo que soa como: — Entendido, senhor.

Assim que ela sai, Lucius acena para a lagosta. — Quero sua opinião.

Com a sensação de estar no *Além da Imaginação*, espeto um pouco da lagosta no prato e mergulho no molho amanteigado.

A explosão de sabor na minha boca é tão surpreendentemente prazerosa que tenho que morder o lábio para reprimir um gemido.

Lucius me observa com sua intensidade característica. — Então?

— É bom — digo em um eufemismo do século.

Com um aceno de cabeça satisfeito, ele come um pouco de seu próprio prato, fazendo a ação parecer tão irritantemente sensual que, por um segundo, eu gostaria de ser uma lagosta. Quando ele engole, ele acena com a cabeça novamente, com aprovação.

— Agora — digo enquanto minha mão espeta mais lagosta no meu garfo por conta própria. — Por que estamos aqui?

Capítulo 11

Lucius

ELA ENFIA o pedaço de lagosta na boca, e eu amaldiçoo a biologia mais uma vez por tornar uma ação tão boba numa distração.

— Você leu as fofocas sobre nós? — Eu pergunto, arrancando minha mente de seus lábios deliciosos com esforço.

Ainda mastigando, ela assente.

— Isso economiza tempo. — Olho-a nos olhos. Uma técnica que Eidith sugeriu para quando quero mostrar às pessoas que estou prestes a dizer algo muito importante. — Eu quero que a gente dê asas a essa fofoca.

Ela engole a lagosta com um gole audível e, em minha mente, vejo toda uma sequência de eventos acontecendo: ela engasga, eu fico atrás dela e faço a Manobra de Heimlich (da maneira menos pervertida possível), ela fica grata por sua vida e...

— O quê? — Ela pergunta, sem engasgar nem um pouco.

Fecho a porta para a fantasia bizarra e volto a focar na conversa. — Quero que o mundo pense que estamos namorando.

Ela enxuga a boca com um guardanapo. — Eu e você... namorando? — Seu rosto assume um delicioso brilho rosa. — Essa é a ideia mais ridícula que eu já ouvi.

Eu esfrego minhas têmporas. Como já está virando tradição, falar com ela está me dando dor de cabeça. — Para variar, concordo com você. Nós namorando é ridículo, mas, no entanto, é isso que fingiremos fazer.

Ela pula de pé. — O diabo que vamos fazer.

Sem saber qual seria a ação cavalheiresca, eu também me levanto. — Vou pagar muito mais do que você ganharia no trabalho que não conseguiu.

Ela se afasta da mesa. — Você quer me pagar para te namorar?

Abro a boca para dizer a ela como essa pergunta é estúpida, mas depois a fecho para evitar uma escalada maior. A última coisa que quero é que ela saia correndo do restaurante. — Não me namorar. *Fingir* que me namora. A diferença é enorme.

Suas narinas dilatam. — A diferença é entre uma prostituta e uma acompanhante.

— É mais como atuar — digo. — Não haverá nenhum componente físico em nosso fingimento.

A garçonete – como era o nome dela? – sai da

cozinha e não pisca um olho enquanto coloca pequenos pratos do bacalhau preto exclusivo do chef na mesa antes de sair correndo.

— Quer sentar? — digo, fazendo o meu melhor para manter minha voz calma. — Este prato vale a pena.

— Não.— Ela pontua seu argumento batendo o pé distraidamente perfeito, como uma porra de uma criança.

Posso sentir minha dor de cabeça pulsando em uma veia da minha testa. — Nós dois sabemos que você precisa do dinheiro para a mensalidade.

Excelente. Ela parece que pode se transformar em um dragão cuspidor de fogo. — Como você sabe disso?

— A alegada invasão de sua privacidade sobre a qual você me repreendeu. Já esqueceu?

Ela levanta o queixo. — Vou ganhar dinheiro de outra maneira.

— Oh? — Eu disse a mim mesmo que não iria jogar sujo, mas isso está fora de questão agora. — Você acha que vai conseguir um emprego agora?

Ela empalidece. — O que você quer dizer? *Vou* conseguir um emprego, se não na sua empresa, então, em outro lugar.

Eu dou de ombros. — E se for espalhada a notícia de como você se comporta de forma inadequada em locais públicos... como elevadores?

Ela cambaleia para trás, os olhos verdes arregalados. — Você não faria isso. — Ela pressiona um pequeno punho na boca. — O que estou dizendo? Claro que sim.

Obviamente não, mas ela não precisa saber disso.

— Você pode se sentar para que possamos discutir isso como pessoas civilizadas?

Parecendo derrotada, ela planta o traseiro na cadeira e eu imito sua ação.

— De quanto dinheiro estamos falando? — Ela pergunta com cautela.

Adiciono um zero ao número que originalmente tinha em mente e digo a ela.

Seus olhos se arregalam novamente. Ela sabe que é o suficiente para cobrir quatro anos em qualquer universidade – incluindo mensalidades e todas as outras despesas, com um pouco de sobra.

Para minha surpresa, ela se recupera rapidamente. — Duplique isso, e eu vou pensar sobre o assunto

— Feito. — Nem que seja para recompensar suas impressionantes habilidades de negociação. Sua expressão de blefe é melhor do que a maioria que já vi na sala de reuniões.

— Elabore sobre a falta de um componente físico — Ela diz, e o blefe racha um pouquinho – provavelmente porque ela acha a ideia de fazer qualquer coisa comigo nojenta.

Tentando não pensar muito nisso, pergunto: — Qual seria o mínimo necessário para vender essa ilusão?

Sua testa franze. — Isso dependeria de quanto tempo passaremos em público.

— Eu diria para esperar o máximo de tempo que podemos passar juntos sem nos matarmos.

— Dez minutos — Ela diz com um bufo, então enfia o garfo no bacalhau e o leva à boca.

Eu sigo o exemplo dela.

Delicioso. Este prato por si só faz este restaurante valer o preço extravagante que paguei por ele.

Percebendo que fechei meus olhos de prazer, eu os abro para ver uma expressão de êxtase no rosto de Juno também.

É assim que ela fica depois do orgasmo?

Porra de biologia. Por que eu deveria me importar com o rosto dela, por mais sexy que seja?

Ela engole com reverência. — Estou tentada a mudar nosso acordo. Além do dinheiro, quero este prato em todas as refeições até enjoar dele, supondo que isso seja possível.

Eu rio, apesar disso. — Já se passaram cinco anos para mim e ainda não estou enjoado.

Sorrindo, ela termina sua peça e eu cometo o erro de observá-la.

Caralho. Eu gosto tanto do sorriso dela quanto daquela expressão dc O – ou como quer que você chame.

Eu sei que ela estava brincando sobre esse ajuste em nosso acordo, mas eu acrescentaria isso – desde que pudesse vê-la comer.

Não. Ela é nervosa mesmo com um arranjo puramente platônico. Algo como "Quero ver você comer" seria tão estranho quanto eu exigir que "Vou massagear seus pés sempre que quiser" – outra estipulação que pode ter passado pela minha cabeça.

Ela engole o que resta de seu vinho. — OK. Com o mínimo de aparições públicas e DPA, acho que poderia ser sua estúpida namorada... por três vezes o número que você mencionou antes.

— Fechado. — Pego um maço de papéis dobrados do bolso interno do paletó. — Este é o contrato e o AND (acordo de não-divulgação). Peça ao seu advogado para revisá-lo e me dê um retorno.

— Certo, *meu advogado*. — Ela pega os papéis tão rápido que quase nos corta com a ponta deles. — Sua Honrosa Imaginária vai cair direto nisso.

— Você quer um adiantamento para poder contratar alguém?

Ela pisca, então acena com a cabeça. — Isso seria bom. Além disso... acabei de pensar em uma nova condição.

A garçonete volta com o prato de mariscos e espero que ela saia antes de perguntar: — Qual é a condição?

Juno olha o novo prato com ceticismo, então trava os olhos comigo. — Você nunca – nunca – pode mencionar o que aconteceu naquele elevador novamente. Essa é a minha versão de um AND.

Eu resisto à vontade de sorrir. — Se esse é o seu desejo.

Ela estreita os olhos. — Falo sério. O acordo está cancelado se você mencionar elevadores. Ou garrafas d'água.

A luta contra o sorriso é incrivelmente difícil agora. — E gatos?

Ela revira os olhos. — Você pode falar sobre gatos.

— Que tal algarismos romanos?

— Não — diz ela com firmeza. — Os algarismos romanos são onde eu traço a linha.

Capítulo 12

Juno

Eu ᴠᴇᴊᴏ uma sugestão de covinha? Isso provavelmente também deveria estar na lista de proibições – especialmente se manter as coisas platônicas for importante para ele.

Para tirar minha mente da vontade de lamber a dita covinha, sacudo a papelada. — Você pode explicar isso de forma simples? Traduza do jargão juridiquês para mim.

Ele faz isso enquanto devoramos o prato de moluscos parecido com um pênis e o prato seguinte – um ridiculamente delicioso de carne wagyu. Basicamente, eu só tenho que manter minha boca fechada sobre nosso acordo para todos, até mesmo para minha família. O que, pelo dinheiro que ele está pagando, fico feliz em fazer.

— Isso tudo soa tão razoável quanto essas coisas poderiam — digo quando ele termina de falar. Eu espeto o último pedaço da carne, já lamentando sua ausência. — Agora, me diga por quê.

Ele nos serve mais vinho. — Por que o quê?

Eu dou de ombros, sem saber por onde começar. — Por que eu? Por que não arrumar uma namorada de verdade? Por que você fingiria um relacionamento? Por que...

A garçonete volta, então paro minha torrente de perguntas.

— Sopa de bolinhos de caranguejo — Ela anuncia e sai correndo.

Lucius pega uma colher. — Você deve experimentar isso.

A sopa tem um cheiro divino, mas não deixo que isso me distraia. — Você *realmente* gosta de mudar de assunto.

Seu pomo de Adão balança – tentadoramente, devo acrescentar. — Que assunto estou mudando?

— Por que eu? — Repito, pego minha colher e encho a boca com um pouco de caldo e bolinho. Talvez se eu ficar quieta, ele sinta a necessidade de preencher o silêncio.

Não. Ele apenas se junta a mim para comer. Bundão.

Eu julguei muito cedo, no entanto. Depois de engolir, ele me surpreende dizendo: — O 'por que você?' é muito simples. Você é a pessoa com quem os artigos de fofoca me juntaram.

Oh, sim. Ele até começou essa coisa toda

perguntando se eu li as fofocas sobre nós. Eu me sinto tão especial agora. As qualificações para ser a namorada parecem ser: tem cabeça e estava no lugar errado na hora errada. E quem sabe, talvez a chamada fosse opcional.

Se os bolinhos não fossem tão deliciosos, eu jogaria um na cara dele – para mostrar meu apreço por sua franqueza.

Que seja. Minhas outras perguntas não deveriam ser tão prejudiciais à minha autoestima. Embora, quem sabe com esse cara? Independentemente disso, eu pergunto: — Por que não arrumar uma namorada de verdade?

— Eu não tenho namoradas.

Eu bufo. — Um encantador como você? Que perda para as mulheres.

Acho que o peguei estremecendo, mas deve ser minha imaginação ou uma daquelas microexpressões que desaparecem em um piscar de olhos. Eu exagerei?

Sua expressão agora ilegível, ele pergunta: — Você percebe que só estou respondendo às suas perguntas porque estou tentando ser civilizado, certo?

Isso é ele sendo civilizado? Eu odiaria irritar esse cara.

— Tudo bem — digo. — Retiro minha declaração. Muitas mulheres ficariam felizes em sair com você. — Desde *Cinquenta Tons de Cinza*, o masoquismo entre as mulheres certamente aumentou.

— Eu sei que você está sendo sarcástica, mas é verdade. Muitas mulheres querem me namorar... bem, meu dinheiro.

Quase engasgo com a sopa. — Devo me sentir mal pelo pobre *bilionário*? A maioria das pessoas mataria para ter o seu problema de caça-dotes.

— E elas se arrependeriam — diz ele, sem piscar. — Se as caça-dotes pararem de farejar ao meu redor durante o nosso acordo, isso por si só quase fará tudo valer a pena.

— Quase... então esse não é o seu principal motivo — digo. — Qual é?

Ele aponta para os papéis perto do meu cotovelo. — Assine o AND e pensarei em lhe contar.

Grr. — Por que você não pode simplesmente me dizer agora?

Ele sorri. — Porque eu quero a papelada resolvida, e aposto que você está curiosa o suficiente para assinar aqui e agora.

— Talvez eu esteja curiosa — Admito. — Isso me mataria se eu fosse um gato?

— Se você fosse um gato, eu provavelmente morreria de alergia — diz ele, impassível. — Portanto, seria uma situação de assassinato-suicídio.

Droga de saguaro. O gato proverbial morreu por querer saber, e sinto que posso morrer se não descobrir neste segundo. E vamos ser honestos, eu realmente iria atrás de um advogado?

Pego os papéis e os leio o mais minuciosamente possível, considerando minha dislexia e o fato de que o mais próximo que cheguei da faculdade de Direito foi assistindo *Legalmente Loira*. Quando termino, acho possível, até provável, que tudo corresponda ao que Lucius disse. Então, novamente, se eu concordar em fazer um jogo de dominador-submissa sempre que ele desejar, também não ficarei tão surpresa.

— Você tem uma caneta? — Eu pergunto a contragosto.

Para seu crédito, ele não se vangloria. Em vez disso, ele simplesmente tira uma caneta do bolso e a entrega para mim.

Huh. A coisa é pesada e muito elegante. Deve ser uma daquelas Montblanc que custam os olhos da cara.

— Eu assino isso e você me diz — digo. — Nenhuma dessas besteiras de 'vou pensar sobre isso'.

— Fechado. — Ele bebe seu vinho.

Com um grande suspiro, eu rubrico e assino os estúpidos papéis, então, empurro a pilha para ele. — Fale.

Ele guarda os papéis e a caneta. — Minha avó nunca gostou da minha falta de namoro. Quando ela viu o artigo, ficou tão feliz que eu não queria desapontá-la.

Eu fico boquiaberta com ele, esperando por uma piada.

Ele apenas termina sua sopa e bebe seu vinho.

Ele tem uma avó? Quero dizer, obviamente – eu sei

que ele não é um clone criado em um laboratório subterrâneo e, portanto, deve ter pais que também têm pais e tudo mais. Ele simplesmente não me parece alguém que se preocupa em fazer os outros felizes, incluindo as avós.

— Ostras Rockefeller — diz a garçonete/hostess, me assustando.

Espero que ela coloque os pratos na mesa e saia antes de sussurrar: — Sou eu ou ela apareceu do nada?

Lucius mostra sua covinha. — Os funcionários deste restaurante frequentam a escola ninja.

Sorrindo, eu provo a nova entrada – e desta vez, um gemido escapa dos meus lábios.

Porcaria. Dado o quão arregalados estão os olhos de Lucius, ele ouviu isso. Devo mudar de assunto, rapidamente. Felizmente, essa parte é fácil. — Vamos discutir a logística do nosso relacionamento falso.

Ele examina o restaurante vazio. — Dada a equipe ninja e tudo mais, que tal chamá-lo de 'nosso relacionamento' daqui para frente?

— Hum. Isso pode ser confuso. Precisamos de uma palavra – e pode ser secreta – para quando quisermos enfatizar a falsidade de tudo isso.

— Se você insiste. — Ele pensa sobre isso por um instante. — Que tal *fartlek*?

Eu reprimo um gemido. — Precisamos trazer funções corporais para isso?

Seus lábios se achatam. — Não seja infantil. *Fartlek* significa 'jogo rápido', em sueco. É um tipo de treino semelhante ao treinamento intervalado – você corre rápido, depois corre devagar e depois rápido de novo.

Reviro os olhos. — Acho que você gosta de fartlek?

— Talvez depois de consumir grandes quantidades de leguminosas?

— Claro. Fartlek fortalece a força de vontade e a resistência.

Resistência? Devo dizer a ele que não é algo de que precisamos para nosso relacionamento falso – desculpe, nosso fartlek? Lutando contra um sorriso, eu digo: — OK, quais são nossos próximos passos... para o fartlek?

Ele dizima uma ostra enquanto considera minha pergunta. — Que tal nos conhecermos?

— Um ao outro? Achei que você soubesse tudo sobre mim por causa da bisbilhotice.

Ele balança a cabeça. — Conheço informações inúteis, como sua pontuação de crédito. Preciso saber coisas que um namorado saberia... especialmente o que Vovó acha que um namorado saberia.

— Tal como?

Ele passa a mão pelo cabelo, despenteando as mechas grossas de um jeito estranhamente adorável. — Não sei. Eu não tenho namoradas.

Pego outra ostra. — Então... eu vou te ensinar a como namorar?

Ele franze a testa. — Não exatamente, contratualmente. — Ele faz uma pausa. — Dito isso, Vovó não é boa com limites, então, por que não começamos por aí? — Ele me olha nos olhos. — Do que você gosta?

Eu ruborizo, minha mente voltando para todas as minhas fantasias inapropriadas. — Hmm... — Eu sei que ele não quis dizer o que parece, mas...

— Sexualmente — Ele esclarece.

Eu largo a ostra.

Capítulo 13

Lucius

ELA ESTÁ de novo deliciosamente rosa. Ela é uma puritana? Ela não parecia uma até agora. De qualquer maneira, preciso que ela responda. Para Vovó, não para mim.

— Do que você gosta? — Eu repito. — Na cama.

— Eu acho... — Ela fica mais vermelha. — De beijar. Sim, eu gosto de beijar.

Eu aceno minha mão. — Você e todas as outras mulheres. O que mais?

— Hmm... massagens.

— Algum tipo específico? Sueca, Shiatsu, Tailandesa?

— Pé — ela chia. Até as pontas de suas orelhas estão deliciosamente vermelhas agora.

— Pé? — Meu próprio sangue corre para o meu rosto, então faz uma rápida curva para o sul. Tenho certeza de que ela disse 'pé' e agora estou duro.

Ela segura sua taça de vinho como se fosse o escudo do Capitão América. — O que há de errado com massagens nos pés?

— Nada — digo rapidamente. — De forma alguma.

— Você não está agindo como se não fosse nada. — Ela toma um gole cuidadoso de seu vinho.

Por precaução, escondo minha ereção furiosa com um guardanapo. — É apenas uma coincidência, só isso.

Ops. Ela quase cospe o vinho. — Você também gosta de receber massagens nos pés?

A porra do guardanapo é uma tenda, então eu elimino a aparência de seus pés gloriosos do meu cérebro e mantenho meu rosto impassível enquanto digo: — Não receber... dar.

Agora seu rosto fica ainda mais rosado, como um flamingo muito feminino.

Isso foi claramente uma má ideia. — Acho que cobrimos esse tópico o suficiente. Nós...

Vejo qualquer que seja o nome dela com uma bandeja e paro de falar.

— Matcha panna cotta — Ela anuncia e coloca um pratinho na frente de cada um de nós.

Juno está feliz em pegar a sobremesa ou – mais provavelmente – feliz que a conversa sobre o que você gosta acabou.

Quando estamos sozinhos de novo, termino meu pensamento anterior. — Temos o suficiente para satisfazer minha avó.

Juno pega uma colher de sobremesa. — Sim.

Descobrir o interesse de seu neto por pés é o tipo de informação excessiva que fará qualquer avó se arrepender de perguntar.

Não a *minha* avó, mas não digo isso a Juno.

Ela ataca a panna cotta e geme *de novo*, o que não ajuda meu pau a ficar quieto nem um pouco.

— Você acha que as pessoas vão acreditar em nós? — Ela pergunta quando termina de mastigar.

Eu arqueio uma sobrancelha. — Acreditar no fartlek?

Ela assente.

— Por que não?

Ela não encontra meu olhar. — Você é você. Eu sou eu. Por que eles iriam?

Mergulho minha colher na sobremesa verde. — Você poderia ser *mais* imprecisa?

Ela suspira. — Para começar, sou um zé-ninguém sem dinheiro.

— Eu tenho tanto dinheiro que a maioria das pessoas é zé-ninguém sem dinheiro em comparação. — Provo a sobremesa. Não é exatamente digna de suspiros, mas muito boa.

— Tão modesto — Juno diz com outro revirar de olhos. — O que quero dizer é que você deveria estar com alguém da classe alta. O tipo de pessoa que...

— Eu odeio — digo. — Esnobes, todas elas. *Eu* não nasci com uma colher de prata na boca.

Ela olha para a colher, franzindo a testa. — Agora

que você mencionou... Essas colheres pequenas são feitas de ouro?

Eu concordo. — O chef insistiu. Faz uma grande diferença no paladar, principalmente para sorvetes. Outras opções supostamente adicionam um sabor metálico.

Ela olha para mim, então lentamente balança a cabeça. — Se ao menos eu pudesse ter seus problemas por um dia.

Eu zombo. — Não tenho certeza se você aguentaria.

Ela me dá um olhar fulminante. — Que tal voltarmos aos negócios?

— E o que seria?

— Algo que vai ajudar a vender o fartlek.

Faz sentido. — Como o quê?

Ela perfura a sobremesa com a colher. — Não sei. A ideia foi sua.

Eu como outra colherada, mas nada me vem à mente. — Sobre o que as pessoas falam quando namoram?

Ela dá de ombros. — Relacionamentos anteriores?

— Isso é fácil — digo. — Eu não tive nenhum.

A mandíbula de Juno se abre. — Nenhum? Nunca? Nem mesmo no Ensino Médio ou na faculdade?

As mulheres não estavam interessadas em mim antes de eu ganhar meus primeiros milhões, mas não vou dizer isso a ela. Em vez disso, respondo: — Por que eu precisaria de um relacionamento? Se for para sexo, posso conseguir sempre que quiser.

Hoje em dia, tudo o que é necessário são algumas joias, mas essas aventuras de uma ou duas noites dificilmente são "relacionamentos".

Com meu tom afiado, ela recua. — OK, tanto faz. Mas durante nossa farsa, você vai se abster de sexo com outras pessoas, certo?

Interessante. — Ciúmes? — Eu pergunto, inclinando a cabeça.

— Tá certo. Só não quero que as revistas de fofocas me façam de idiota.

— Vou me abster se você fizer isso. — Quando as palavras saem de meus lábios, percebo que gosto *muito* dessa ideia. Tanto que terei que repreender meu advogado por não sugerir isso.

— Combinado — diz ela. — Quer escrever isso no contrato?

Pego minha caneta e escrevo um adendo à mão. Juno não percebe isso, mas detesto esse trabalho manual. A digitação é muito mais eficiente. No entanto, isso é importante o suficiente para ser inserido aqui e agora.

Espero até ela rubricar a página e então me surpreendo ao querer genuinamente saber algo que nunca pensei que saberia.

— E quanto aos *seus* relacionamentos?

Capítulo 14

Juno

EMPURRO OS PAPÉIS e a caneta de volta para ele com um movimento brusco – uma concessão, considerando que tenho vontade de jogá-los na cara dele. — Eu tive um relacionamento muito longo. Acabou há onze meses.

Estou surpresa que esta informação não tenha sido descoberta em sua espionagem. A menos que foi, mas ele já se esqueceu. Não é como se ele se importasse nem um pouco com a minha vida.

— Por que acabou? — Ele pergunta, e consegue soar como se ele se importasse.

— Simplesmente seguiu seu curso — digo.

De jeito nenhum vou repetir os detalhes com alguém que acabei de conhecer, especialmente porque ele pode já ter tudo em seu dossiê. Então, novamente, como a equipe de segurança de Lucius saberia que Jason me chamou de estúpida quando terminou comigo? No máximo, eles podem ter descoberto que eu estive com' Jason durante toda a sua faculdade de Medicina e residência, apoiando suas ambições por anos – e que em um clichê horrível, ele terminou comigo assim que se tornou um médico de pleno direito.

Lucius está me olhando com ceticismo. — Não sou um especialista, mas não acredito que essas coisas sigam seu curso sem motivo.

— Você quer um motivo? — Para me acalmar, termino minha sobremesa, embora agora tenha gosto de serragem. — Os homens são idiotas, e nosso relacionamento acabou sendo um fartlek completo.

Lucius pisca, então estende a mão, como se fosse colocar a palma sobre a minha. Apenas no último segundo, ele a afasta. Então, novamente, talvez eu tenha imaginado a coisa toda. Ou interpretado mal. Talvez ele fosse me sufocar para me tirar da minha miséria.

— De qualquer maneira — Intencionalmente abaixo a colherzinha de ouro. —, este foi o último prato?

Ele também abaixa a colher. — Isso depende de nós.

Eu esfrego minha barriga. — Estou satisfeita. O que vem a seguir para o nosso fartlek?

— Você vai me acompanhar a uma arrecadação de fundos chata.

Eu bufo. — Uau. Você está fazendo isso soar tão divertido.

— Estou pagando o suficiente para você ir, mesmo que não goste. — Ele guarda seus preciosos papéis. — E quem sabe? Você pode acabar se divertindo, como os outros sacos de carne.

Sacos de carne? Eu quero saber sobre isso? Não. Em vez disso, pergunto: — Quando é?

— Amanhã.

— Qual é o código de vestimenta? — Olho para baixo freneticamente para ter certeza de que não manchei minha roupa.

Ele faz um gesto de desdém. — As roupas serão fornecidas.

Dinheiro e roupas novas? Eu poderia me acostumar com isso. — Parece que vamos a uma arrecadação de fundos.

Ele pega uma pilha de dinheiro e joga algumas cédulas na mesa. — Deixe-me levá-la para casa.

Eu fico boquiaberta com o dinheiro. — Eu pensei que este era o seu restaurante. Por que você precisa pagar?

— Não preciso — diz ele. — É a gorjeta para seja lá qual é o nome dela. — Ele aponta para a hostess/garçonete.

Ele sai a passos largos, sem sequer um obrigado ou adeus.

— Obrigada. Tudo foi maravilhoso — digo a ela, então corro atrás de Lucius.

Quando chegamos à porta, ele para e eu quase bato nele.

— Você precisa usar o banheiro antes de irmos? — Ele pergunta.

Eu estreito meus olhos para ele. — Você já está quebrando nosso pacto?

— Como? Eu só estava... não importa. — Ele se aproxima da limusine e abre a porta para mim.

Entro, mas em vez de se juntar a mim, ele fecha a porta.

Huh. Acho que estou voltando para casa sozinha – e também não recebo um adeus.

Capítulo 15

Juno

Enquanto a limusine me leva para casa, tudo em que consigo pensar é como o que acabou de acontecer foi parecido com um encontro, especialmente para uma reunião de negócios – que é exatamente o que aconteceu. A comida de outro mundo, o conhecimento mútuo, o – vamos ser honestos – homem atraente com quem eu estava. Inferno, Lucius até parecia um pouco menos horrível. Algumas vezes, pelo menos. Houve alguns momentos em que ele parecia francamente simpático.

Espere. Não. O que diabos estou pensando? Achar Lucius simpático é como acariciar um guaxinim selvagem sem uma vacina contra raiva – muito arriscado. Para ele, isso é apenas uma transação, só isso. O que estamos prestes a fazer é tão falso quanto as celebridades de cera do Madame Tussauds, e confundir isso com um relacionamento real seria tolice.

Depois do que aconteceu com Jason, não pretendo ter um relacionamento de verdade, mas se fosse, não seria com um idiota espinhoso como Lucius, que – apesar do que disse sobre não ter nascido com uma colher de prata em sua boca – provavelmente pensa em mim como um lixo sem educação.

A limusine para.

Agradeço a Elijah e corro para casa. Uma vez lá dentro, começo a andar enquanto examino toda a situação.

Quanto mais penso nisso, mais percebo o quão grande é esse negócio. Para começar, finalmente poderei ir para a faculdade. Ou, pelo menos, posso pagar por uma agora. Ainda preciso me inscrever – e a aceitação é algo que definitivamente me preocupa.

O que eu preciso agora é compartilhar toda essa loucura com alguém – de preferência, Pearl –, mas o estúpido AND está no caminho.

Pensando no diabo. Pearl está me chamando. Claro que está. Ela estava aqui quando Elijah passou por aqui.

Merda. O AND significa que terei que mentir para ela. Pelo lado bom, se Pearl comprar a ideia de Lucius e eu namorarmos, o resto do mundo também vai.

Eu aceito a chamada.

— Desembucha — Pearl sibila em vez de um olá.

Eu respiro fundo. — Ele me disse que gosta de mim.

O som estridente que vem do telefone de Pearl é

preocupante. Provavelmente é minha amiga fazendo barulho, mas também pode ser que ela tenha pisado no rabo da gata.

— Detalhes — Ela exige quando o som diminui. — Todos eles.

— Então... você sabe o artigo?

— Aquele que *eu te* mostrei?

Ah, certo. — Acontece que a razão pela qual foi escrito foi por causa da maneira adorável que Lucius olhou para mim quando saímos do prédio. Eu não percebi, mas os jornalistas sim, então, ele me chamou para pedir desculpas... e para ver se eu também gostava dele.

— Diga-me que você também gosta dele — Pearl sussurra.

Eu teatralmente limpo minha garganta. — Você viu a foto dele, certo?

O grito do rabo de gato está de volta, desta vez com alguns tons de porco preso. — Você vai se casar com ele! Eu posso dizer.

Casar com ele? Ainda bem que ela não é uma bruxa, porque esse destino parece ser uma maldição.

— Ainda nem tivemos um encontro oficial — digo com exasperação. — Hoje não conta.

— Buu. E eu estou supondo que vocês ainda não transaram, né? Demora seis encontros antes de você ceder, certo? Ou são sete?

— Isso é apenas um conjunto de coincidências.

Ela lista meus ex-namorados e os detalhes dos

sextos encontros que levaram ao sexo, em grande detalhe. Droga. Eu deveria ter mais cuidado ao contar as coisas para ela, pois ela nunca esquece, como um elefante fofoqueiro.

— Acho que alguém acabou de perder seus privilégios de confidente — digo, fingindo o aborrecimento genuíno que sinto.

— Não. Espera. Desculpa. Durma com ele sempre que quiser, mas conte-me tudo.

Hora do nocaute. — Na verdade, querida, tenho más notícias nesse departamento.

— Não — Ela grita. — Não me diga que ele pediu um AND.

Huh. — Como você sabia?

— Porque ele é um maldito bilionário, e eu li *Cinquenta Tons*. Mas não posso *não* saber. Você não pode fazer com que ele abra uma exceção para mim?

— Eu tentei — digo. — Ele disse que não... pelo menos por enquanto. Eventualmente, se as coisas derem certo, quem sabe.

— Não! — Ela grita, soando como Darth Vader no final de *A Vingança dos Sith*. — Você já assinou essa merda?

— Ainda não, ou então eu não seria capaz de lhe dizer o que tenho a dizer.

— Nesse caso, preciso de alguns detalhes suculentos, qualquer coisa.

Eu coço a parte de trás da minha cabeça. — Eu

acho que ele realmente gosta dos meus pés. — Isso não é uma mentira completa, eu não acho.

— O! M! D! Sua filha da mãe sortuda. Você terá todas as massagens nos pés que quiser!

Graças a Deus eu nunca disse a Pearl que esfregar os pés me excita, ou então ela surtaria tanto que alguém precisaria realizar um exorcismo.

— Eu tenho que levar você para sair — diz ela com urgência. — Vamos fazer pedicure, comprar uma tornozeleira, um anel para o dedo do pé, alguns sapatos abertos...

— Claro — digo, porque sei quando a resistência é inútil. — Que tal hoje mais tarde?

Na verdade, pode ser bom ter meus pés bonitos para a próxima vez que eu encontrar Lucius.

Pearl me diz a que horas ela virá e desliga.

Eu enfrento El Duderino. Como o AND não inclui conversas com *cactuses* (pelo menos espero que não), conto a ele o que realmente aconteceu, em detalhes.

Cara. Isso é tão da hora. E daí se esse Lucius é um cara chato? Você está basicamente sendo paga para comer uma boa comida.

Eu suspiro.

Talvez não seja tão ruim. Por enquanto, vou focar na melhor parte: a possibilidade de me formar em Botânica.

Abrindo meu laptop, navego até uma pasta com marcadores pré-preparados e analiso os requisitos de inscrição para a Universidade da Califórnia-Irvine, Universidade Politécnica do Estado da Califórnia e algumas outras faculdades próximas que têm um programa de Botânica.

Então algo me atinge. Originalmente, eu queria ir para uma escola local porque não podia me dar ao luxo de largar meu negócio. Agora, porém, considerando quanto dinheiro vou conseguir pelo fartlek, *poderia* considerar sair do estado.

Com isso em mente, pesquiso ansiosamente e marco as faculdades mais promissoras. Dada a minha média B-menos no Ensino Médio, não prendo a respiração quando se trata de lugares chiques como Harvard e Cornell, mas algumas escolas estaduais com programas de Botânica muito bons podem estar ao meu alcance, como a Universidade da Flórida ou de Washington.

Quanto mais eu examino os requisitos de inscrição, porém, mais percebo que minha média no Ensino Médio também pode não ser suficiente para eles. O que é péssimo, considerando que me esforcei *muito* para chegar lá com minha dislexia. Nível de esforço sem vida social.

Eu suspiro novamente. Espero que meu ensaio influencie os oficiais de admissão, junto com o fato de que dirijo meu próprio negócio. É uma espécie de extracurricular.

No momento em que Pearl me manda uma mensagem para avisar que ela está lá embaixo e que é "hora das compras", meus olhos estão embaçados de tanto olhar para a tela por tanto tempo.

Fecho o laptop e encaro El Duderino.

— Acho que é hora de ir buscar acessórios para os meus pés.

Capítulo 16

Lucius

Como sempre, depois de uma grande refeição, altero minha biologia dando uma caminhada para melhorar meus níveis de açúcar no sangue, diminuir o estresse e ajudar no sono. Como aqui é Malibu e tenho uma praia particular por perto, é para lá que vou.

No meio do caminho para o meu destino, meu telefone toca.

É Eidith.

Atendo a ligação e ouço algumas atualizações distraidamente.

— Isso é tudo que tenho — diz ela, indicando que as atualizações terminaram.

No entanto, ela não desliga.

Isso é estranho, então eu pergunto: — Tem certeza de que não há mais nada?

— Bem... é sobre amanhã.

Eu gostaria que esta fosse uma chamada de vídeo,

para que eu pudesse olhar para ela se isso é sobre o que eu penso que é. — Eu não me esqueci. — Eidith assumiu a responsabilidade de cuidar da minha reputação, seja ela qual for. Neste caso, porém, até eu sei que não comparecer a uma arrecadação de fundos seria uma gafe social.

— Maravilha — diz ela, sua voz soando estranha. — Você vai usar algo legal?

Como não tenho vídeo, deixo a irritação transparecer em minha voz. — Um terno, gravata e sapatos sociais, como sempre.

Seria isso sobre aquela ocasião que machuquei meu pé na academia e usei tênis para aquela reunião com...

— Tenho certeza de que você estará muito bem — Ela cantarola. — Eu só estava...

— Tenho que ir — digo, já que acabei de chegar à entrada da praia.

— Vejo você amanhã — Ela diz, novamente soando estranha, e então desliga.

Desligo o telefone e caminho até a praia.

Enquanto meus pés se deleitam na areia quente, não posso deixar de refletir sobre meu encontro com Juno. Particularmente como foi muito menos irritante do que minhas interações habituais – incluindo conversas telefônicas – com as pessoas. Muito. Normalmente, concordo com Oscar Wilde, que disse: *"As pessoas são terríveis. O eu é a única sociedade possível."* Mas, neste caso, eu realmente não queria que nossa refeição conjunta terminasse.

Além disso – e pode ter sido minha imaginação –, Juno foi muito mais legal comigo no final. Como se talvez houvesse uma vibração acontecendo...

Não. O que estou pensando?

Ela agiu melhor por causa da perspectiva de conseguir dinheiro – e, portanto, seus sonhos se tornarem realidade. O que estamos prestes a fazer é completamente falso, e tenho que me lembrar disso o tempo todo, não importa o quão tentadora ela possa ser.

Além disso, não menti para ela quando disse que não tinha namoradas. Mas se eu tivesse, não escolheria alguém que me excita tanto. A última coisa que quero é que a biologia me comande, e não o contrário.

Meu telefone apita.

É um e-mail de Eidith marcado como "Alta Prioridade".

Acontece que ela conseguiu marcar uma videochamada com o proprietário da Flórida hoje, como eu esperava.

Excelente.

Eu checo com Elijah e descubro que ele deixou Juno e já está esperando por mim na entrada da praia.

— Então, temos um acordo? — Pergunto ao proprietário das terras – um homem que tem uma década a mais que Vovó, embora seja mentalmente mais afiado do que alguns jovens gerentes de nível médio com quem lido na minha empresa.

A pele castigada pelo tempo ao redor de seus olhos claros se enruga. — Me chame de antiquado, mas ainda gosto de me encontrar cara a cara antes de tomar uma decisão importante como essa.

Cara a cara? Não sou conhecido por ser educado nem nada, mas até eu sei que seria de mau gosto da minha parte pedir a alguém da idade desse cara que viesse até mim. Isso significa uma viagem para a Flórida. Eu considero isso. Mesmo que eu tenha agrimensores examinando a terra e tenha visto tudo o que preciso por meio de drones, pode não ser uma má ideia ver tudo com meus próprios olhos também. Novus Rome é importante o suficiente.

— Uma reunião pessoalmente parece uma ótima ideia — digo, então resolvo todos os detalhes com ele.

Assim que termino a videochamada, meu iPhone toca.

É a Vovó ligando, então eu atendo.

— Lucius, Chuchuzinho, o que há de novo sobre o namoro? — Ela pergunta.

Indo direto na jugular, hein? — O almoço com Juno foi bem — digo. — E amanhã, vamos a uma arrecadação de fundos juntos.

Falando nisso, eu me pergunto se ela recebeu suas roupas? Talvez eu deva...

— Quando você vai nos apresentar? — Vovó pergunta.

Eu já pensei sobre isso, e quanto mais eu puder adiar, melhor. Juno e eu precisamos de algum tempo para resolver os problemas. Para isso, preparei um estratagema tortuoso digno de Eidith.

— Eu queria falar com você sobre isso, Vovó — digo. — Quando *você* acha que seria uma boa ideia ela te conhecer? Ou para eu conhecer os pais dela?

A linha fica silenciosa. Quase consigo visualizar a expressão pensativa no rosto de minha avó.

Eventualmente, ela suspira. — Por mais que eu queira vê-la logo, você não quer apressar essa parte do relacionamento. Para essas jovens, conhecer a família é um grande passo e não queremos assustá-la.

Mesmo que meu esquema esteja funcionando, sinto culpa em vez de triunfo. — Ah, Vovó. Tenho certeza de que você não a assustaria.

— Não vamos correr esse risco — diz Vovó com firmeza. — Eu esperei muito tempo para você encontrar alguém. Posso esperar um pouco mais.

Hum. Ela acha que se eu perdesse Juno, levaria mais trinta e oito anos para arrumar uma namorada?

— Mantenha-me atualizada sobre como as coisas estão progredindo — Ela continua. — Eu vou decidir quando for a hora certa... a menos que ela toque no assunto.

Pronto. Acabei de ganhar bastante tempo.

— Como você está se sentindo?

Ela ri. — Incrível. Não sei o que é, mas minha glicemia e minha pressão sanguínea são as mais baixas que já tive, minha dor nas costas é inexistente sem remédios e até minha evacuação hoje foi a de uma pessoa de 20 anos.

Se tudo isso for corroborado no relatório de seu guarda-costas e for sustentável, talvez eu queira "namorar" Juno para todo o sempre.

— Eu provavelmente deveria ir — diz Vovó. — Aleksy vai me levar ao seu restaurante polonês favorito.

— OK, divirta-se — digo enquanto decido aumentar o salário do guarda-costas.

— Ligue-me na manhã seguinte ao evento de arrecadação de fundos — diz vovó. — E certifique-se de tirar fotos.

Quando ela desliga, percebo que fotos são uma boa ideia. Na verdade, vou contratar alguém para tirar algumas boas. Como um bônus, vai dificultar para os paparazzi que perdem seu tempo me perseguindo para vender as deles. Quem vai pagar por algo que está gratuito?

Um alarme chama minha atenção.

Ah. É o tempo que escolhi para trabalhar na Novus Rome.

Eu sorrio. Além de brincar com meus furões, isso é o mais próximo que chego de um tempo de lazer divertido.

Subo na mesa da esteira, ligo o computador e abro a pasta Novus Rome.

No que eu quero focar hoje? Deveria ser o pagamento sem contato para o esquadrão de carros autônomos? Sensores de luz de estrada e rua? O sistema de saúde digital interconectado para os hospitais e consultórios médicos? Internet gratuita de alta velocidade que cobrirá milhares de acres?

Não. É melhor eu considerar a nova variável que é a Flórida.

Agora, haverá jacarés no lago do Central Park – então, cães pequenos precisarão ser controlados. Mais importante, como nunca houve um caso documentado de furacão atingindo a Califórnia, não planejei isso, mas agora tenho que fazer.

Como de costume, eu me aprofundo em um problema antes de contratar especialistas na área. Dessa forma, não posso ser tão facilmente enganado em direção a uma solução inferior.

Nesse caso, após horas de pesquisa, decido que a sorte está do meu lado. As casas redondas que planejamos construir não são apenas resistentes a terremotos, eficientes em termos de energia e econômicas em termos de espaço interior para exterior, mas também devem se sair extremamente bem em um furacão devido a como sua forma interage com o vento.

Eu ouço meu alarme usual de "vá dormir".

O tempo sempre voa quando planejo a Novus Rome.

Antes de me afastar da tela, verifico se a roupa e os sapatos de Juno foram entregues.

Sim. Tenho a confirmação, bem como um recibo detalhado, que me choco ao examinar. Como se estivesse possuído, eu verifico todos os itens – incluindo roupas íntimas – e imagino como Juno ficará usando-os.

Caralho. Eu tenho que me livrar disso, ou então eu posso provocar a última coisa de que eu preciso.

Ainda outro sonho molhado com Juno como tema.

Capítulo 17

Juno

Logo após o café da manhã, começo a trabalhar na minha primeira inscrição para a faculdade, começando pela Universidade da Flórida, porque o site deles menciona coisas como estufas, um herbário e o Jardim Etnoecológico.

Mais uma vez, agradeço ao saguaro pela incrível invenção que é o computador pessoal. Torna a vida muito mais fácil para alguém com a minha condição porque pode ler as coisas na tela em voz alta e, em geral, possui configurações que tornam tudo muito mais fácil de ler. Se ao menos minha escola pública não tivesse me forçado a lidar com papel. Infelizmente, Arnold Schwarzenegger em seu papel como governador ainda não havia lançado sua iniciativa para livros didáticos digitais. Se eu tivesse conversor de texto em fala no Ensino Médio, poderia ter me formado como oradora da turma, o que teria ajudado tremendamente em minhas inscrições para a faculdade.

Trabalho incansavelmente, parando apenas para bater um papo rápido com El Duderino.

Cara, certifique-se de me listar como uma referência. Vai impressionar totalmente os caras da admissão.

Na hora do almoço, percebo que preencher as inscrições para a faculdade é um processo mais longo do que eu pensava, embora eu tenha todas as minhas informações de pré-requisito prontas, como minhas pontuações e cartas de recomendação. Também tenho um modelo de redação, mas acabo tendo que fazer várias alterações para adequá-la às perguntas que a UF deseja que sejam respondidas.

Estou terminando de preencher o formulário quando minha campainha toca.

Esquisito.

Eu não estou esperando ninguém. Muito pelo contrário.

Eu abro a porta.

Uma gangue de pessoas elegantemente vestidas está à minha porta.

— Quem é você? — Eu pergunto a um cara com um moicano arco-íris.

— Estou aqui para fazer o seu cabelo — diz ele. Ele aponta para a senhora ao lado dele, cuja roupa me lembra uma bola de discoteca. — Ela é sua maquiadora.

Atordoada, dou um passo para trás para deixá-los

entrar. Isso é claramente obra de Lucius. Devo ficar satisfeita ou insultada?

Não tenho chance de decidir.

O moicano manda que eu me vista para o evento para que seu trabalho não seja arruinado mais tarde.

A equipe mal me dá privacidade enquanto coloco minhas novas roupas, e então descubro que um deles está aqui apenas para garantir que eu fique bem em minha roupa e para ajustar o que é necessário.

Quando finalmente me sento na cadeira da cozinha designada como "meu lugar", a turma heterogênea desce sobre mim como abutres atropelados.

A tortura medieval – desculpe, reforma – dura uma década antes que minha campainha toque.

— Ah, não — diz o moicano. — Estamos sem tempo.

A senhora da bola de discoteca examina meu rosto do jeito que eu examinaria um pote de solo infestado de fungos e mosquitos. — Eu acho que isso vai ter que servir.

Eu abro a porta, e minha respiração falha quando vejo Lucius. Ele parece muito gostoso, e eu não consigo entender o porquê. Quero dizer, a última vez que o vi, ele também estava vestido com um terno sob medida com gravata, estava barbeado e assim por diante.

— Você cortou o cabelo? — Eu deixo escapar.

Cabeça de moicano suspira e atira em Lucius. — Você foi em outra pessoa?

Lucius franze a testa. — Sem corte de cabelo. Eu apenas coloquei um pouco de gel.

Cabeça de moicano parece chocado. Acho que arrumar o cabelo não faz parte do repertório usual de Lucius.

Lucius entrega ao Cabeça de moicano e ao resto da turma dinheiro suficiente para abrir um salão. — Isso é tudo.

Segurando o dinheiro, a equipe de reforma foge.

Lucius levanta uma pequena sacola de compras turquesa que está segurando. — Eu tenho uma coisinha para você.

À primeira vista, meu cérebro pensa que a sacola diz "tip & co". Mas não, há uma palavra inteira antes do &. Uma epifania ocorre. Isso é "Tiffany & Co.", como em...

— Espero que combine com sua roupa. — Lucius enfia a mão na sacola e tira uma caixa da mesma cor turquesa da sacola.

Fico boquiaberta quando ele abre a tampa, revelando um colar repleto dos melhores amigos de uma garota para formar uma pequena cidade. — Você está me dando joias?

Ele tira a joia. — Marque um ponto para seus poderes de observação.

Sem palavras, eu apenas fico lá enquanto ele dá um

passo atrás de mim e coloca o colar em volta do meu pescoço.

Santo saguaro. Seus dedos acariciam meu pescoço, enviando sensações de prazer para meus mamilos e além. — Aí está — Ele murmura, sua respiração quente no topo da minha cabeça. — Agora você está bem no papel.

Abalada, me afasto de sua proximidade, encaro o espelho preso à porta da frente e me dou uma olhada.

Sim. Se o papel que estou interpretando é o da namorada de um bilionário, Lucius e sua equipe merecem um Oscar de figurino.

— Devemos ir — diz Lucius. — Mas primeiro, me dê uma turnê pela sua casa.

Uma turnê? Eu me viro e examino meu pequeno estúdio. Ele acha que existem quartos escondidos ou algo assim? Ou que é uma situação TARDIS em que algo é mais espaçoso do que parece?

Com um bufo, faço um gesto para a minha esquerda. — Esta é a cozinha. — Aponto para minha cama embutida que funciona como sofá quando não está em uso. — Este é o quarto e a sala de estar. E por último, mas não menos importante, meu cacto. — Sorrio para El Duderino. — Fim do passeio.

— Oh. — Ele olha para a única outra porta em meu lugar. — Isso não leva a mais quartos?

— Só se você considerar um banheiro um quarto — digo. — E sim, eu esbanjei para que meu banheiro não ficasse no meio de tudo.

Ele vai até a porta do banheiro e espia lá dentro.

Porcaria. Deixei algo não mencionável por aí? Dado o quão sereno ele parece quando fecha a porta, provavelmente não.

— Vamos — diz ele e caminha para a porta da frente.

Ele segura a porta para mim na saída e quando chegamos à limusine, provando que você pode ser rude e um cavalheiro em um pacote irritante.

Sentamos um de frente para o outro e ele me oferece uma bebida.

Uau, realmente bancando o cavalheiro.

— Obrigada — digo incisivamente quando ele me entrega, para que talvez ele adicione a palavra ao seu vocabulário em algum momento.

Bebemos nossas bebidas em um silêncio constrangedor. Então ele diz: — Que tipo de cachorro é você?

Quase engasgo com meu champanhe. — O quê? — Esta é uma maneira indireta de ele me chamar de vadia?

Ele suspira, como se minha reação fosse super irracional. — Se fôssemos cachorros em vez de humanos, de que raça você seria?

— Por quê? — Eu pergunto – o que é apenas a ponta do iceberg no que diz respeito às minhas perguntas.

— É apenas uma pergunta para conhecer um ao outro.

Eu inclino minha cabeça. — Tem certeza?

Ele pega o telefone e me mostra a tela. — Pesquisei algumas online.

Ele se preparou para isso? Examino a lista de perguntas. Uau. A que ele escolheu não era realmente a pior. Existem pérolas como: "Se você fosse invisível, quem você bisbilhotaria?" e "Qual cheiro você considera o pior?"

Solto um suspiro de exasperação. — Se eu *tivesse* que jogar esse jogo estúpido, acho que escolheria um Chihuahua.

Ele acena com aprovação. — Barulhento, minúsculo e malvado – combina.

Vou quebrar uma cláusula do nosso contrato se jogar este champanhe na cara dele? — Escolhi um Chihuahua por causa do deserto de Chihuahuan, lar do barril de fogo mexicano e dos *cactuses* arco-íris do Arizona.

Ele dá um gole na bebida. — Na verdade, são *cacti*, não *cactuses*.

Meus pelos se levantam. Ou é *peloses*? Dislexia ou não, eu conheço essa. — Você encontrará ambas as grafias no dicionário, então por que algo é uma exceção quando não precisa ser?

Em geral, se o idioma inglês fosse mais regular, eu teria mais facilidade para ler.

Lucius me encara. — O que quer dizer com 'exceção'? *Cactus* é de origem latina e tem um 'us' no final. É *stimulus* e *stimuli*, não *stimuluses*. *Bacilluss* e *bacilli*, não *bacilluses*. *Locus* e *loci*, não *locuses*.

Reviro os olhos. — É *grammar nazi* o plural de *grammar nazus*?

— Isso nem faz sentido — diz ele.

— Nem os cacti.

Ele suspira. — Certo. Você quer a próxima pergunta?

— Não. Você nunca disse que tipo de cachorro você é. Provavelmente um pit bull, ou alguma outra raça famosa pelo temperamento ruim.

— Rottweiler — diz ele com orgulho.

Huh. Cheguei perto. — Não treinável e mal-humorado? Isso combina totalmente.

— Esses são mal-interpretados — diz ele. — Rottweilers têm servido aos humanos por dois mil anos. Eles foram usados na Roma Antiga.

Eu zombo. — Que tal eu escolher a próxima pergunta para conhecer você?

Ele começa a me entregar seu telefone, mas eu balanço minha cabeça. — Uma pergunta normal.

Ele arqueia uma sobrancelha. — Normal? Você? Certo. Qual seria?

— Qual é a sua cor favorita? — Eu pergunto.

Sem dúvida alguma escura, como sua alma.

Ele me olha nos olhos. — Mel.

— Isso é muito vago — digo. — A cor do mel varia de acordo com o néctar da planta que as abelhas comem. O mel de flor de laranjeira é mais claro, enquanto o abacate é um âmbar mais escuro.

— Âmbar claro — diz ele. — Qual é a sua favorita?

— Verde — digo sem hesitação.

Ele concorda. — Que tipo de aspirante a botânico você seria?

Espere, como ele...? Ah, certo, o dossiê.

— Minha vez de novo — diz ele. — Quando se trata de animais de estimação, você gosta de cachorros, gatos ou furões?

— Quantas de suas perguntas são relacionadas a cachorros? Não, risque isso, que tipo de pessoa é um furão?

— Eu. — Uma sugestão de sorriso surge em seus lábios. — Eu tenho três deles.

— Furões? — Devo dizer que ele parece mais um cara lagarto? Ou alguém que possui um gato sem pelos chamado Sr. Bigglesworth?

— Essa é a sua próxima pergunta? — Ele pergunta.

— Por que não?

Ele me conta sobre sua mãe passando para ele os furões e o fato útil de que os romanos os usavam para caçar ratos.

Eu estremeço. — Você tem ratos? — Não sou fã de camundongos, ratos, castores ou esquilos terrestres. Todos eles comem *cactuses*.

— Sem ratos. Apenas furões.

Bom. — Que tipo de filmes você gosta? — Eu pergunto.

— É a minha vez de fazer uma pergunta.

Eu gemo. — Certo. Vá em frente.

— Se você tivesse que ouvir a mesma música repetidamente, bem alto, qual seria?

— Essa é fácil porque eu faço isso, de qualquer maneira — digo. — Metallica.

Seus olhos se arregalam. — Você não vai acreditar nisso. — Ele pega um controle remoto e entrega para mim. — Aumente o volume.

Eu faço o que ele diz, e os acordes familiares de *Enter Sandman* explodem nos alto-falantes.

Isso mesmo. Ele os ouvia no elevador. Como eu poderia esquecer? Eu abaixo o volume antes que a vontade de chacoalhar a cabeça fique muito forte. Isso estragaria meu penteado cuidadosamente elaborado, e tenho a sensação de que se Moicano visse uma foto de tal atrocidade, ele me encontraria e rasparia minha cabeça.

— Eles são meus favoritos também — diz Lucius. — Estou apenas surpreso que você goste deles.

Aperto a haste do meu copo com mais força. — Por quê?

— Você parece gostar de Justin Bieber — Ele diz sem um segundo de hesitação.

Se a violência não é a resposta para nada, por que parece que eu gostaria tanto dela?

— E parece que você pode gostar de Ariana Grande.

— Touché. — Ele ajeita a gravata. — Como você passou a curtir o Metallica?

Bebo o champanhe. — Eu estava tentando descobrir de que música meu cacto gostava. A maior parte era como esperado – The Beach Boys e outros *surf rock*. O surpreendente foi o Metallica. Depois de um tempo, comecei a gostar também – Metallica, não o surf rock.

Ele está olhando para mim como se eu tivesse me transformado em uma planta espinhosa. — Seu cacto?

— Sim. Eu o apresentei a você durante a 'turnê'.

Ele balança a cabeça. — Eu não sabia o quão importante ele era para você. Eu teria prestado mais atenção.

— Da próxima vez, você deveria. Ninguém que me conhece acreditaria em nosso fartlek se você fosse anticacto.

Ele concorda. — Vou manter isso em mente.

Ele está zombando de mim? Talvez não. — Como *você* passou a curtir o Metallica? — Eu pergunto.

— Minha mãe é uma grande fã, então eu ouvi muito enquanto crescia. — Ele pousa o copo, um pouco rude demais. — Ela até afirma que namorou um membro da banda, embora traduzido da linguagem da minha mãe, isso provavelmente significa um caso de uma noite.

Uau. Há muito para desvendar lá, mas antes que eu tenha a chance, a limusine para e Elijah faz sua rotina de abertura de porta no estilo truque de mágica.

— Aqui estamos nós — diz Elijah quando saímos.

"Aqui" acontece de ser o estacionamento do California Science Center, um lugar em que estive apenas uma vez e há tanto tempo que mal me lembro de nada, exceto de como o prédio parece legal do lado de fora.

Para meu choque absoluto, Lucius me agarra pela mão.

Oh. Meu. Saguaro.

Enquanto ele me leva para dentro, minha palma parece que vai chegar ao orgasmo... e então, talvez explodir. Eu não entendo essa reação. De forma alguma.

Claro, a mão dele é grande e quente e tudo, mas eu nem gosto do cara.

Nosso destino é um hangar onde está o ônibus espacial Endeavour. Alguém colocou grandes mesas redondas embaixo da nave, com flores, cadeiras elegantes e outras coisas finas.

Lucius me leva a uma mesa sob a asa esquerda da nave e puxa uma das duas cadeiras vazias restantes.

Um pouco sobrecarregada, eu sento e agradeço a ele.

Uma mulher loira, extremamente polida e de beleza clássica, está sentada algumas cadeiras adiante. Ela me examina com fria curiosidade. O ambiente brilhante e chique parece ser seu habitat natural, enquanto eu devo me destacar como um cacto do deserto em um pântano.

Quando Lucius se senta, ela volta sua atenção para ele – e eu não gosto nem um pouco da expressão de admiração em seu rosto.

— Oi — digo a ela com falsa alegria. — Parece que somos as únicas garotas na mesa.

O cavalheiro corpulento à minha esquerda ri.

A mulher desvia o olhar do meu encontro. — Olá. Não acredito que fomos apresentadas.

Droga. Não sabia que era possível soar como "dinheiro antigo", mas ela administra isso perfeitamente.

Lucius gesticula para ela. — Juno, esta é Eidith. Ela trabalha para mim.

Hum. "Para" é melhor do que "embaixo", suponho.

— É Eidith com um 'i' extra — diz Eidith.

Por que adicionar letras extras em palavras ou nomes?

— Eidith, esta é Juno, minha namorada — Lucius continua.

Uau. Assim que ela ouve a palavra com N, o rosto de Eidith passa por um caleidoscópio de expressões. Choque, decepção e incredulidade são o começo, seguidos por uma opinião extensa que se resume a:

Lixo como esse não pertence a alguém tão rico e bem-sucedido quanto Lucius. Apenas um membro de raça pura de um por cento o faz. Alguém como, digamos, eu, Eidith com um "i" extra.

A parte mais impressionante é a rapidez com que tudo isso desaparece, substituído por um sorriso que você pode localizar em um dicionário ao lado de "polidez fria".

— É um prazer conhecê-la, Juno — Eidith diz, parecendo tão sincera que quase me pergunto se imaginei sua reação inicial.

— Prazer em conhecê-la também — digo.

Um garçom se aproxima com uma bandeja de bebidas, então, todos pegam um copo.

— Como vocês dois se conheceram?— Eidith pergunta com curiosidade aparentemente genuína.

Porcaria. Como poderíamos não ter nos preparado para algo tão básico?

— Ficamos presos no elevador — diz Lucius.

Huh. Indo com a verdade. Corajoso.

Eidith agarra suas pérolas. — Durante aquele incêndio no porão?

— Sim — Eu entro na conversa. — Eu estava com frio, e ele me deu sua jaqueta.

— E, então, bateu forte — diz Lucius.

Sim, muitas batidas quase foram lançadas, com certeza.

— Uma fresta de esperança para um desastre — Eidith diz e novamente soa como se ela quisesse dizer isso.

Sério, eu a julguei mal?

— Exatamente — diz Lucius. — Quando saímos, os repórteres devem ter percebido nossa vibração, então escreveram um artigo sobre nós. Você não viu?

A julgar pelo olhar no rosto de Eidith, ela não viu, mas deveria.

Antes que Lucius pudesse mentir mais sobre nosso encontro, uma horda de garçons chega com bandejas de aperitivos que eles colocam na mesa.

— Isto está ligado? — diz alguém no grande palco – uma celebridade cujo nome não consigo lembrar.

Enquanto a sala se acalma, a celebridade diz: — Muito obrigado por comparecerem para apoiar as crianças.

Crianças? Estava pensando para quê era esta angariação de fundos.

Enquanto ouço, pego um ovo cozido e um biscoito com caviar.

Acontece que estamos aqui para ajudar a levar tecnologia para as salas de aula nos bairros que precisam desesperadamente dela – uma coincidência assustadora, considerando minhas reflexões sobre o conversor de texto em fala hoje cedo.

Quando olho do palco de volta para o meu prato, dou uma olhada dupla.

A maior parte do meu ovo está faltando, assim como todo o caviar. Restam apenas o recheio do ovo e o biscoito.

Que diabos?

Dou uma espiada no cavalheiro corpulento ao meu lado. Ele está comendo outros aperitivos. Além disso, há mais ovos e caviar na mesa, então, por que roubar do meu prato?

Talvez fosse Eidith? Ela está tão magra que precisa de comida extra. Mas não. Ela está a muitos assentos de distância para passar despercebida.

Ah, bem. Pego mais um pouco e observo meu prato com atenção. Não. Apesar deste hangar ter o tema espacial, não há um buraco de minhoca que simplesmente conecte meu prato a outra galáxia. Tanto os ovos de galinha quanto os de peixe ficam parados – até que eu os coma.

— E agora, damos as boas-vindas a todos na pista de dança — diz a celebridade, e a música do clube começa a tocar.

Eidith está olhando para Lucius com esperança em seus olhos?

Ah, não, você não. Se alguém vai dançar com meu falso namorado, sou eu.

Como se estivesse lendo minha mente, Lucius abaixa os lábios até meu ouvido e pergunta em um sussurro sexy: — Você gostaria de dançar?

Capítulo 18

Lucius

Juno bate seus longos cílios para mim por alguns segundos antes de se levantar. — Claro.

Eu a levo para a pista de dança, onde nos juntamos a alguns outros casais. A música que o DJ toca deve ser de Ariana Grande porque é a voz de uma mulher e Juno sorri como uma maluca quando me diz: — Essa é a sua favorita.

Normalmente não sou fã de dançar, mas ver o movimento de Juno torna a tarefa surpreendentemente tolerável. Deve ser seu sorriso brilhante. Ou o balanço de seus quadris arredondados. Ou o brilho em seus olhos cor de mel. Ou pode ser o fato de que seus pés velozes são difíceis de ignorar. Falando nisso, ela sempre teve aquela tornozeleira e anel no dedo do pé?

Eu arrasto meu olhar de volta para seu rosto. Ela está usando o mesmo sorriso brilhante que me capturou antes. De repente, ela empalidece e olha para alguém à nossa esquerda. Seu sorriso evapora, substituído por uma carranca profunda.

— O que foi? — Eu sigo seu olhar e vejo um casal chato: um homem de aparência astuta da minha idade e uma mulher que é claramente uma daquelas herdeiras irritantes com um fundo fiduciário e atitude suficiente para matar um cavalo.

— Esse é o meu ex — diz Juno com a voz um pouco sufocada. — Com sua nova esposa. O upgrade mais rico e inteligente.

Mais rico? Quem se importa? Mais inteligente? Eu duvido muito. Para dar crédito onde o crédito é devido, a mente de Juno é afiada.

O cara astuto nos vê e, por alguma razão, ele parece estar olhando mais para mim do que para Juno enquanto arrasta sua esposa até nós.

Que inferno novo é esse?

— Juno — Ele grita sobre a música quando eles estão perto o suficiente. — O que você está fazendo aqui?

— Ela é minha namorada — Eu retruco e tento o meu melhor para projetar uma atitude de "agora nos deixe em paz".

O cara parece à beira de babar. — Você é Lucius Warren, certo?

Como sempre, posso dizer o que ele realmente está dizendo, e é: *você é aquele cara que pode fazer algo por mim. Por favor, seja esse cara. Por favor.*

— É ele — diz a esposa, radiante. — Eu disse a você que é ele.

— O que você está fazendo aqui? — Exige Juno.

O ex dá de ombros. — Esta causa é importante para a esposa.

É realmente a causa, ou glamourizar e se misturar com as pessoas certas?

Juno parece tão cética quanto eu. — Bem — diz ela. —, legal encontrar com vocês dois.

Tradução do discurso educado: *Foi uma merda, então vá embora.*

— Ouvi dizer que você está solicitando médicos para um projeto secreto — diz o ex para mim, com os olhos brilhantes.

E aí está. *Posso, por favor, estar no Projeto Novus Rome? Por favor.*

— É verdade — digo. — Mas por que você se importa? Estou procurando os *melhores* médicos.

Está claro que estou sugerindo "e você não é um deles"? Sim. Com base nos olhos arregalados de Juno e da esposa do cara, a mensagem é transmitida. O ex também deve entender, já que parece que está pensando em dar um soco.

Eu dou a ele um olhar que diz, *Sim, por favor. Boa ideia. Faça a vinda a este baile valer o meu tempo.*

Infelizmente, ele se acovarda. — É melhor deixarmos vocês dois dançarem — O imbecil diz para Juno. — Vamos nos abraçar e...

— Abraçar? — Minhas mãos se fecham em punhos.

Ele dá um passo para trás. — Eu sou um abraçador.

Juno revira os olhos, mas concorda. — Sempre foi.

— Eu sou um socador — Afirmo. — Vamos satisfazer nossas naturezas hoje?

O ex vira as costas e vai embora. Sua esposa bufa indignada e o segue.

— Homem das cavernas — Juno diz para mim, mas o sorriso que aparece nos cantos de seus olhos a trai.

Aposto um milhão de dólares que ela está feliz por seu ex parecer um idiota.

— Vamos retomar a dança — digo.

Ela assente e, naquele momento, a música muda para uma música lenta.

— Esta é a nossa chance de mostrar a todos que esse fartlek é real — Sussurro em seu ouvido.

— Você está certo. — Sua expressão é ilegível quando ela se aproxima. — Vamos fazê-los comer seus corações. — Com isso, ela coloca os antebraços nos meus ombros.

Caralho. Sua proximidade é inebriante.

Então, novamente, talvez eu possa usar isso como uma chance de me treinar para resistir aos impulsos biológicos. Coloco minhas mãos em seus quadris, puxo-a para perto e começo a me mover no ritmo da música.

Caralho duplo. Mal começamos e já estou perdendo a batalha contra meu corpo.

Ela tem um cheiro delicioso demais, e olhar para as profundezas âmbar de seus olhos é muito hipnotizante.

Ela pode sentir minha furiosa ereção?

Seu sorriso de Mona Lisa não denuncia, de um jeito ou de outro.

Ela fica na ponta dos pés para alcançar meu ouvido com os lábios. — Você é um bom dançarino.

— Sou? — Meu pau se contrai com o sopro quente de sua respiração, e minha voz é muito rouca quando digo: — Isso é novidade para mim.

Ela assente, olhando para mim. — Onde você aprendeu?

Eu me forço a me concentrar. — Às vezes danço com a minha avó.

Ela parece ofensivamente surpresa. — Mesmo?

— Sim. Por que não? Existe algo sobre mim que diz 'odeia a avó dele'?

Ela lambe os lábios de forma enlouquecedora. — Não. Desculpa. Só não esperava que você dissesse isso.

Droga.

Seus lábios me chamam, como aquelas sereias que afogam os marinheiros.

Eu a puxo para mais perto, e ela parece não se importar.

Eu me inclino sem querer, e ela...

Caralho.

Eu congelo, olhando para o lado.

É isso o que eu acho que é?

Sim. Uma criatura peluda está correndo pela pista de dança, segurando um pedaço de ovo cozido.

Devo estar imaginando.

Eu aperto os olhos.

Não.

É Blackbeard, um dos meus furões.

Capítulo 19

Juno

Santo saguaro.

Lucius estava prestes a me beijar.

E acho que poderia tê-lo deixado.

Felizmente, ele parou, e a ideia deve realmente repulsá-lo agora – pelo menos é assim que interpreto o fato de ele me deixar ir e olhar sob os pés de todos com tanta atenção.

— Já volto — Ele diz e começa a caminhar em direção ao palco.

Huh?

Ele pega um microfone e grita: — Todo mundo parado! Não movam um centímetro. Meu furão escapou para a pista de dança e, se alguém pisar nele, pisarei pessoalmente em vocês com todos os meus advogados.

Pelos espinhos do saguaro. Todos realmente

congelam, a música para e muitas coisas acontecem ao mesmo tempo.

— Ele disse ratão? — A nova esposa do meu ex grita e pula na cadeira mais próxima.

Tenho certeza de que ele disse "furão", já que ele é dono de furões e tudo. Independentemente disso, ao ouvir a palavra "ratão", uma mulher grita como um macaco com crack, e um homem de meia-idade pula em uma cadeira, que imediatamente tomba. Seguem-se mais gritos e dezenas de mulheres levantam as saias, como se estivessem em um bar do velho oeste. Outros sobem em suas cadeiras e alguns socialites particularmente habilidosos acabam nas mesas. Todos os outros permanecem congelados – em estado de choque ou devido à ameaça de Lucius.

Com o canto do olho, vejo uma sombra peluda enquanto ela mergulha sob uma mesa vazia próxima.

— Lá! — Eu grito por Lucius, então corro para o – esperançosamente – furão.

Quando chego à mesa, não há nenhuma criatura à vista, mas vejo um pedaço de ovo com marcas de mordidas do tamanho de um furão.

Então foi isso que aconteceu com meu aperitivo de caviar e ovo. O furão deve ter pegado.

Lucius se apressa. — Blackbeard!

— Ele não está aqui — Grito de volta. Ele chamou seu furão de Blackbeard, ou Barba Negra? Isso é como pedir à pobre criatura para causar problemas. Embora talvez ele tenha dado o nome ao furão depois que o conheceu.

Eu freneticamente olho ao redor. Todos que não estão em uma cadeira ou mesa ainda estão congelados no lugar, olhando horrorizados sob seus pés.

Então eu o vejo. — Blackbeard está no palco!

Lucius deve me ouvir porque ele corre até lá, assim como eu faço o mesmo.

Enquanto isso, Blackbeard agarra o cabo preso ao microfone com os dentes e dá um puxão.

O microfone começa a tombar.

Oh, não.

E se ele esmagar o...

Ufa.

A haste de metal erra o furão por poucos centímetros e atinge o chão com um guincho ensurdecedor que faz todos baterem com as palmas das mãos nas orelhas.

Ao contrário dos humanos, Blackbeard parece mais intrigado do que assustado. Ele corre até o microfone e, a julgar pelos sons de trituração que se seguem, tenta comê-lo.

Subo correndo a escada que leva ao palco, e Lucius faz o mesmo do outro lado.

É isso.

Temos o bicho encurralado.

Nós saltamos para ele.

Nossos corpos colidem. A mão de Lucius pousa no meu peito, mas o furão escapa, cacarejando excitado.

— Desculpe — diz Lucius, tropeçando para trás. — Isso foi um acidente, eu juro.

— Não se preocupe — Minto. Meu mamilo está nitidamente pontiagudo onde ele me tocou, e minha respiração está mais do que um pouco instável — e não apenas por causa da perseguição ao furão. — Vamos pegá-lo.

Nós rastreamos Blackbeard até o outro lado da sala, onde ele para e olha para o ônibus espacial.

Seus pensamentos não são difíceis de ler:

Argh! Se eu pudesse entrar lá, poderia ser o primeiro pirata espacial. Alienígenas e Predadores iriam estremecer suas madeiras — o que quer que isso signifique — e andar na prancha espacial.

Eu me movo devagar, preocupada em ser notada. Ao passar por uma mesa próxima, pego um ovo cozido.

Atrás do furão, Lucius também se aproxima, mas sem nenhuma isca.

Quando estou a três metros de distância, o furão olha diretamente para mim com um olhar travesso.

— Ei, pequena bola de pelo. — Eu deixo cair o ovo entre nós. — Venha pegar este tesouro suculento.

Piratas gostam de tesouro, certo?

Espere, por que as pessoas estão olhando para minha bunda?

Que seja. A boa notícia é que a ideia da isca funciona. Blackbeard corre para o ovo, olhando para mim com cautela de vez em quando. O que o pobre furão não percebe é que sou uma distração.

Assim que ele engole o ovo, Lucius o agarra por trás.

— Hora de levá-lo para casa — diz Lucius, segurando seu amiguinho gentilmente, mas com firmeza.

Sigo os dois até a limusine.

Assim que entramos, Lucius pergunta: — Você se importa se eu o levar para casa primeiro?

— Claro que não — digo. — Posso segurá-lo?

Lucius dá um carinho em Blackbeard que me deixa com ciúmes. — Você se importa em esperar até entrarmos no jardim projetado? É à prova de furões... ou assim pensei.

Meus lábios se abrem em um sorriso. — Como você acha que ele saiu?

Lucius levanta os ombros. — Eu brinquei com eles antes de sair. Então, talvez ele tenha se enfiado no bolso do meu paletó?

Eu toco o lindo colar. — Você trouxe a bolsa da Tiffany com você?

Ele dá a Blackbeard um olhar respeitoso. — Você está certa. Ele deve ter entrado naquela bolsa e depois se escondido em algum lugar deste carro.

Eu rio. — Essa é uma coisa legal do meu cacto. Ele fica parado.

Lucius acaricia o pelo de seu furão com um leve rolar de olhos. — Não tão agradável ao toque, porém, seu cacto.

— Mas ele pode produzir oxigênio que dá vida, então, é uma compensação.

Lucius não parece convencido, mas felizmente ele muda de assunto. — Você quer continuar jogando o jogo de conhecer o outro?

Eu suspiro. — Certo. Qual era a próxima pergunta naquela lista de gênios que você desenterrou?

Segurando o furão com uma mão, ele pega o telefone com a outra e dá uma olhada rápida. — Você prefere balões de festa ou palhaços?

Eu espero pela piada que nunca vem. Até o furão fica tipo "Como isso é relevante?"

Eu solto um suspiro. — Balões, eu acho. Palhaços são assustadores.

— Eles são agora, mas não eram ao longo da história – o que eles têm muito. Mesmo na Roma Antiga, eles tinham *stupidus* – um tipo de palhaço. Aposto que foram John Wayne Gacy e Pennywise de *It* que tornaram os palhaços assustadores. Talvez o Coringa também.

Eu considero isso. — Não. Eu não gostava de palhaços quando criança – sem exposição a assassinos em série ou palhaços malignos fictícios. Eu acho que era por causa de suas roupas e maquiagem estranhas.

Lucius ergue Blackbeard até seu rosto e esfrega sua bochecha de barba por fazer contra o pelo do furão. — O que você queria me perguntar?

Eu fico boquiaberta com ele. Estou tendo alucinações ou essa é a coisa menos idiota que já vi um homem fazer? Quero dizer, em termos de fofura, isso é igual a um cara abraçando um bebê, e Lucius deve fazer isso regularmente porque Blackbeard parece gostar. O furão fecha os olhos em evidente prazer. Se ele fosse um gato, aposto que ronronaria.

Isso não é o que eu esperava de Lucius. De forma alguma.

Eu reúno meus cérebros embaralhados. — Qual é seu filme favorito?

Ele zomba. — Como essa pergunta é melhor do que as da lista da qual você está reclamando?

Ah, o idiota do Lucius está de volta... ou nunca foi embora. — Aposto que poderia aprender muito sobre você com a resposta.

— Tudo bem — diz ele. — *Gladiador*. O que isso lhe diz?

Eu sorrio. — Que temos algo em comum. Eu adoro esse filme. Também me diz que, como eu, você acha Russell Crowe gostoso. Certo?

Isso foi uma sugestão de um sorriso? — Não — diz Lucius. — Mas ele teve uma ótima atuação, e o filme é o melhor de todos os que vi retratando Roma.

Bum. Uma coleção de suas outras respostas voa pelo meu cérebro, junto com aqueles estúpidos botões do elevador. — Você *realmente* gosta da Roma Antiga, hein?

— E você realmente gosta de *cactuses*. E daí?

Eu mostro minha língua – um gesto que o furão repete instantaneamente antes de ir mais longe lambendo a bochecha de Lucius. — Apenas mostra o quanto aprendi sobre você graças a essa pergunta.

Lucius usa o ombro para limpar a saliva do furão do rosto. — Você ganhou. Eu perguntarei a namoradas futuras sobre seus filmes favoritos. Feliz agora?

Não. De jeito nenhum. Eu odeio a ideia dele em encontros futuros... com outras pessoas, quero dizer. — Por que Roma? — Eu pergunto, ansiosa para mascarar minha reação irracional.

Ele aperta o furão contra o peito como se a criaturinha fosse um bebê. — Minha mãe me levava lá quando ela queria. Para ela, acabou sendo mais uma fase. Para mim, pegou.

Parece haver algo não dito aqui, especialmente considerando a sugestão de que sua mãe teve um caso de uma noite com um dos membros do Metallica.

— Você e sua mãe são próximos? — Eu pergunto gentilmente.

Seus lábios ficam apertados. — Não mais.

— Oh? — É tudo que eu confio em mim para responder.

Seus olhos cor de aço ficam duros. — Ela me deixou para viajar pelo mundo quando eu tinha oito anos. Ser mãe foi apenas mais uma fase para ela. Minha avó me criou. Mas chega de falar sobre mim. Por que você gosta tanto de cacti?

Tenho a sensação de que é melhor deixar a questão da mãe dele em paz. — Por que eu não gostaria de *cactuses*?

— Porque você se arrependeria de tocar em um?

Algumas palavras indelicadas estão na ponta da minha língua, mas considerando o que ele acabou de compartilhar sobre sua mãe, eu as engulo. — Você está errado. Os *cactuses* são incríveis. Eles são durões. Prosperam onde outras plantas nem ousariam crescer. Eles têm profundidades escondidas neles. Você pode ver alguns centímetros de um cacto acima do solo, mas suas raízes podem ter dois metros de profundidade. Apesar de seus espinhos, quando as condições são adequadas, os *cactuses* têm as flores mais bonitas. E eles...

A limusine para em frente a altos portões de ferro forjado.

— Quase em casa — diz Lucius enquanto os portões se abrem, dando-me um vislumbre de uma enorme mansão que parece um museu de arte moderna.

Eu assobio. — Você roubou os designs do Getty Center?

Ele aperta mais um Blackbeard de repente mais excitado. — Tanto o Getty Center quanto o Getty Villa inspiraram minha casa.

Faz sentido. J. Paul Getty era um bilionário no século anterior, então, por que não usá-lo como modelo?

A limusine atravessa o lindo pátio até parar ao lado de um grande edifício abobadado. — Lá dentro — diz

Lucius quando Elijah abre a porta. — Acho que você vai gostar do jardim projetado.

Saímos e, assim que passamos pela porta do referido jardim, Blackbeard começa a fazer barulho – e um coro ecoa de volta.

Em um borrão de pelo, mais dois furões chegam e começam a brincar.

— Vocês estavam preocupados com Blackbeard? — Lucius pergunta a eles, gentilmente colocando a criatura peluda no chão.

Em resposta, um furão mordisca a bunda de Blackbeard, o outro, o sapato de Lucius. Então, os furões começam a perseguir uns aos outros alegremente.

— São Calígula e Malfoy. — Lucius aponta para cada furão por sua vez. Há uma nota distinta de orgulho paternal em sua voz.

— Grandes nomes. Você tem um pirata, um tirano insano e um *Sonserina* de sangue puro.

Além disso... devo mencionar que o pai de Draco Malfoy se chamava Lucius?

Não. Tenho certeza de que ele sabe.

Lucius ri. — Eu brinquei com a ideia de conseguir mais um. Se eu fizer isso, vou chamá-lo de Fofo.

Eu sorrio. — E acabará sendo o mais maligno.

Os olhos de Lucius permanecem no meu rosto. — Quer verificar o resto do jardim?

Eu aceito, e ele me leva através do espaço gigante. Cada canto tem uma caixa de areia – presumivelmente para os furões. Pessoalmente, estou mais intrigada com a verdadeira cornucópia de espécies de plantas, como kalanchoe, peperomia, plantas de cobra e aranha, orquídea mariposa – a lista é interminável.

Quando voltamos à entrada, Lucius diz: — Se você gostou disso, há algo que você precisa ver nos jardins lá fora.

Ele também tem jardins abertos? Eu luto contra o desejo de pular para cima e para baixo. — Sim, por favor.

Ele me deixa ir primeiro, depois fecha a porta com cuidado, certificando-se de que os furões fiquem para trás.

Eu o sigo por fileiras de mil-folhas, amoras e flores de damas até chegarmos ao nosso destino.

É um jardim de cactos.

Eu suspiro de admiração.

Cacto de barril dourado majestoso. Pera espinhosa magnífica. Lindo cacto de dólar. E assim por diante.

— Olhem para vocês, belas criaturas — Eu sussurro enquanto me aproximo de cada um, esquecendo por um segundo onde estou.

Lucius caminha ao meu lado. — Então você não toca Metallica apenas para cacti? Você também conversa com eles?

— *Cactuses* — digo. — E sim, eu converso. Você tem algum problema com isso?

Ele me considera, sério. — Acho fofo.

Meu estômago está agitado, como uma flor de cacto sendo polinizada por um beija-flor.

Umedeço meus lábios secos. — Essa é outra inspiração do Getty Center?

Ele inclina a cabeça. — Como assim?

Eu pisco para ele. — Você nunca viu o jardim de cactos lá? É o lugar mais bonito de toda LA. — Volto-me para seus cactos. — Ou o segundo mais.

Ele examina seus cactos como se fosse a primeira vez. — Acho que vou contratar o designer de jardins que usei para minha casa para ajudar na Novus Rome.

Eu relutantemente arrasto meu olhar para longe dos seres majestosos que são seus *cactuses*. — Novus Rome?

Seus olhos se arregalam. — Eu não te contei sobre Novus Rome?

— Não.

— Venha, deixe-me fazer uma turnê e eu explico.

É o que ele faz e, até onde posso entender, Novus Rome será uma cidade inteligente futurista construída e executada exatamente de acordo com as especificações meticulosas de Lucius. Ele não explica por que quer isso, mas acho que é porque é a viagem de poder definitiva. Sempre suspeitei que, quando você fica rico o suficiente, começa a querer brincar de Deus.

Durante a explicação, também vejo a chamada casa de Lucius – uma ridícula exibição de riqueza feita de concreto e vidro. Cada quarto é rotulado com uma inscrição em latim, que Lucius traduz como *Sun Room*,

Atrium, e assim por diante. Sem surpresa, existem muitas Galerias dedicadas a todas as coisas de Roma. Elas me lembram as asas de um museu de história natural. Um pouco mais interessante é a Sala Metallica, onde Lucius exibe apetrechos que pertenceram à banda, a maioria autografada. Sempre que pergunto, descubro que o item em questão foi comprado em algum leilão por um preço verdadeiramente obsceno.

Ele para de falar quando chegamos a um alto conjunto de portas, com uma palavra gravada em uma que meu cérebro percebe como "Cumbilubecube". Lucius lê como *Cubiculum*, o que não faz muito mais sentido, mas tanto faz.

— Onde você vai construir a Novus Rome? — Pergunto. — Em uma ilha deserta?

Ele para e me encara. — Em uma península. Você pode ter ouvido falar do lugar. Chama-se Flórida.

Eu bufo. — Laranjas e sol?

— Essa mesma. Estou comprando um terreno épico não muito longe de Gainesville.

— Uau! Acabei de me inscrever na Universidade da Flórida, que fica em Gainesville.

Ele sorri levemente. — Uau duplo então, estou voando para lá amanhã.

— Está?— Acho difícil manter a inveja longe da minha voz.

Seus olhos brilham. — Por que você não se junta a mim?

Eu pisco para ele. — Acompanhá-lo em uma viagem de trabalho?

— Por que não?

— Porque eu não tenho uma passagem de avião, para começar.

Ele acena para longe. — Estaríamos voando no meu jato.

Claro que ele tem um jato particular. Ele vem de fábrica com esta mansão.

— Eu não quero me intrometer. — É difícil soar como se eu estivesse falando sério, porque eu absoluta, totalmente adoraria voar em um jato particular para conferir o campus da UF.

— Você não estaria se intrometendo — diz ele. — Isso nos daria a chance de nos conhecermos melhor. Raramente faço algo produtivo quando voo, então funcionaria perfeitamente.

— Então... eu serei seu entretenimento a bordo. — Porcaria. Isso soou obsceno?

Ele olha para mim com uma expressão estranha. — Isso é um sim?

— Claro. — Limpo minha garganta repentinamente seca. — Vamos continuar o passeio?— Eu aceno para o *Cubiculum*.

— Não tenho certeza se é apropriado entrarmos lá — diz ele com uma careta. — Esse é o meu quarto.

— Caramba. — Agarro teatralmente o colar de diamantes. — E sem acompanhante? Impensável.

Ele resmunga algo baixinho, depois gesticula para

uma sala que ainda não visitamos. — Que tal irmos para o Escritório?

— Certo. O que há depois disso – a Adega? Ou o Salão? O Cofre, talvez?

— Se você quiser — diz ele, sua expressão inexpressiva. — Não sou um grande conhecedor de vinhos, então minha adega é bem pequena.

OK, certo. Provavelmente maior do que todo o meu apartamento.

Ao entrarmos no Escritório, percebo que pode ser o cômodo mais modesto de todo o lugar. Vejo um sofá, uma estante de livros, um lindo tapete e um pilar encimado por um lindo vaso bordado em vidro camafeu – provavelmente da Roma Antiga. Parece ser a única coisa absurdamente cara na sala... a menos que todos os livros sejam primeiras edições assinadas pelos autores. Ou as pernas do sofá sejam feitas de diamantes. Ou o tapete seja feito de fio de ouro e depois pintado.

Eu olho em volta enquanto franzo as sobrancelhas incisivamente. — Onde fica o quarto com a piscina?

Ele franze a testa. — Você viu a piscina.

— Não, aquele cheio de ouro em que você nada. Sabe, como o Tio Patinhas?

Ele dá um passo em minha direção, os olhos brilhando com riso ou travessura. — Você sabia que Calígula – a figura histórica, não meu furão – costumava fazer algo assim? Ele colocava ouro no chão e passava por ele, ou caminhava sobre ele com os pés descalços. — Ele olha para os meus pés enquanto diz isso, e se a ideia é canalizar aquela figura histórica famosa por uma libido insaciável, ele o faz estranhamente bem.

Com a respiração acelerada, dou um passo para trás e tropeço na beirada do tapete.

Porcaria!

Eu agito meus braços, tentando agarrar algo para amortecer minha queda. Minha mão bate no vaso, fazendo-o voar, mas não fazendo nada para impedir minha bunda de sua inevitável colisão com o chão.

Exceto que não é tão inevitável.

Logo antes de meu cóccix beijar o mármore duro, mãos poderosas me pegam, e me vejo olhando para o rosto preocupado de Lucius — mesmo quando um estrondo chega aos meus ouvidos.

Ah, merda. O vaso.

A julgar pelo som, está em pedaços.

— Peguei você — Lucius murmura, alívio evidente em sua voz.

— Mas não o vaso — Eu suspiro, envolvendo meus braços em volta de seu pescoço forte. Falar em seu abraço é surpreendentemente difícil, especialmente porque ele ainda está me segurando em uma posição semi-horizontal, como se estivesse me mergulhando no tango.

— Não se preocupe com isso — diz ele sem um segundo de hesitação. Por alguma razão, ele não parece estar com pressa para me colocar de pé e me soltar.

Umedeço meus lábios. — Mas... era caro?

Seus olhos metálicos nunca deixam os meus, o brilho neles é hipnotizante. — Incalculável.

Engulo em seco. Não tenho certeza se é a queda ou a culpa, mas me sinto meio que flutuando. Estou à beira de desmaiar?

— Você está bem? — Ele pergunta, sem dúvida porque meu corpo relaxou em seus braços.

Eu o encaro enquanto tento pensar em uma resposta. Por um lado, seu braço musculoso embalando minhas costas é incrível. Por outro lado, me sinto péssima com o artefato antigo que arruinei, mesmo que ele não pareça se importar com isso. Como não posso confiar em mim mesma para não balbuciar, respondo com uma versão resumida – um sussurrado: "Estou bem".

Ele finalmente se move para me colocar de pé, e fico hiperconsciente da trajetória de nossos lábios. Especificamente, as pequenas correções que preciso fazer para colocá-los em rota de colisão. Eles estão separados por apenas alguns centímetros. Agora três centímetros, dois, um... decolagem.

Pelo saguaro espacial, a NASA estaria orgulhosa de mim.

Como um ônibus espacial atracando em uma estação espacial, nossos lábios se encontram. O calor corre através de mim, como uma explosão solar, e nossas línguas dançam, como um planeta e sua lua. Se as bocas pudessem ver, a minha ficaria admirando estrelas, nebulosas e galáxias distantes. Endorfinas explodem em meu cérebro como supernovas, e sinto uma umidade entre minhas pernas, como... err... algo molhado no espaço.

Eu me arqueio contra ele, e algo duro pressiona meu estômago.

Sua ereção.

Ah, merda. O que estamos fazendo?

Eu solto seu pescoço, cambaleando para trás – e é um milagre que eu não acabe de bunda, depois de tudo. Ou quebre outra coisa inestimável.

Ofegante, eu toco meus lábios, olhando para ele. — Eu... me desculpe.

As bordas de suas maçãs do rosto estão pintadas com cores escuras e sua respiração parece igualmente irregular. Então, mesmo enquanto eu observo, uma máscara dura cai sobre suas feições. — Eu beijei *você* — diz ele asperamente. — *Eu* não deveria me desculpar?

Ele beijou? Achei que eu o tinha beijado. Que seja. Quem quer que tenha começado, com certeza o fizemos com um entusiasmo que quebra todas as regras com as quais concordamos.

— Acho que devo ir. — Eu olho em volta estupidamente, como se uma saída da mansão fosse se materializar magicamente nesta sala.

— Entendido. — Ele toca um sino pendurado na parede.

Eu pisco quando Elijah aparece quase instantaneamente. Aparentemente, abrir portas de limusine é apenas uma de suas míticas habilidades de mordomo.

— Leve Juno para casa — diz Lucius imperiosamente.

Com um breve aceno de cabeça, Elijah gesticula para que eu prossiga até a porta.

Eu o sigo, meus passos como zumbis, e só quando chego à limusine é que percebo que nunca disse adeus a Lucius.

Ele também não disse para mim, embora em sua defesa (se é que isso pode ser chamado de defesa), ele é um bastardo rude.

Quando o carro começa a se mover, a enormidade do que acabou de acontecer me atinge, como um touro num toureiro inexperiente.

Lucius e eu nos beijamos.

E eu gostei.

Mais do que gostei.

Mas ele não gostou. Ou gostou? Houve uma ereção...

Mas então, por que me expulsar?

Ele me *expulsou*?

De qualquer maneira, o que eu estava pensando? Eu claramente não estava. Isso é o que acontece quando você deixa os ovários assumirem o controle do cérebro. Nosso negócio acabou agora? Estraguei nosso acordo?

As perguntas fervilham em meus neurônios durante todo o caminho para casa e enquanto sigo minha rotina noturna, mas não encontro exatamente nenhuma resposta.

Só quando adormeço é que mais uma pergunta vem à tona.

Ainda vou para a Flórida amanhã?

Capítulo 20

Lucius

Assim que Juno sai, quero me dar um soco no pau –
o culpado por esse fiasco.

Hum. Uma variação disso pode não ser a pior ideia.
Eu bato e tranco a porta do meu quarto antes de
apertar meu pau, ansioso para liberar a energia sexual
antes que algo em minhas bolas exploda.

Limpando depois, eu rotulo o que aconteceu como
o que foi: minha pior perda para a biologia, de todos os
tempos. E não é culpa de Juno – ela não pode deixar de
ser sexy como o inferno. Mas foi *minha* ideia idiota
vesti-la e maquiá-la ainda por cima, como se eu
quisesse desafiar meu autocontrole.

Bem, eu falhei. Agora, ela provavelmente vai
detonar com todo o fartlek, mesmo antes de eu ter a
chance de desfilar com ela na frente de Vovó.

Talvez seja o melhor. Ainda assim, uma parte de

mim está desapontada por ela estar fora da minha vida – uma parte que é certificável, sem dúvida.

Como de costume para mim, chego a uma decisão em um piscar de olhos.

Não vou ligar ou mandar mensagem para ela para verificar onde estamos. Vou mandar Elijah com o carro para ela amanhã de manhã, como se nada tivesse mudado. Se ela se recusar a ir, pensarei em outra solução.

Com isso, cedo mais uma vez à biologia ao desperdiçar tempo potencialmente produtivo com o sono.

———

Estou no meu laptop em meu jato parado quando chega uma mensagem de Elijah.

Ela entrou no carro.

A onda de alívio que sinto é ilógica, mas não quero examiná-la muito de perto – optando por me concentrar no trabalho, pois, assim que os motores começarem a rugir, terei dificuldade em me concentrar, mesmo com o fone de ouvido abafando o barulho. Sem mencionar que a chegada de Juno também pode atrapalhar minha concentração.

Inferno, ela nem está aqui ainda e já está fazendo isso.

———

Alguém limpa a garganta.

Eu olho para cima do meu laptop.

Sim.

Lá está ela.

Juno.

Ela está vestida de maneira muito mais casual hoje, com jeans, camiseta e sandálias – mas ainda consegue parecer sexy.

Perturbadoramente.

— Olá. — Fecho meu laptop – uma cortesia que mostro apenas a algumas pessoas selecionadas.

Ela coloca as mãos nos quadris. — Isso é tudo que você tem a me dizer?

Eu escondo o laptop debaixo do meu assento. — Olá, como vai?

Seus olhos cor de mel brilham como picadas de abelha. — Então é assim que você quer jogar? — Ela sorri docemente para mim e, com uma voz que me lembra a maneira como ela fala com as plantas, ela diz: — Estou ótima, querido. Como você está?

Eu suspiro. — É sobre o que aconteceu ontem?

— Oh? — Ela pergunta naquele mesmo tom doce. — O que aconteceu ontem?

— Estávamos praticando para nossos papéis. Obviamente. — Pronto. Uma saída perfeita.

Ela me encara por alguns instantes, e não sei dizer se ela está aliviada ou chateada. Eidith seria capaz de descobrir, mas estou tendo problemas. Eu perguntaria, mas até eu sei que é melhor deixar algumas coisas não ditas.

Finalmente, Juno pisca, quebrando nosso contato visual, e pergunta em sua voz normal: — Onde posso sentar?

Capítulo 21

Juno

Lucius gesticula para o assento espaçoso à sua frente, então, vou até lá.

Esta manhã foi uma montanha-russa. Ainda não consigo acreditar que ele mandou o mordomo me buscar como se nada tivesse acontecido. Mas acho que faz sentido se ele considerar o que aconteceu ontem como uma espécie de prática DPA.

Pelos espinhos do saguaro, nunca senti tanto conflito. Eu deveria estar aliviada pelo beijo não ter sido nada, mas não consigo evitar um sentimento irracional de desapontamento. Eu devo ter desejado que fosse real. Ou alguma parte louca em mim queria isso.

Eu me jogo desajeitadamente no assento de couro, e parece uma nuvem. Ignorando Lucius por um momento, examino o luxuoso interior do jato.

Droga.

Tendo passado por seções de primeira classe em aviões regulares, posso comparar isso a eles, e é como um hotel cinco estrelas versus um casebre infestado de ratos.

— Se você quiser uma massagem, basta apertar este botão. — Lucius aponta para um controlador ao lado de seu cotovelo.

Intrigada, eu o faço.

Minha cadeira ganha vida. Ela me inclina para trás e os apoios de braços e pés se abrem, como três jacarés famintos.

— Se você quiser uma massagem nos braços e/ou pés, coloque as partes apropriadas ali — Explica Lucius.

À menção de uma massagem nos pés, eu ruborizo. Ele se lembra do que eu disse naquela vez? Provavelmente – ainda me lembro dele dizendo que gosta de dar a eles...

Que seja. Para saciar minha curiosidade, enfio os braços nas seções correspondentes e, depois de uma leve hesitação, tiro as sandálias e coloco os pés na parte inferior.

Hum. O olhar de Lucius demorou demais em meus pés? Em caso afirmativo, por quê? Eu deveria usar meias... ou isso tem a ver com toda aquela conversa de massagem nos pés...

Uau. A massagem começa e é incrível. Talvez incrível demais – um gemido está prestes a escapar dos meus lábios.

— Como desligo isso? — Eu pergunto com urgência.

Lucius salta de seu assento e pressiona algo em meu controle remoto, fazendo com que a cadeira se solte.

— Você está bem? — Ele pergunta, pairando sobre mim com preocupação em seu rosto.

Coloco minhas sandálias de volta. — Foi intenso demais. Acho que não consigo conversar e usar esta cadeira ao mesmo tempo.

Ele volta ao seu lugar. — Então... você ainda está disposta a ter uma conversa?

Reviro os olhos. — Mesmo que isso signifique mais de suas perguntas tolas de conhecer um ao outro.

Ele pega o telefone e olha para a tela. — Nesse caso, se você pudesse se livrar magicamente de uma função corporal, qual você escolheria?

— É sério?

Ele esconde o telefone. — Por que eu não estaria falando sério?

— Porque as funções corporais geralmente não fazem parte de uma conversa educada, fora das piadas. A menos que um peido cerebral seja uma função corporal, porque acho que quem criou essas perguntas deve ter tido um. — O que deixo sem dizer é que Lucius também deve ter tido um peido cerebral quando decidiu fazer essas perguntas.

Ele esfrega as têmporas. — A resposta correta é adequada para uma conversa educada.

O rolar dos olhos é uma função corporal? Porque isso acontece de novo para mim.

— E qual é a resposta certa? Suar?

— Dormir.

Minhas sobrancelhas saltam – uma função corporal que você pode corrigir com Botox em vez de mágica. — O sono é mesmo uma função corporal?

— Uma essencial — diz ele. — Mas como estamos falando de intervenção mágica, sua saúde não sofreria se você desistisse neste cenário. O sono é a única a se livrar porque ocupa um terço de nossas vidas.

Talvez uma massagem seja exatamente o que eu preciso para me manter calma enquanto falo com ele?

— Perguntas para conhecer um ao outro devem ser abertas — digo. — Se elas tiverem respostas certas ou erradas, é um teste.

— Você pergunta alguma coisa, então — diz ele.

— Certo. Por que você iria querer se livrar de uma função corporal, em primeiro lugar?

Ele esfrega o queixo. — Esta é uma boa pergunta. Acho que é minha aversão a ser biológico.

Eu fico boquiaberta com ele. — Ao contrário de quê, metafísico?

Ele balança a cabeça. — Uma das coisas que espero no futuro é carregar o conteúdo do meu cérebro em uma construção mais robusta e depois viver dentro de um corpo muito melhor projetado do que este saco de carne. — Ele olha para si mesmo com desaprovação.

Devo assegurar a ele que o saco de carne em

questão é realmente muito bonito? E que é o cérebro dentro dele que precisa de alguma melhoria – pelo menos as partes responsáveis pelas habilidades sociais?

Não.

Em vez disso, pergunto: — Então... você gostaria de ser um robô?

— Ou, pelo menos, um ciborgue — diz ele, impassível.

— E você tem certeza de que não é secretamente um robô já?

Isso explicaria muito.

Ele zomba. — Se eu fosse um robô, paus e pedras não quebrariam meus ossos de titânio.

Eu não posso deixar de bufar. — Se assumirmos que se tornar um robô – ou um ciborgue – é uma boa ideia, o que não é, a tecnologia não está muito longe disso?

Ele balança a cabeça. — Muitos pensam que sim, mas acredito que está logo ali. Vovó já é um ciborgue – pois ela tem um implante coclear. E se ela desenvolvesse retinite pigmentosa severa, eu poderia conseguir para ela olhos biônicos, que muitas pessoas já têm.

Uau. Olhos biônicos já existem? Eu não sabia. — Entendo por que você comprou um aparelho para restaurar uma função, mas está pensando em apenas abandonar seu corpo de cagar e rir. — Eu sorrio para ele. — E se você fosse um robô, não seria capaz de fazer nenhuma dessas coisas.

Ele acabou de revirar os olhos para mim? — Não me diga que você é uma daquelas que acham que o corpo humano é perfeito como é.

— Eu diria que o corpo de *algumas* pessoas é perfeito. — Meus olhos não biônicos traiçoeiros não podem deixar de examinar seu corpo alto e musculoso.

— E a garganta? — Ele pergunta.

Eu olho para seu pomo de Adão supremamente masculino em confusão... e com uma pequena pitada de luxúria. — O que tem?

— Mesma passagem para comida e respiração — diz ele com desdém. — Você sabe quantas pessoas engasgam? Quantos bebês? E nem me fale sobre o quão fácil é quebrar o pescoço – e quão irreparável é o dano resultante disso.

Quebrar o pescoço? Espero que ele não faça isso comigo por perguntar: — Seu corpo de robô terá um respiradouro, como em um golfinho?

Ele não se incomoda. — Assumindo que o corpo vai precisar de ingestão de oxigênio, talvez. Ou talvez tenha painéis solares ou use fotossíntese.

Ooh, eu gosto da última ideia. Se eu pudesse realizar a fotossíntese, seria como um cacto.

Eu esfrego a parte de trás, de repente menos útil, do meu pescoço. — Essa é apenas uma parte do corpo. Por que se livrar do resto?

— Isso é apenas o começo. Nossos joelhos são ridiculamente fáceis de se romper. Nossas papilas gustativas anseiam por coisas que fazem mal à nossa saúde. E, ao contrário da maioria dos outros animais, não produzimos nutrientes essenciais, como a vitamina C, em nossos corpos.

Huh. Nunca pensei nisso, mas ele está certo. Os cervos comem apenas grama, mas nunca têm deficiência de proteína, nem tomam multivitaminas. Ainda assim, um corpo de robô parece um exagero.

Então isso me atinge. — Isto é como a cidade que você planeja construir. Você está tentando brincar de Deus. Para controlar *tudo*.

Ele inclina a cabeça. — Você diz isso como se fosse uma coisa ruim.

Eu resisto à vontade de revirar os olhos novamente. — Não acredito que estou dizendo isso, mas acho que estou pronta para a próxima pergunta.

— Se alguém do mal lhe dissesse que você será forçado a comer um tipo de comida durante um ano, em todas as refeições, qual comida você escolheria?

— Isso soa horrível — digo e paro, pensando. — Talvez batatas. Eu acredito que elas têm tudo que eu preciso para sobreviver. Pelo menos esse foi o caso de Matt Damon em *Perdido em Marte*.

Lucius sorri. — Eu ia dizer bananas, mas gosto mais da sua resposta.

Nossa conversa continua nesse sentido por um tempo. Aprendemos que ele prefere comer uma pimenta vermelha super apimentada, enquanto eu escolheria uma colonoscopia. Se ele fosse um carro, seria um Tesla, enquanto eu seria um Citroën Cactus.

E assim por diante, incluindo meu segredinho favorito: quando se trata de abrir mão da higiene pessoal para alcançar nossos objetivos, nós dois o faríamos.

Logo é hora do brunch e é uma refeição gourmet que acabou sendo preparada por um dos chefs particulares de Lucius.

Sim, chefs, no plural.

— Se não estiver com o sabor ideal, não é culpa do chef — diz Lucius depois que terminamos. — Mesmo com um umidificador, o ar aqui é frio e seco, o que deixa nossas papilas gustativas dormentes. Outra falha da biologia, caso você esteja anotando.

Eu inclino meu prato vazio para ele. — Se esta for uma versão menos saborosa, seu chef merece um aumento.

— Vou passar a ele seus cumprimentos — diz Lucius. — Você tem mais perguntas para nos conhecermos?

Eu esfrego minha barriga protuberante. — Talvez eu esteja muito cheia para isso.

Ele suspira. — Outra falha dos corpos biológicos — todo o sangue é usado para a digestão, deixando pouco para o cérebro.

Eu bocejo. — Quando vamos pousar?

Ele olha pela janela. — Às duas da tarde. Hora do Leste.

— O quê? É a falta de sangue no meu cérebro ou é muito rápido?

Ele sorri. — Este é um protótipo de jato

supersônico. O voo dura menos de duas horas. A mudança nos fusos horários é a única razão pela qual pousamos à tarde.

Devo me surpreender por ele ter as maiores e mais recentes maravilhas tecnológicas à sua disposição? A surpresa é que ele ainda não substituiu Elijah por uma limusine autônoma.

— Você se importaria se eu recebesse uma massagem? — Ele pergunta. — Gosto de fazer isso se não consigo andar depois de uma refeição.

Eu balanço minha cabeça. — Eu poderia fazer também.

Nós dois ativamos nossas cadeiras, e não posso deixar de sorrir ao pensar que esta é uma espécie de massagem para casais.

Então, a cadeira começa a fazer sua mágica e, combinada com a refeição deliciosa, acabo cedendo ao prazer daquela função corporal que Lucius tanto se ressente – o sono.

Levo um momento para reunir meus sentidos quando acordo.

OK, estou no jato supersônico e a cadeira de massagem ainda está funcionando, o que pode explicar por que me sinto como um pudim.

Huh. Lucius está dormindo em sua cadeira, mas o avião não está mais em movimento. Que legal. Em um avião regular, eles te acordam quando você pousa, mas não aqui.

Eu limpo minha garganta.

Lucius pisca abrindo os olhos.

— Acho que chegamos. — Eu espio pela janela para um campo verde. — Onde quer que seja 'aqui'.

— Um aeroporto privado — diz ele. — Venha, o carro já está esperando por nós.

Surpresa das surpresas, o carro acabou sendo uma limusine. Acho que quando você é tão rico quanto Lucius, outros tipos de carros se recusam a dar carona.

— Qual é o itinerário? — Eu pergunto enquanto nos movemos.

— Agora, estou indo para a reunião para a qual vim — diz ele. — Eu apreciaria se você se juntasse a mim.

Ele apreciaria? — Por que você precisa de mim lá?

Ele dá de ombros. — O dono da terra se disse antiquado, então, acho que ele pode se sentir mais favorável em relação a um homem de família – ou pelo menos um junto a uma bela mulher.

Se meu coração fosse um cacto, floresceria aqui e agora com a descrição de "bela mulher" que ele casualmente jogou em minha direção.

— Claro — Eu me surpreendo ao dizer. — Vou com você.

Saguaro me morda. Por que disse isso? Estou aqui para visitar o campus da UF, em primeiro lugar.

Ah, bem. Acho que é verdade o que dizem sobre o poder da bajulação.

———

O encontro acontece em um imponente prédio de dois andares cercado por um paisagismo impecável. Quando entramos na sala de reuniões, entendo por que o fazendeiro se autodenomina antiquado. Ele é tão antigo que provavelmente é anterior à invenção da moda.

— Este é o Sr. Winston — diz Lucius.

— Eu insisto de novo — diz o Sr. Winston com um sorriso que aprofunda os sulcos e vincos ao redor de seus olhos. — Me chame de John.

Lucius assente. — Desculpe... John.

— Prazer em conhecê-lo, *John* — digo. — Meu nome é Juno.

— Um prazer, Juno. — John olha para Lucius. — Vocês são casados?

— Namorados — diz Lucius.

— Ah — John diz. — Eu costumava fazer isso na minha época. Eu namorei minha esposa por uma semana inteira antes de nos casarmos.

Uma semana? As coisas com certeza mudaram rápido quando você tinha que se casar antes de ficar.

— De qualquer forma — John se senta. —, vocês formam um lindo casal.

— Obrigado — Lucius e eu dizemos em uníssono e nos sentamos também.

— Que tal começarmos a trabalhar? — Lucius diz, puxando uma pasta com alguns papéis.

Eles iniciam uma discussão sobre pesquisas e desenvolvimento que eu quase ignoro, até que uma pergunta de John anima meus ouvidos.

— Você tomará alguma medida para preservar as espécies de plantas locais? — Ele pergunta.

— Preservação de plantas — Lucius repete com uma carranca. — Eu não...

— Querido, você se importaria se eu interferisse? — Eu pergunto. Posso não ser especialista em negócios, mas conheço plantas.

Lucius gesticula com a palma da mão aberta. — Por favor.

Esse pode ser o primeiro "por favor" que eu o ouvi proferir, e o fato de ele confiar em mim o suficiente para falar nesta importante reunião de negócios me faz sentir coisas que não deveria.

— Não tenho certeza se você percebeu isso, mas o paisagismo urbano já usa cerca de oitenta espécies nativas diferentes, o que significa que elas podem ser facilmente recuperadas durante o desenvolvimento.

— Oh? — A sobrancelha grisalha de John de junta, balança em sua testa.

Lucius acena com a cabeça, como se esse fosse o plano o tempo todo. — Sim, economizando nos custos de paisagismo. — Ele me dá um olhar de aprovação.

Encorajada, continuo: — Na verdade, poderíamos construir um viveiro verde no local para armazenar as plantas recuperadas. O que não for usado para Novus Rome pode ser vendido para outros desenvolvedores.

— Fascinante — diz John. — Quais são alguns exemplos dessas plantas?

Pego meu telefone e faço uma busca. — Isto aqui é bordo vermelho. — Mostro a foto para os dois.

— Eu reconheço esse — diz John. — Funcionaria bem como plantas de sombra.

Eu concordo. — Sim, e os pássaros e polinizadores nos agradeceriam no processo. — Eu mostro a próxima imagem. — Este é o azevinho americano. Poderia fornecer privacidade. — Eu procuro outro. — O mirtilo Highbush pode fazer boas sebes.

Antes que eu possa procurar algo na família dos cactos, John diz: — Muito obrigado. Você tranquilizou minha mente. — Ele volta seu olhar para Lucius. — Estou pronto para prosseguir com o negócio.

Capítulo 22

Lucius

Enquanto sentamos um de frente para o outro na limusine, eu estudo Juno.

Sua assistência na reunião foi incrível. Fui pego de surpresa por isso, embora não devesse. Ela tem uma mente afiada e um amor óbvio por plantas. Em minha defesa, mesmo um botânico treinado pode não ser capaz de divulgar fatos sobre a flora nativa da Flórida com tanta facilidade.

— Você tem certeza sobre seguir com aquele diploma de Botânica? — Eu pergunto quando a limusine começa a se mover.

— Por quê? — Ela parece tensa de repente. — Você não acha que eu posso terminar?

Caralho. Será que coloquei o carro na frente dos bois? — Eu vejo os diplomas como um meio para um fim — digo cuidadosamente. — Normalmente, o final é algo para colocar no currículo. Então, o que eu quis dizer foi: você tem certeza de que precisa aprender mais sobre plantas para o emprego dos seus sonhos? Com base no que você fez em nossa reunião, você pode pular para a próxima etapa.

Em uma respiração, seus olhos estreitados se arregalam para o tamanho de moedas.

— Havia um elogio nessa fala?

Eu resisto à vontade de grunhir de frustração. — Não ficou claro?

Ela morde o lábio. — Não exatamente, mas obrigada. Para responder à sua pergunta, acho que não sei tudo o que há para saber sobre plantas. Duvido que algum dia me sinta assim. A maioria dos empregos que quero exige um diploma, então, eu nem conseguiria uma entrevista sem um. Além disso — Seu queixo abaixa —, quero terminar a faculdade só para provar que posso.

— Isso é bobagem — digo, então vejo sua carranca. Claramente, meti os pés pelas mãos novamente. Rapidamente, acrescento: — Obviamente, você pode.

A expressão radiante em seu rosto mexe com algo profundo dentro de mim que prefiro deixar enterrado. — Você realmente acha isso?

Eu concordo.

Ela olha para o chão da limusine. — Eu não tenho tanta certeza.

— Por quê?

Ela suspira. — O dossiê que você coletou sobre mim não mencionou minha dislexia?

— Não — digo. — Mas, e daí? Albert Einstein era disléxico. Assim como Steve Jobs. E Henry Ford. Walt Disney também. É uma lista longa e diligente, e todos eles chegaram longe na vida muito antes da tecnologia do conversor de texto em fala. — Pego a mão dela e dou um aperto suave. — Não tenho dúvidas de que alguém tão determinado e inteligente como você terminará a faculdade *summa cum laude*.

Ela sorri para mim. — Eu espero que você esteja certo.

— Eu sei que estou certo. — Relutantemente, solto sua mão.

Ela olha para mim com uma expressão estranha – uma que me lembra do beijo que eu estava tentando esquecer. — Onde estamos indo?

— É uma surpresa — digo.

Sua respiração falha, fazendo-me perceber que estou olhando para seu peito. — Uma surpresa?

Eu forço meus olhos para cima. — Uma surpresa é um evento em que você não antecipa o resultado.

— Ah. Então, um exemplo seria um minuto inteiro em que você não é um idiota?

Eu suspiro. — Vamos ao Museu de História Natural da Flórida.

Seus olhos se iluminam, como um pote de mel atingido por um raio de sol. — Isso não é no campus da Universidade da Flórida?

Não consigo resistir a um sorriso satisfeito. — Achei que você poderia gostar disso.

— Eu adoraria! Podemos passear pelo campus quando chegarmos lá?

— É claro. — Acho que passearia por esgotos se isso significasse manter aquela expressão em seu rosto.

Espere, o quê? Se eu estivesse sozinho, eu daria um tapa em meu próprio saco de carne... talvez no pau – o provável culpado desses pensamentos errantes.

— Obrigada. — Ela lambe os lábios novamente, tornando oficial.

A porra da biologia está me fazendo querer beijá-la.

Novamente.

Capítulo 23

Juno

Lucius me encara com uma expressão difícil de decifrar.

Ele já está arrependido do belo gesto? Ou de seus elogios anteriores? Ou esse é o rosto constipado dele?

— Preciso checar alguns e-mails de trabalho — Ele diz, seu tom áspero.

— Claro. — Eu fiz algo para ofendê-lo, ou ele está simplesmente sendo um idiota normal?

Ele pega o telefone, então pego meu CD player e começo meu audiolivro. Em algum momento, eu o pego olhando para o meu dispositivo com escárnio.

Ah, isso mesmo. Tecnologia ligeiramente antiga o irrita.

Eu deveria ter trazido uma máquina a vapor.

— Isto é maravilhoso — digo quando entramos na exuberante exposição Borboleta de Floresta Tropical.

A brochura prometia mil borboletas e mariposas de mais de cinquenta espécies, e os insetos voadores não decepcionam.

Eu até esqueci que estou um pouco brava com Lucius por sua mudança abrupta no carro.

— Sim. — Ele examina nosso ambiente colorido e sereno. — Só isso já faz a viagem para Gainesville valer a pena.

Estendo a mão para tocar seu ombro, então percebo que não estamos no tipo de relacionamento que tornaria um gesto tão familiar apropriado. — Lamento que eles não tenham nada relacionado à Roma antiga.

— Eu sabia que não. — Ele se vira para mim, os olhos brilhando diabolicamente. — Nenhum lugar é perfeito.

Seu olhar me captura. Engulo em seco e dou um passo para trás antes de fazer algo louco, como esmagar meus lábios nos dele. Mesmo assim, minha voz está um pouco rouca quando digo: — Se eu for aceita, acho que virei aqui o tempo todo.

— *Quando* — diz ele, virando-se para verificar uma orquídea particularmente espetacular. — Não *se*.

Há mais borboletas na minha barriga do que neste jardim. Ele está fazendo aquela mudança de novo, só que na direção oposta, e não consigo deixar de aproveitar. Primeiro, ele me chamou de "determinada e inteligente" e agora, tem certeza de que serei aceita. Ele fala sério? Então, novamente, ele diria isso se não achasse? Ele certamente não é do tipo que mente para parecer legal.

Ele olha para mim naquele momento, e nossos olhos se encontram novamente. Meu pulso acelera, o ritmo repentinamente instável. Eu posso ver manchas sutis de azul em seus olhos cinza-aço, e minha respiração fica mais rasa quando um calor perturbador se espalha pelo meu corpo. Engulo em seco quando meu olhar cai para seus lábios, cuja curva severa parece mais suave agora que eles estão ligeiramente separados.

Ele vai me beijar de novo? Eu vou deixar?

Eu engulo novamente e me inclino em direção a ele – apenas para pular quando vozes altas de repente estouram em meu alcance. Assustada, eu me viro e vejo que um grupo indisciplinado de jovens do sexo masculino entrou na exposição.

Aff. Eles não apenas interromperam o que pode ter sido outro beijo, mas cheiram como uma cervejaria e estão vestindo camisetas com o que parecem ser as letras gregas *Alpha, Pi* e *Epsilon* – ao lado de uma foto de um macaco.

Falando em macacos, é assim que eles soam – especificamente, chimpanzés prestes a jogar fezes.

— Irmandade — diz Lucius, fazendo soar como um palavrão.

Como se para confirmar, um deles grita: — Esta é a Irmandade Caterpillar!

Sim. Eles estão todos segurando um punhado de

insetos, o suficiente para fazer mais duas exibições de mariposas e borboletas.

Eu fico olhando horrorizada enquanto os recém-chegados enchem suas bocas com as ditas lagartas, como cucos famintos. — Eles vão...

Não me incomodo em fazer o resto da minha pergunta porque, como um só, os caras começam a mastigar.

Lucius segura minha mão. — Vamos sair daqui antes que o vômito comece. — Ele me arrasta atrás dele, empurrando os idiotas comedores de lagartas para fora do nosso caminho.

Quando saímos, sons suspeitos de engasgos começam, provando que Lucius estava certo.

— Ainda quer frequentar este excelente estabelecimento educacional? — Lucius pergunta enquanto saímos das dependências do museu.

Observo as palmeiras e os espaços verdes impecavelmente cuidados. — Sim. Vou pular a vida grega.

— Isso nem é preciso dizer — diz ele. — Mas tudo bem. Se você ainda quiser participar, vamos começar a turnê.

Nós fazemos e é legal – e não apenas porque o campus da UF é um sonho. Para minha surpresa, a companhia de Lucius é o que realmente resolve tudo para mim, provavelmente porque ele consegue o milagre de não dizer nada idiota o tempo todo, apenas pergunta quais aulas eu terei quando for aceita (não tenho certeza), e se eu planejo morar no campus ou não (ainda menos certo).

Quando digo a ele que estou ficando cansada da turnê, ele afirma misteriosamente que há mais uma coisa que preciso ver e me leva a algum lugar.

Antes que eu fique muito curiosa, viramos uma esquina e vejo um cobertor estendido em um pedaço de grama, com uma grande cesta sobre ele.

Um piquenique?

— Eu pedi a Elijah para organizar esta pequena surpresa — diz Lucius. — A comida é cortesia dos serviços Gator Dining – caso você esteja curiosa sobre o que vai comer quando for aceita.

Uau. Se eu não o conhecesse melhor, suspeitaria que ele está tentando entrar nas minhas calças.

— Não há carne de jacaré de verdade aí, certo? — Eu pergunto enquanto me sento no cobertor em pose de lótus.

Lucius abre a cesta e olha para dentro com uma leve ruga no nariz. — Melhor não ser.

Pego um recipiente de plástico preto e o examino. — Parece frango com macarrão.

Ele abre o dele. — Cheira comestível.

Ele não parece muito certo.

Com um revirar de olhos, eu pego... e engasgo – em uníssono com Lucius.

— Esse peito de frango tem gosto de sola de sapato — digo depois de conseguir engolir o conteúdo da minha boca. — Acho que Elijah pediu 'alimento para alma' com seu sotaque britânico, e eles entenderam mal.

Lucius cospe o macarrão na vasilha. — Falando em sapatos, essa massa é tão mastigável quanto cadarços. Tão insípida também.

Alguém foi mimado por seu chef pessoal? Dou uma mordida delicada na massa – e mal consigo engolir. Ou eu também fui mimada, ou esta massa é para o resto de sua espécie como Hitler foi para o resto da humanidade.

— Talvez aqueles idiotas tenham comido as lagartas porque eram uma melhoria na comida do refeitório? — Especulo.

Lucius pega o telefone e escreve um texto rápido. Então ele diz: — Isso é embaraçoso. Por que não te levo para nossa casa? Só pedi a Elijah para garantir que uma refeição *decente* esteja esperando por nós lá. — Em tom mais severo, ele acrescenta: — Será feito por meus chefs, e Elijah irá prová-la pessoalmente.

Minha sobrancelha se ergue por iniciativa própria. — *Nossa* casa?

Ele joga seu pote de plástico na cesta. — Eu aluguei uma coisa aqui. Achei que não iríamos querer voltar correndo para Los Angeles.

— Tipo... vamos passar a noite? — Ele pode ver minhas bochechas corando?

Ele suspira. — Em quartos diferentes, obviamente.

— Obviamente. — A pontada de decepção que

sinto está no mesmo nível da minha experiência com esse frango e macarrão combinados.

— Se você quiser, posso providenciar para que você voe de volta — diz Lucius. — Achei que você gostaria de ver mais do que Gainesville tem a oferecer... Além disso, temos uma sessão de fotos amanhã.

— Uma sessão de fotos?

Ele explica como quer frustrar os paparazzi "vazando" fotos boas, tiradas profissionalmente, de nós dois, parecendo tão felizes quanto alguém que não come a comida do refeitório da UF.

— Isso soa bom — digo. — Eu vou ficar.

Nós vamos para a limusine. Não sei por que, mas, apesar de suas garantias de que dormiríamos em quartos diferentes, ainda me sinto como uma dama vitoriana virginal antecipando um passeio com um duque libertino – sem acompanhante.

———

— Isso foi o que você alugou? — Eu digo maravilhada enquanto olho para a enorme mansão à nossa frente. O lugar parece chique demais, mesmo para a seção de luxo do Airbnb.

Lucius apenas dá de ombros. — Isto foi o melhor que pude fazer a curto prazo.

Então, se ele tivesse tempo, teria alugado algo como um castelo mágico? Talvez alguém teria construído uma mansão para ele do zero?

— Devemos dar uma olhada? — Ele pergunta.

Concordo com a cabeça e passamos alguns minutos examinando a propriedade – que é tão espaçosa por dentro quanto parecia por fora.

Quando noto a expressão entediada no rosto de Lucius, não posso deixar de dizer: — Muito pequeno?

— Era para ser estilo colonial — diz ele. — Mas parece mediterrâneo para mim.

Sério, eu quero os problemas dele, só por um dia.

Antes que eu possa responder, Elijah se materializa, estilo mordomo ninja. — O jantar está servido.

———

O jantar é um grão delicioso que não reconheço com lagosta enfeitada com caviar – porque lagosta sem caviar não é chique o suficiente.

O gosto é tão bom que quase mordo a língua. — Parece que Elijah compensou demais o erro anterior — digo, baixando minha voz. — Que grão é este?

— Tefe — diz Lucius. — Você não deveria saber disso? Foi uma das primeiras plantas a ser cultivada.

Eu resisto ao impulso de suspirar exasperada. — Eu não sei *tudo* sobre plantas. Apenas um monte de coisas.

— É também o menor grão — diz ele com ar professoral. — Originalmente cultivado na Etiópia.

Em vez de ficar irritada, faço uma anotação mental para ler sobre plantas comestíveis para nunca mais parecer uma idiota. Ah, e vou comprar um livro de boas maneiras para Lucius.

— Vamos falar de outra coisa.

Algo mais.

— Como o quê? — Ele pergunta.

— Conte-me sobre sua avó. — Eu olho outro pedaço de lagosta avidamente. — Afinal, ela é o motivo para o fartlek.

Lucius sorri, revelando toda a glória de sua covinha. — Vovó tem muitas histórias.

— Como o quê?

— Bem — Seu sorriso se alarga —, ela diz que conheceu Andy Warhol.

— Aquele que pintou as *Latas de Sopa Campbell*?

Lucius assente. — Ela alega que eles comeram um pouco de Sopa Campbell juntos.

— Uau.

— Sim — diz ele. — E ela adora música. Diz que foi apanhada pela Beatlemania e, antes disso, era uma grande fã de Bob Dylan. Alega que ela o conheceu no *The Tonight Show*, estrelado por Johnny Carson no verão de 1963.

Huh. — Ela conseguiu falar com ele?

— Talvez mais do que apenas falar. Mamãe deu dicas não solicitadas ao longo dos anos de que poderia ter havido um caso ali, mas vovó nunca confirmou. Nunca investiguei mais fundo porque prefiro não saber sobre a vida privada da minha avó. Ou da minha mãe.

— Ele diz o último de uma forma que parece implicar

que sua mãe compartilha demais – fácil de acreditar à luz de seu comentário anterior sobre o Metallica.

— Sua avó parece divertida — digo. A mãe dele, nem tanto, mas não ressalto isso. — E você parece saber muito sobre ela.

— Sei — diz ele. — Eu sei que o livro favorito de vovó é *A Mística Feminina*, de Betty Friedan. Seu filme favorito é 2001, *Uma Odisséia no Espaço*, e ela era uma grande fã da corrida lunar.

Eu inclino minha cabeça. — Você herdou dela seu amor pela tecnologia?

Ele considera isso por um segundo. — Sabe, é possível.

— Ela também quer ser um robô?

— Não exatamente — diz ele. — Vovó é cética de que um corpo criado artificialmente permitiria todas as sensações e emoções diferenciadas que os humanos podem sentir. Isso é o que seria necessário para ela colocar seu cérebro em um.

— Se isso for possível, eu consideraria enfiar meu cérebro em tal corpo — digo. — Quando eu tiver oitenta anos, de qualquer maneira.

Lucius aponta seu garfo de lagosta para mim triunfantemente. — Então você não é tão tecnofóbica quanto eu pensava.

— Nunca disse que era.

Ele limpa a garganta incisivamente. — O leitor de CDs. O celular. Você não vê como alguém pode ter essa ideia?

Reviro os olhos. — Quando vou conhecer a lendária vovó?

Seu telefone toca.

Ele verifica e sorri amplamente. — Nossa. Ela acabou de me perguntar quando vai se encontrar com você.

— Que tal logo depois de voltarmos?

— Tem certeza? — Ele olha para o telefone, como se sua avó pudesse nos ouvir através dele – e pelo que sei, talvez ela possa.

— Sim. Eu adoraria conhecê-la.

Ele dispara uma mensagem de texto. — Está acertado. Sem volta agora.

Eu como outro pedaço, então pergunto: — Alguma coisa de última hora que devemos saber um sobre o outro?

— Você não me contou muito sobre sua família.

Eu franzo meus lábios. — Seu dossiê sobre mim não entrou nisso?

Ele suspira. — Você pode esquecer isso?

Eu posso? Não. Posso fingir para que possamos continuar a refeição em relativa paz? Certo. — Bem, meus pais e os pais deles são pessoas legais, com quem tenho um ótimo relacionamento. Todos eles residem perto do lago Big Bear, onde eu cresci.

Ele parece genuinamente interessado, ou é um ator melhor do que eu pensava. — O que eles fazem?

— Meus pais são donos de uma empresa de snowboard — digo. — Os pais de mamãe são donos de uma peixaria e os pais de papai são professores aposentados.

Propositadamente, não entro em detalhes sobre como todo o meu clã ficou desapontado quando me mudei para a cidade grande, a duas horas de carro de distância. Ou, sobre como até agora frustrei seus sonhos de muitos netos e bisnetos. Ou...

— Deve ser bom ter uma família tão grande — diz Lucius.

A sugestão de melancolia em seu tom faz algo apertar no meu peito. — É só você, sua mãe e sua avó?

— Mais minha avó do que minha mãe, mas sim.

— E o seu pai e a família dele?

Seus lábios se apertam. — Meu pai não estava lá quando eu era criança, então não tenho interesse nele agora, e meus avós do lado dele já faleceram.

Minha mão se estende por conta própria para cobrir a dele. — Um dia, você vai formar sua própria família. — Não será comigo, mas tenho certeza de que a lista de voluntárias iria daqui até a Antártida.

Ele olha para minha mão com uma expressão tão estranha que eu a puxo de volta.

Seu rosto muda novamente.

Isso é decepção? Raiva? Será que seu futuro rosto – o robótico – também seria tão difícil de ler?

Depois de alguns segundos de silêncio tão desconfortáveis quanto uma cama de pregos, ele diz: — Não tenho certeza se sou do tipo que terá família.

Capítulo 24

Lucius

Caralho. Por que digo isso?

Agora há pena em seus olhos – e eu detesto pena. O pior é que estou mentindo. *Posso* imaginar uma família muito bem – e ela está nela, mas isso é loucura. A diferença de três horas entre a Califórnia e a Flórida deve ter me dado o pior caso de jetlag da história – um que vem com delírios, acima de tudo.

Ou, mais provavelmente, estou começando a esquecer que o fartlek não é um relacionamento real.

Eu empurro meu prato, metade das iguarias inacabadas.

Juno me olha confusa.

Eu me levanto. — De repente, perdi o apetite.

Agora, ela me olha boquiaberta como se lagostas estivessem rastejando para fora dos meus olhos e vomitando caviar.

O que faz sentido. Até eu, longe de ser um

especialista em boas maneiras, sei que deixá-la aqui no meio do jantar é falta de educação. Mas é melhor do que a alternativa, que seria atacar uma mulher que se esforçou para ser agradável, mesmo que isso não fizesse parte do nosso contrato.

Com alguma decisão interior tomada, ela franze os lábios e afasta o próprio prato. — Não é o seu apetite. Acho que é a diferença de horário. Não é hora do jantar em casa.

Estou começando a me arrepender da minha impulsividade. Maldita biologia e as emoções que a acompanham. Agora estamos comprometidos em abreviar o jantar e ambos sentiremos falta da panna cotta de lichia que seria a sobremesa.

— Você quer que eu mostre seu quarto? — Pergunto, me sentindo um idiota.

Ela balança a cabeça. — São dois corredores abaixo, à esquerda, certo?

— Esquerda, direita — digo.

Ela não diz nada de volta, nem mesmo um agradecimento, então preencho o silêncio com: — Há uma nova escova de dentes esperando por você, e um tubo de Sensodyne, bem como um frasco de xampu Neutrogena e sabonete líquido Dove.

Porra. Por que deixei escapar tudo isso?

Como esperado, agora há uma expressão rebelde em seus olhos. Antes que ela possa começar com seus comentários sarcásticos, eu digo: — Eu notei os produtos que você usa quando espiei seu banheiro outro dia. Isso não é do dossiê.

Ela parece cética. No entanto, tudo o que ela diz é:

— Boa noite.

— Boa noite — Respondo e entro no meu quarto, onde faço minha rotina noturna antes de perceber o quão estúpido isso é.

Estamos três horas adiantados e ainda não é hora de dormir, mesmo na Flórida.

Ah, bem. Eu poderia usar o tempo sozinho para trabalhar na Novus Rome – que agora, em parte graças a Juno, tem um terreno.

———

Às três da manhã, horário local – meia-noite em casa – tiro minha boxer e vou para a cama.

Uma hora se passa, mas o sono não vem.

Eu debato me masturbar, como está se tornando uma tradição.

Algo me detém. De alguma forma, parece errado fazer isso com Juno tão perto. Ou talvez eu apenas me sinta patético me contentando com meu punho quando o que eu realmente quero é...

Não. Só estou com fome... de comida. É isso. Aposto que se eu comer uma panna cotta de lichia, vou dormir como um bebê bêbado.

Deslizo meus pés em chinelos e marcho para a cozinha.

Huh.

Eu ouço o som de alguém lá dentro? Além disso, o que há com essa luz?

Eu cuidadosamente entro. A luz vem da geladeira e, iluminada por ela, está Juno. Ela está vestindo a camisola mais sexy e transparente que eu já vi, e comendo a panna cotta que era meu objetivo, direto do pote com as próprias mãos, como um animal faminto.

Eu limpo minha garganta. — Canalizando um guaxinim?

Ela quase deixa cair a preciosa vasilha, então me examina com um suspiro, seu olhar persistente em meu torso nu. Então, ela lambe os dedos, quase como uma reflexão tardia, e engole tudo com um gole audível.

Que se foda. Minha biologia está tomando conta do meu corpo completamente. Minhas narinas dilatam e minhas pernas me levam para a geladeira, ao mesmo tempo em que meu pau se mexe, o que significa que eu deveria estar em qualquer lugar, menos na companhia de Juno.

— O que você está fazendo aqui? — Ela sussurra quando estou perto o suficiente para outro beijo.

Enquanto ela fala, seu peito arfa, deixando-me ciente de seus mamilos duros.

Estou sonhando? Tive um sonho molhado assim na outra noite, só que ela usava ainda menos.

Com esforço, reprimo minhas imaginações sinistras e aceno para o pote em suas mãos.

— Tenho um desejo... de panna cotta.

— Oh. — Ela mergulha os dedos indicador e médio no pote novamente, apenas para estender a mão para mim. — Quer?

Sem um segundo de hesitação, eu ataco. Um piscar de olhos depois, seus dedos estão na minha boca.

Os olhos de Juno se arregalam. Existe uma possibilidade real de que ela estava brincando sobre me alimentar dessa maneira – ou não pensou na oferta.

Bem, agora é tarde. Eu faço com seus dedos o que estou morrendo de vontade de fazer com seus mamilos... e boceta. Eu os chupo suavemente, minha língua lambendo cada pedacinho de delícia que encontra.

Ela deixa cair o pote. Com uma destreza que eu não sabia que possuía, eu o pego no ar e o coloco no balcão próximo – tudo sem soltar seus dedos agora sem panna cotta.

Ela afasta a mão da minha boca, abaixa o olhar para observar minha ereção furiosa e cora como o morango que deveria ser a cobertura da panna cotta.

Quando ela encontra meu olhar novamente, seu rosto está completamente vermelho e sua voz está rouca quando sussurra: — Você tem sobremesa na boca toda.

Eu sinto a verdade de sua declaração com a minha língua. Contra o meu melhor julgamento, um sorriso perverso se estende em minha boca enquanto eu imito sua oferta. — Quer?

A loucura é claramente contagiosa.

Seus olhos brilham, seu peito arfa mais rápido, e quando penso que ela vai sair correndo gritando, ela agarra minha nuca e puxa minha boca para a dela.

Minha frequência cardíaca dispara. Da última vez, o beijo foi incrível, mas desta vez é enlouquecedor. Minha respiração fica irregular, meu pau fica dolorosamente duro e tudo o que eu quero é arrancar a camisola de Juno, como um homem das cavernas.

Ela geme em minha boca, seu hálito perfumado com a doçura da panna cotta enquanto sua língua dança com a minha.

Caraaaaalho.

Onde está o corpo do robô quando você precisa de um? Este ser biológico está fora de controle.

Com um grunhido baixo, agarro suas nádegas, levanto-a e a sento no balcão, varrendo a panna cotta e tudo o mais que estava lá. Ao longe, ouço o pote de vidro quebrar ao cair no chão e me afasto do beijo, respirando com dificuldade.

Ela parece sem fôlego também, seu rosto ainda mais corado. Olhando para baixo, vejo suas pernas abertas na minha frente como uma oferenda. Meu batimento cardíaco acelera ainda mais. Ela está usando calcinha, mas como a camisola, ela é transparente.

A vontade de rasgar o tecido em pedaços se intensifica.

— Tenho uma nova ideia para a sobremesa — digo com a voz rouca, sem tirar os olhos do prêmio.

Ela lambe os lábios. Seus olhos estão com as

pálpebras pesadas enquanto ela balança a cabeça. Tomando isso como permissão, eu agarro o tecido frágil de sua calcinha e o puxo para o lado, não muito gentilmente. Ela rasga em meu alcance. Ah, bem. Eu acho que era para ser.

Com água na boca, eu me inclino sobre a mancha escura de cachos exposta ao meu olhar. Eu amo que ela esteja totalmente natural, como a deusa romana perfeita que ela é. Reverentemente, eu beijo sua coxa. Sua pele é macia e sedosa ao toque, e ela engasga quando dou outro beijo mais alto.

O local que eu beijo se eriça com arrepios.

Eu me mexo para mover meus lábios ainda mais alto, apenas para sacudir com um som estranho na entrada da cozinha.

Então mil arandelas de teto se acendem, cegando-me com uma claridade repentina.

Que diabos?

Eu me levanto e olho para a fonte da distração – Elijah, que está apontando a porra de uma arma para mim, dentre todas as coisas.

Um revólver de aparência antiga – confie em Elijah e em suas sensibilidades de mordomo para obter uma antiguidade.

Ao ver Juno e eu, seus olhos se arregalam e seu rosto fica vermelho. — Sinto muito, senhor! — Ele abaixa a arma. — Pensei que fosse um intruso e...

Eu não estou ouvindo. Agarrando uma Juno atordoada, eu a coloco de pé atrás de mim, em uma das poucas áreas do chão longe da bagunça que eu fiz.

Certificando-me de que seu corpo está escondido pelo meu, eu me viro para Elijah, sem me preocupar em esconder minha ira. — A porra de uma arma?

Meu mordomo parece querer afundar no chão. — Aqui *é* a Flórida, senhor.

— Claro, devo ter perdido quando eles estavam distribuindo armas mortais quando saímos do avião. Antiguidades, diga-se de passagem.

— Sinto muito, senhor. — Elijah se afasta. — Vou cuidar das luzes na saída.

Exceto que Elijah não está olhando para onde está indo e seu pé pousa em um grande caco de vidro apoiado em um respingo de panna cotta. Previsivelmente, o fragmento desliza – como uma casca de banana em um maldito desenho animado. Como se representasse uma cena do mesmo desenho animado, Elijah agita os braços freneticamente antes de cair de bunda.

A arma escorrega de sua mão, atingindo o chão com um ruído metálico no ladrilho.

Antes que eu possa me mover para ajudar, um estrondo ensurdecedor atinge meus tímpanos, seguido por uma explosão de dor.

Capítulo 25

Juno

Tudo o que aconteceu depois que Lucius me pegou na cozinha foi como um sonho. Ele lambendo meus dedos, o beijo... nos lábios e em outros lugares. Quando Elijah invadiu com uma arma, foi tão surreal quanto o resto – isto é, até que a arma disparou.

Assim que o estrondo atinge meus ouvidos, uma overdose de adrenalina esmaga a sanidade em meu cérebro. Lucius cambaleia, agarrando sua cabeça e, para meu horror, vejo que está jorrando sangue como se fosse seu trabalho.

Ofegando, corro em direção a ele, assim como Elijah, que conseguiu se levantar apesar de escorregar na panna cotta algumas vezes.

— Senhor! — Seu sotaque britânico, extra forte. — Eu atirei em você!

Esse também era meu medo inicial, mas com a clareza que só é possível quando alguém está à beira de um ataque cardíaco, vejo pedaços de vidro quebrado ao redor de Lucius.

Lanço um olhar para o teto.

Falta uma arandela.

— Eu acho que você atirou na luminária — Eu grito para Elijah. — Foi isso que caiu sobre ele!

Eu me ajoelho ao lado de Lucius, que agora está sentado no chão e murmurando uma torrente de maldições. Maldições gráficas e eloquentes. Considero a riqueza de seu vocabulário um bom sinal. Se ele tivesse dano cerebral, estaria babando ou algo assim.

Espantada por não estar uma bagunça chorosa, murmuro suavemente para Lucius enquanto gentilmente afasto sua mão para avaliar a situação. O sangramento é insano, mas não há sinal de vidro saindo de sua cabeça, nem um ferimento de bala. Também não vejo nenhum osso ou cérebro vazando.

Elijah está torcendo as mãos e andando em círculos ao nosso redor. — Sinto muito, senhor! — Ele parece prestes a chorar.

Eu olho para ele com uma carranca. — Você está bem?

Ele quase tropeça novamente enquanto tenta olhar para a cabeça sangrando de Lucius. — Eu atirei nele! Oh, meu Deus, eu atirei nele.

Minha carranca se transforma num olhar intenso. — Quero dizer, seu osso cóccix está bom? Você caiu de bunda.

Elijah descarta isso. — Eu sabia que comer todos aqueles biscoitos seria útil um dia.

— Traga-me álcool — Ordeno. — E prepare-se para nos levar para o hospital. Rápido.

Parecendo grato por ter algo para fazer, Elijah sai correndo.

— Hospital? — Lucius pressiona a mão na ferida novamente, então olha para o sangue cobrindo a palma da mão. Seu rosto fica pálido. — Quão ruim está?

Muito ruim, pelo menos na minha opinião não médica. — Você está bem — digo suavemente. — Apenas uma precaução.

Ele parece relaxar com isso, então eu pulo e corro em direção à geladeira, com a intenção de encontrar um pouco de gelo.

— Pare! — A voz de Lucius se fortalece. — Você vai pisar em cacos de vidro.

Ele tem razão. Há pedaços de pote por toda parte, e fui burra o suficiente para vir aqui descalça.

— Vou ter cuidado — digo, passando cautelosamente por cima de alguns cacos antes de chegar ao freezer.

Eu abro.

A coisa está quase vazia. O único item dentro é um saco de bagels de pizza congelado.

Eu o puxo para fora, bem a tempo de ver Elijah voltando para a cozinha com um frasco de álcool isopropílico e uma caixa de tamanho industrial de compressas de gaze.

— Uma ambulância está a caminho — diz Elijah, ofegante. — Ou podemos pegar a limusine, que estará pronta em dois minutos.

— Traga os sapatos dela antes que ela corte os pés — Lucius ordena ao seu pobre mordomo. Então, examinando meu corpo com os olhos semicerrados, ele acrescenta: — Traga também algo mais substancial para ela vestir.

Como ele pode ser tão mandão com uma lesão dessas? Além disso, quem se importa com o que eu visto?

Elijah se vira para obedecer à ordem, mas eu grito: — Espere! Deixe o álcool. Além disso, o que há com isso? — Aceno os bagels de pizza e aponto para o freezer vazio.

— O mestre come esses de vez em quando. — Elijah coloca os suprimentos médicos no balcão. — Lembram da sua infância.

— Certo. Vá. E, por favor, traga algumas roupas para ele também.

Elijah sai correndo e Lucius me lembra de tomar cuidado com o vidro enquanto me movo.

Caminhando com cuidado, pego os suprimentos médicos e os levo para onde Lucius está sentado.

— Isso vai doer — digo enquanto abro o álcool.

Ele respira fundo e assente.

Eu despejo um pouco na ferida ainda jorrando. Lucius fica tenso, mas mantém um silêncio estoico enquanto arrumo metade das compressas de gaze na caixa ao redor da ferida, depois as pressiono com os bagels de pizza.

— Acho que o frio deve evitar o inchaço — digo, principalmente para mim mesma. — E talvez ajude na coagulação.

— Acho que estou bem — diz Lucius. — Foi apenas o choque.

O sangramento parou, mas não ouso largar os bagels de pizza.

— Deixe-me verificar suas pupilas. — Olho em seus olhos.

Hum. As pupilas devem estar dilatadas ou contraídas em uma situação de concussão? De qualquer forma, as dele parecem normais, mas o que eu sei? — Você está enjoado? — Pergunto, já que esse é mais óbvio.

Se estiver, é ruim.

Ele balança a cabeça e estremece.

— Use palavras — digo severamente. — Entre outras coisas, preciso saber se você está falando mal. — Isso também não seria bom, tenho certeza.

— Não estou enjoado. Também não tenho zumbido nos ouvidos — Afirma. — E não perdi o olfato nem o paladar.

Eu franzo a testa. — Também são sinais de uma concussão?

— Acho que sim — diz ele, mas não parece muito certo.

— É exatamente por isso que precisamos de um médico.

Elijah entra correndo na cozinha, carregando um estoque de roupas e sapatos.

— Cuidado — digo a ele. — Se você escorregar de novo, quem vai me ajudar a carregar Lucius até a limusine?

Lucius zomba. — Eu não vou ser carregado.

— Vai.

Ele balança a cabeça e faz uma careta novamente. — Assim que você estiver vestida, Elijah vai me ajudar a ficar de pé.

Pego o que Elijah trouxe para mim, que é um par de saltos altos e um moletom grande que eu coloquei na mala para a viagem de avião, no caso de esfriar a dez mil metros. Ou por mais altos que sejam os jatos supersônicos. Desnecessário dizer que o moletom *não* combina com salto, mas não vou repreender o mordomo, que ainda parece estar prestes a chorar. Ele também deve estar em algum tipo de choque, considerando suas escolhas para Lucius – um paletó, calça de moletom e botas de caminhada. Sem meias.

Entendido. Lucius veste a calça de moletom e as botas enquanto seguro os bagels de pizza em sua cabeça. Então, eu o instruo a segurar os bagels e me viro para Elijah, que agora está parado ali como uma estátua.

— Ajude-me a levantá-lo — Ordeno, e o mordomo

entra em ação, parecendo pateticamente grato por eu assumir o comando.

Lucius exercita seu vocabulário colorido mais uma vez enquanto Elijah e eu o ajudamos a se levantar.

— Alguma vertigem? — Eu pergunto quando ele está totalmente na vertical.

Ele começa a balançar a cabeça, então se lembra de usar suas palavras a tempo. — Estou bem. Eu não preciso de um médico.

Aponto para a poça de sangue no chão onde ele estava sentado, e ele empalidece de novo, fechando a boca quando coloco um de seus braços sobre meus ombros e Elijah faz o mesmo do outro lado. Juntos, nós três saímos da mansão e entramos na garagem, onde a limusine já nos espera.

— Você não acha que devemos esperar pela ambulância? — Elijah pergunta, soando um pouco mais como ele mesmo.

— Não — diz Lucius imperiosamente. Agora que estamos longe de todo o sangue, ele parece mais mandão também.

— Eu concordo — digo. — Vamos chegar lá mais rápido assim.

Colocamos Lucius na limusine, onde ordeno que ele se deite no banco e me deixe segurar os bagels descongelados.

— Farei todos os preparativos enquanto seguimos — diz Elijah.

Concordo com a cabeça, e ele fecha a porta

enquanto eu me sento ao lado da cabeça de Lucius. A limusine sai e eu ouço Elijah falando severamente ao telefone antes que a divisória suba.

Um pouco da minha adrenalina se perde. Tomada por uma onda repentina de emoção, eu acaricio o braço de Lucius com minha mão livre. — Quanto dói? — Eu pergunto baixinho.

— Eu vou ficar bem — diz ele, fechando os olhos.

— É melhor você ficar. — Uma onda tardia de terror me atinge. — Aquela bala poderia ter atingido você em vez da arandela.

Ele abre os olhos, seu rosto ficando sombrio enquanto ele rosna: — Poderia ter acertado *você*. Farei com que Elijah se arrependa no dia em que ele...

— Não. O coitado já está se martirizando.

As narinas de Lucius dilatam. — Como deveria. No mínimo, ele nunca mais tocará em uma arma.

Provavelmente é uma boa ideia. Lucius tem dinheiro suficiente para contratar guarda-costas profissionais, se assim o desejar. Não há necessidade de um mordomo armado.

— Você sabe onde fica o hospital para o qual estamos indo? — Eu pergunto.

— Não. Mas não deve ser longe, ou imagino que pegaríamos o helicóptero.

— Que helicóptero?

Ele muda de posição. — Aquele que aluguei para a estadia.

Eu mudo a mão que está segurando os bagels antes

que eu fique congelada. — Um helicóptero? Isso soa como uma baita despesa.

Lucius sorri levemente. — É para pesquisar a terra que vim aqui adquirir.

Ele seria tão bom em dar respostas se tivesse uma concussão? Conhecendo-o, provavelmente.

Eu aqueço minha mão livre o melhor que posso com minha respiração, então massageio levemente seu ombro. O músculo rígido imediatamente relaxa sob meu toque, e as rugas em sua testa suavizam, encorajando-me a continuar.

Lucius fecha os olhos, me fazendo pensar que ele está cochilando, mas então ele os abre. — Olha, Juno... — Sua voz está rouca. — Sobre o que aconteceu antes de Elijah interromper. Eu...

— Não — digo, um tanto ríspida. Se ele dissesse que era outra rodada de prática de DPA, eu daria um soco nele e me sentiria super culpada por fazer isso com alguém em sua condição. — Não precisamos falar sobre isso.

As rugas em sua testa voltam, e posso dizer que ele quer insistir no assunto. Para meu alívio, ele não insiste. Ele apenas fecha os olhos novamente e, desta vez, acaricio seu peito, tentando não pensar em como estou feliz por não haver um buraco de bala na carne quente e musculosa.

A limusine para.

As portas se abrem e Elijah me ajuda a tirar Lucius de lá.

Quando me viro, vejo que estamos perto da porta da frente de um hospital. Um homem e uma mulher estão esperando por nós lá. Ele está vestido com um terno e ela está de uniforme.

Eles se apresentam e descobre-se que ele é o presidente do hospital e ela – e cito – é "a melhor neurocirurgiã do estado da Flórida".

— Me chame de Dra. Brainiac — diz ela com um sorriso. — É assim que meus amigos me chamam, então, por que não pessoas que me acordam no meio da noite, certo?

Brainiac não era um vilão nos quadrinhos do Super-Homem?

— Sente-se — diz a Dra. Brainiac, e só então percebo a cadeira de rodas.

— Não — diz Lucius bruscamente. — Posso andar sozinho.

Dra. Brainiac olha para ele com ceticismo. — Você não parece alguém com uma bala no cérebro.

Lucius a encara. — Eu não levei um tiro.

Elijah estuda seus pés. — Posso não ter sido totalmente sincero. A bala atingiu uma arandela no teto, e foi isso que caiu em sua cabeça. Ou um fragmento dela, pelo menos.

A Dra. Brainiac estreita os olhos. — E foi isso que entrou no cérebro dele?

— Duvido — Interrompo. — Há um corte ali, mas não parece tão profundo.

Ela me olha como se eu fosse a única pessoa razoável aqui. — Então, por que estou aqui?

Eu aceno para Elijah. — Ele fez os arranjos.

— É a cabeça dele — diz Elijah, parecendo defensivo. — Se fosse o peito, eu teria procurado o melhor cardiologista.

— Por essa lógica, você precisa consultar um proctologista sobre sua queda — diz Lucius.

Elijah esfrega o traseiro com uma expressão pensativa.

— Certo. Tanto faz — diz a Dra. Brainiac. — Estou aqui. Vá em frente e sente-se.

Lucius olha para a cadeira de rodas como eu olharia para um camelo comendo um cacto. — Como eu disse, minhas pernas funcionam muito bem.

— Homens e seus egos — Dra. Brainiac murmura. Ela gesticula para o presidente. — É a política do hospital dele.

O presidente parece decidido. — Mesmo se você tivesse uma emergência de corte de papel, você entraria naquela cadeira.

Com um suspiro exasperado, Lucius se senta, como um imperador romano em seu trono.

— Posso empurrar? — Elijah pergunta.

— Claro — diz Lucius. — Apenas observe para onde está indo desta vez.

Malvado, mas não irracionalmente, considerando todas as coisas.

Quando chegamos ao elevador, o presidente nos deixa nas mãos da Dra. Brainiac, e ela nos leva a um quarto que mais parece uma suíte de hotel cinco estrelas do que um quarto de hospital. A única pista de que se trata de um estabelecimento médico é todo o equipamento assustador.

Deve ser algum tipo de sala VIP. Entre isso, a neurocirurgiã e o presidente, eu me pergunto se Elijah comprometeu Lucius a comprar uma nova ala para este hospital.

— Você pode se sentar aí — A médica diz a Lucius e aponta para a cadeira de paciente de aparência mais confortável de todas. — Vocês dois podem ficar no sofá — Ela diz a mim e a Elijah. Então, ela sorri novamente quando percebe os bagels. — Alguns pacientes trazem cobertores de conforto, mas eu digo que comida de conforto é mais prática.

Lucius não parece nem um pouco divertido enquanto entrega o saco semi-descongelado à médica, que o joga em uma mesa próxima. Ela coloca luvas, remove as compressas de gaze e examina a ferida. — Tipo pontos, você vai precisar de alguns pontos.

Saguaro nos ajude. A Dra. Brainiac claramente quer mudar sua carreira de neurocirurgiã para comediante. Lucius *não* parece entretido.

Ignorando seu olhar furioso, ela caminha até a mesa e pega uma pinça e um tubo de creme.

— Este é um anestésico tópico — diz ela. — Você quer que eu use?

— Não — diz Lucius severamente.

— Tive a sensação de que você diria isso. Você quem sabe. Isso não vai me machucar nem um pouco.

Com isso, ela enfia a pinça na ferida.

Sinto uma forte vontade de cortar a cadela, mas Lucius suporta a dor estoicamente, então me acalmo.

Olhando triunfante, Dra. Brainiac puxa um pequeno caco de vidro e mostra a todos. — Se todas as cirurgias fossem tão fáceis.

Droga. Isso estava lá todo esse tempo?

Ela pega um pouco de iodo e aplica generosamente ao redor da ferida, momento em que paro de olhar porque ver a sutura pode me fazer ficar violenta... ou desmaiar.

— É isso — diz a Dra. Brainiac depois de um minuto. — Agora beba isso.

Quando olho de volta, a cabeça de Lucius está coberta de bandagens, fazendo-o parecer uma múmia, e ele está bebendo suco de maçã de uma caixa infantil.

Elijah se levanta. — O que você quer dizer? E se ele tiver uma concussão?

— Dado o pouco inchaço ao redor do corte, o impacto não foi ruim. Ele também não está mostrando um único sintoma de concussão. O açúcar no suco deve ajudá-lo a se recuperar após a pequena perda de sangue.

— Mas você não deveria fazer alguns exames? — Elijah exige.

Ela dá de ombros. — Na minha opinião profissional, este é um caso de ui-bu-bu. Minha receita seria comer esses bagels pela manhã. Mas se você quiser perder tempo com exames, posso pedir alguns.

Lucius se levanta, parecendo muito mais estável do que antes. O suco claramente fez sua mágica. — Se a neurocirurgiã achar que estou bem, estou bem pra caralho.

A Dra. Brainiac mostra a ele seu sorriso característico. — Isso de uma neurocirurgiã que não quer que seu seguro de negligência médica suba. Ou aquela que não quer ler o seguinte artigo nas colunas de fofoca: *Negligência de médico mata bilionário.*

— Nesse caso, muito obrigado, doutora — diz Elijah rigidamente.

— De nada — diz ela. — Se tiver um cérebro danificado ou um tumor que precise ser removido, me ligue.

Elijah empalidece. — Esperemos que não chegue a isso. Mais uma vez, peço desculpas por acordá-la no meio da noite.

Ela encolhe os ombros novamente. — Minha conta bancária dirá: 'Foi um prazer'.

Sem mais delongas, Lucius sai da sala e corremos atrás dele.

Uma vez dentro da limusine, Lucius boceja e fecha os olhos.

Que grande ideia. Eu fecho os meus também – e devo cair no sono, porque um segundo depois, Elijah está me acordando.

— Você está bem? — Pergunto a Lucius quando

entramos na mansão e Elijah sai correndo para cuidar da bagunça na cozinha.

— Sim — Ele responde cansado quando paramos em frente à escada que leva aos quartos. — Só preciso dormir um pouco.

O que tenho vontade de dizer é: "E eu quero ver você dormir", mas, em vez disso, vou com o muito menos assustador — Eu também.

Ele me beija suavemente na bochecha. — Obrigado por se preocupar comigo no caminho para o hospital. Ajudou muito.

Com aquela bomba, ele sobe as escadas, deixando-me ali parada com a palma da mão pressionada contra a bochecha e minha mente girando com todos os tipos de perguntas.

Capítulo 26

Lucius

Quando acordo, o topo da minha cabeça está um pouco dolorido, mas é só isso. Não acredito que fui obrigado a ir ao hospital por algo tão trivial. Acho que permiti que isso acontecesse porque estava em choque – não pela tentativa desajeitada de assassinato de Elijah, mas pelo que aconteceu entre mim e Juno.

Assim que me lembro daquele encontro na cozinha, fico duro. Isso significa que regenerei todo o sangue que perdi? Provavelmente. Eu sei disso: em vez de eu domar minha biologia, Juno está me transformando em escravo dela.

Com um suspiro, tiro as bandagens e uso um segundo espelho para examinar a ferida. Não parece ruim, e meu cabelo deve cobrir tudo muito bem. Ainda assim, por precaução, é melhor ficar longe de Vovó até a recuperação total.

Quando termino minha rotina matinal, verifico meu telefone para me lembrar dos planos de hoje.

Ah, certo. A sessão de fotos. Essa é uma atividade que Juno e eu podemos fazer e que parece relativamente segura... no que diz respeito aos impulsos biológicos.

———

Rapaz, eu estava errado.

Juno parece extremamente sexy para a sessão de fotos – o que, em retrospectiva, faz sentido. Ela é mulher e estamos prestes a tirar fotos.

Ah, bom.

Faço o possível para sorrir em vez de cerrar os dentes quando o fotógrafo me pede para abraçá-la. Ao fazê-lo, seu aroma terroso e maravilhoso me deixa tão tonto quanto quando perdi todo aquele sangue na noite passada.

— Sorria — diz o fotógrafo.

Com esforço, levanto os cantos dos lábios.

— Um sorriso de verdade — diz ele.

Devo dizer a ele que é difícil sorrir quando você está tentando não ficar duro?

— Diga xis — Ele insiste.

O calor do corpo de Juno poderia derreter tudo? O pensamento me faz sorrir, o que leva a sessão de fotos a uma feliz conclusão.

— E agora? — Juno me pergunta depois que entramos na limusine.

Ótima pergunta. Seja o que for, será melhor não ficarmos sozinhos, caso contrário o que aconteceu ontem à noite pode acontecer de novo – e isso seria um erro por muitos motivos, mas principalmente porque ela deixou claro que se arrepende. De que outra forma posso interpretar sua recusa em falar sobre isso?

Para isso, visitamos dois parques incríveis: Ichetucknee Spring e Devil's Millhopper – sendo este último a única atração que ouvi falar que está localizada em um gigantesco sumidouro.

A cada minuto, me sinto mais confortável na presença de Juno. Eu chegaria ao ponto de dizer que realmente gosto da companhia dela. O que é um problema para o qual acho que tenho uma solução. Então, quando voltamos para a limusine, pergunto: — Quando você precisa voltar para casa?

Ela suspira. — Em breve, eu receio. Tenho que cuidar de todas as plantas dos meus clientes. Elas só podem esperar um certo tempo para serem regadas.

— Isso resolve tudo — digo. — Vamos levá-la para o avião.

Sua sobrancelha arqueia. — Eu? E você?

— Resolvi ficar alguns dias. Ainda preciso examinar o terreno, assinar todos os papéis e, com sorte, dar o pontapé inicial para obter todas as licenças.

Não sou muito bom em ler as pessoas, mas acho que Juno parece desapontada, embora seja provavelmente porque todas as nossas caminhadas pela natureza chegaram ao fim, não porque ela sentirá falta da minha companhia.

— E a visita à sua avó? — Ela pergunta. — Achei que fosse logo.

— Será a primeira coisa que faremos quando eu voltar — digo. — Vou preparar tudo, não se preocupe.

— OK. — Ela mastiga um lábio deliciosamente carnudo. — Mas... podemos falar ao telefone antes disso?

Eu inclino minha cabeça, confusa. — Por quê?

Ela muda de um pé para o outro. — Assim podemos aprender mais um sobre o outro. Afinal, sua avó é a principal razão para o fartlek.

Isso faz sentido para mim. Eu assinto decididamente. — Certo. Eu vou te ligar.

E por que não? Deve ser seguro.

Não é como se eu pudesse quase comer a boceta dela pelo telefone.

Capítulo 27

Juno

Sinto melancolia no voo de volta para LA.

Eu claramente gostei mais de Gainesville do que pensei. Já estou com saudades. E nem é preciso dizer, mas vou dizer mesmo assim: *não* é meu namorado falso que estou me lamentando. Não. É a cidade de Gainesville, e estou me atendo a isso.

Quando chego em casa, finalmente ligo de volta para Pearl – ela está tentando obter uma atualização sobre meu "relacionamento", então, tenho que lembrá-la de forma bem direta que: a) uma dama não beija e conta, e b) eu assinei um AND.

Depois que Pearl me deixa ir, preparo jarros de água com fertilizante. Essas são ferramentas comuns do meu ofício e vou precisar delas para revitalizar as plantas pothos na Propriedade da Família Smiths – um dos meus principais clientes.

———

Enquanto ouço meu audiolivro e cuido das plantas, quase consigo esquecer o que aconteceu na Flórida – o encontro quente na cozinha, o terror de Lucius se machucar e como todas as caminhadas nos parques pareceram.

Tudo bem, *quase* pode não ser a palavra certa, mas pelo menos não fico pensando em todas essas coisas a cada momento.

Apenas a maioria delas.

Estou quase terminando com os Smiths quando meu telefone toca.

Meu coração salta.

Já é Lucius?

Não. É minha mãe.

— Oi, querida — diz ela.

— Oi — digo, fazendo o meu melhor para não parecer desapontada. — Como estão as coisas?

— Você está no viva-voz — Meu pai entra na conversa.

Hum. Isso é raro. Eu quero saber por que...

— Por que você não nos disse que está namorando? — Mamãe exige.

— E alguém famoso — Papai acrescenta.

E aí está.

— Sua avó viu você em uma foto em uma revista — diz papai.

— Você estava tão bonita — Mamãe acrescenta. — Mas você deveria ter nos contado.

Como "bonita" flui logicamente para "nos contado"? Cubro o microfone para que não me ouçam suspirar e explico sobre o AND.

— Mas quão sério é? — Mamãe pressiona.

— O AND me proíbe de dizer — Eu respondo.

— Ele te trata bem? — Papai exige.

— Eu não estaria com alguém que não tratasse — digo. — E aí, você acabou de me fazer quebrar o AND.

A conversa – ou melhor, o interrogatório – continua nesse tom por mais algum tempo.

— Que tal você trazê-lo? — Mamãe finalmente sugere.

Quase derrubo o telefone. — Trazê-lo?

Essa é a ideia mais louca que já ouvi. Se Lucius fosse um namorado de verdade, eu esperaria um ano para não assustá-lo.

— Que ideia maravilhosa — diz papai. — Dessa forma, podemos ver por nós mesmos e você não quebrará o AND.

Certo. Isso presumindo que Lucius concordaria com essa loucura, e de jeito nenhum ele concordaria.

— Por favor, querida — Mamãe diz. — Se não for por mim, faça pelos seus avós.

Excelente. Viagem de culpa disfarçada de argumento. — Eu posso perguntar a ele — digo com relutância.

— Promete? — Mamãe diz.

— Sim.

— Excelente. Deixe-me saber quando. Tchau.

Ela desliga antes que eu mude de ideia. Que horror. Além disso, acabou de me ocorrer que mamãe insinuou que meus avós estariam nessa reunião hipotética. Esse é o tipo de coisa que eu faria meus namorados passarem somente depois que estivéssemos noivos.

Ah, bem. Não preciso me preocupar, pois tudo isso é discutível. Lucius obviamente dirá não, e então minha consciência ficará bem. Ou, melhor, que é o melhor que posso esperar considerando todas as mentiras.

———

— Acho que ele não vai ligar hoje — digo a El Duderino depois de terminar meu jantar e verificar sua terra.

Cara. Se você quiser falar com esse cara, por que não ligar para ele você mesma?

Hum. Talvez eu devesse. Ele está ferido, então posso não parecer tão desesperada se perguntar sobre sua saúde.

Seria até a coisa mais educada a se fazer.

Cara. Você está pensando demais nisso. Apenas ligue. O cara ficará feliz em...

Meu telefone toca. Eu verifico a tela, então olho para o meu cacto, triunfante. — É Lucius.

Cara. Você fala do cara, e ele liga. Assim como aquele cara do diabo.

Eu respiro fundo, tentando conter minha excitação enquanto pego e digo oi.

— Olá — diz Lucius.

Não "como você está?"

Vou presumir que isso estava implícito, então digo:
— Estou indo muito bem. Tive a chance de colocar o trabalho em dia. E você?

— Meu dia foi produtivo. A terra finalmente é minha e é perfeita para Novus Rome.

Aperto o telefone com mais força. — Eu quis dizer 'como está sua cabeça'?

— Então por que você não disse *logo*? — Ele pergunta.

— Touché. *Como está sua cabeça?*

— Muito melhor. A pior coisa sobre toda essa confusão é o fluxo interminável de desculpas de Elijah. Não tenho certeza se ele está sendo irônico, mas estou com mais dor de cabeça graças a *isso* do que por causa de seu tiroteio.

— Pobrezinho, você tem um funcionário leal que se sente mal depois de lhe causar danos corporais. — Eu olho para o meu cacto com exasperação.

Parceira. Calma no sarcasmo. O cara foi mortalmente ferido.

— Touché — diz Lucius. — Mas já chega disso.

Vou até minha cama e sento na beirada. — Certo. Na verdade, havia algo que eu queria perguntar a você.

Ou melhor, prometi aos meus pais que te convidaria, mas tenho certeza de que você vai dizer não, e tudo bem.

— Prometeu me perguntar o quê?

Eu mordo meu lábio. — Eles souberam sobre nós graças a algum artigo de revista e...

— A revista usou as fotos do nosso ensaio? — Ele pergunta.

— Eu não perguntei isso — digo. — Porque esse não era o ponto.

— Qual era?

Eu suspiro. — Que eles acham que eu tenho um namorado.

— Isso está implícito.

— E então... — Eu respiro fundo. — Eles gostariam de conhecê-lo. Mas eu entendo totalmente se...

— Sim — diz ele com confiança.

— Sim? — Olho para El Duderino em confusão.

Cara. Eu também não esperava que esse cara concordasse com isso.

— Você queria que eu dissesse não? — Lucius pergunta, e posso imaginá-lo sorrindo do outro lado da linha.

Sim. Não. Talvez. — Por que eu perguntaria se não quisesse que você fosse?

Espero que ele diga: "Porque você prometeu a seus pais intrometidos". Em vez disso, ele diz: — É uma boa ideia.

Mais uma vez, fico boquiaberta com meu cacto.

Cara. Não tenho ideia de por que esse cara acha que é uma boa ideia.

— Por quê? — Eu finalmente pergunto.

— Excelente prática — diz Lucius. — Se sua família comprar o fartlek, Vovó também comprará.

É claro. Faz sentido. Então, por que me sinto tão desapontada com sua lógica de robô?

— Está resolvido então — digo. — Faremos isso quando você voltar.

Se alguém souber que conheci a avó dele e que ele conheceu os meus pais, vai presumir que estamos no caminho certo para um casamento forçado.

— Existe algo que eu deva preparar com antecedência? — Ele pergunta.

— Como o quê? — Provavelmente seria prudente que todos da minha família assinassem ANDs, mas não vou dar *essa* ideia a ele.

— Há alguma pergunta para conhecê-la que não abordamos e que eles possam levantar?

Eu suspiro. — Eles provavelmente vão te contar as coisas mais embaraçosas sobre mim, então, para ser justa, talvez você possa me contar as suas?

Seu suspiro soa muito como o meu. — Vovó provavelmente vai contar minhas histórias mais embaraçosas também.

— Tipo?

Ele estala a língua em negação. — Eu só vou te contar as minhas se você me contar as suas.

Hesito, mas então imagino por que diabos não. Ele

já sabe que sou disléxica. Suavemente, eu digo: — Duvido que minha família lhe diga isso, mas todos os meus momentos mais embaraçosos têm a ver com meus problemas de leitura. Tive uma professora sádica que sempre me chamava para ler em voz alta. Alguns exemplos de meus contratempos incluem 'sorvete de bolinha' em vez de 'baunilha' e 'chuveiro persa' em vez de 'vermelho persa'. Todo mundo se divertiu às minhas custas e, crianças sendo crianças, zombaram de mim por meses depois.

— Crianças podem ser animais — diz ele com emoção. — E parece que essa professora deveria ter sido demitida... no mínimo. Qual é o nome dela?

— Oh, não se preocupe, eu me vinguei. — Eu sorrio com a memória. — Coloquei supercola no assento dela. Terminou em uma viagem muito embaraçosa para o hospital para ela.

— Ótimo. — Há um sorriso em sua voz quando ele diz: — É melhor eu não te irritar.

— Isso mesmo. E para esse fim, agora você me deve algo embaraçoso, e não o que sua avó vai me contar.

Ele acabou de xingar baixinho?

— Tudo bem — diz ele com relutância óbvia. — Mas isso é duplamente coberto por nosso AND.

— Certo. — Esfrego minhas mãos mentalmente. Ele obviamente vai me dizer algo interessante.

— Houve um valentão que me pegou pelas calças no refeitório uma vez — diz ele.

Eu cerro os dentes. — Ele o quê?

— Baixou minhas calças — Lucius esclarece.

Eu sabia disso, mas não interrompo novamente.

— De qualquer forma — Lucius continua. —, eu estava usando minha cueca com tema de *Spartacus* – e crianças sendo crianças, todo mundo riu. Mas isso não foi o fim, ou o pior de tudo. De alguma forma, Vovó soube do que aconteceu e apareceu no dia seguinte na escola. Não tenho ideia de como ela sabia qual criança era a culpada, mas ela gritou com ele na frente de todos e abaixou as calças *dele* antes de sair.

Eu ofego.

— Sim — Lucius diz secamente. — Ainda bem que não havia seguranças ou professores como testemunhas, senão ela estaria em alguma lista. De qualquer forma, todo mundo me chamou de 'filhinho da vovó' pelo resto do Ensino Médio.

É estranho que eu não desaprove muito o comportamento de sua avó? Seu principal erro foi que ela fez a ação publicamente, envergonhando Lucius. Ela deveria ter encontrado o valentão sozinha e, então...

Não. Espere. O que eu estou pensando? Ela abaixou as calças de uma criança. Isso é errado em qualquer lugar, mas infinitamente mais em particular.

— Você ganhou — digo. — Se eu tivesse acabado com as calças arriadas no refeitório do Ensino Médio, precisaria de terapia por anos.

— Eu não sabia que isso era um concurso.

Eu rio. — Você não pode simplesmente aceitar sua vitória graciosamente?

— Insisto que você é a vencedora deste concurso, de qualquer maneira, mas não posso dizer por que, pois prometi não mencionar o evento em questão.

Eu ruborizo. É claro! Como eu poderia ter esquecido? O momento mais embaraçoso da minha vida foi fazer xixi naquele elevador, facilmente.

— Sinto muito — diz Lucius, soando genuinamente arrependido. — Eu não deveria ter mencionado algo *sobre o qual não se deve falar*.

— Sim. Isso foi um golpe baixo, especialmente para marcar um ponto.

Ele suspira. — Eu sinto que devo a você outra história embaraçosa agora.

— Pelo menos.

— OK, aqui vai — diz ele. — Isso foi no Ensino Médio. Eu estava andando com meu almoço e espirrei na hora errada. Minha massa acabou em cima de mim. Claro, a garota de quem eu gostava viu tudo e riu.

— A vadia. — *Ops*, pode ter sido uma reação exagerada.

— Ei, em defesa dela, *foi* engraçado.

Eu mastigo o interior da minha bochecha, me sentindo irracionalmente chateada. — Você a convidou para sair mesmo assim?

— Não — diz ele, um pouco bruscamente. — De qualquer forma, agora que estamos quites, é melhor eu ir.

OK. Um pouco abrupto demais, mas tudo bem. — Boa noite.

Ele desliga.

Foi algo que eu disse?

Mesmo assim, apesar do fim da conversa, foi legal.

Espero que ele me ligue amanhã.

———

Ele liga, e nossa conversa é muito mais tranquila desta vez. Conversamos mais sobre nossos dias na escola e ele conta algumas histórias sobre a faculdade. Também aprendo sobre sua segunda paixão depois da Roma Antiga: o futurismo. Ele e seus colegas futuristas adoram refletir sobre quais novos avanços tecnológicos estão por vir e como eles mudarão a vida como a conhecemos.

Enquanto nos despedíamos, ele promete ligar novamente amanhã.

Mais uma vez, ele cumpre sua promessa, e o ponto alto dessa conversa é minha pergunta sobre seu primeiro beijo. Como sempre, ele me obriga a contar primeiro, e admito que o meu foi no jardim de infância, com um menino com quem brinquei de casamento. O beijo foi a "consumação" dessa união. Depois de me provocar por ser uma mulher casada, Lucius admite que seu primeiro beijo aconteceu depois que ele ganhou seu primeiro milhão aos vinte e poucos anos — em outras palavras, tarde demais. Quando eu pergunto por que ele demorou tanto para chegar a esse marco, ele fica desconfortável, então eu abandono o assunto para que ele ligue novamente.

No dia seguinte, nossa conversa é absolutamente agradável, em parte porque conto a ele fatos interessantes sobre os *cactuses*, como a lentidão com que o cacto saguaro cresce, a uma taxa de apenas um centímetro e meio a cada dez anos – ainda, surpreendentemente, a majestosa planta cresce até vinte e quatro metros de altura. Por sua vez, Lucius me conta tanto sobre a Roma Antiga que sinto como se tivesse feito uma viagem até lá por meio de uma máquina do tempo.

E por aí vai. A cada dia, nossas conversas ficam mais e mais longas, até que começam a me lembrar de como era com meu primeiro namorado no colégio. Assim como naquela época, muitas vezes me pego com meu telefone na cama, falando até meia-noite, que é tarde da noite para Lucius na Costa Leste.

Aprendemos tanto um sobre o outro que poderíamos convencer a CIA de que realmente estamos namorando. Nossas famílias não têm chance.

É ótimo, mas há um problema.

Com o passar dos dias, começo a sentir falta dele. As ligações, por mais informativas que sejam, não substituem sua presença magnética.

É estúpido, mas não posso evitar.

Uma parte de mim claramente esqueceu o quão falso o nosso acordo é.

Capítulo 28

Lucius

— Como está aquele gato? — Pergunto a Juno enquanto minha limusine dirige para o aeroporto particular onde meu avião está aterrado. Conversamos durante toda a minha arrumação e ainda não estou pronto para desligar o telefone.

Ela ri – um som que considero extraordinariamente agradável, especialmente ultimamente. — Você está realmente perguntando sobre a fofa aspirante a assassina? Claramente, ficamos sem assuntos para conversar.

Eu bocejo, olhando pela janela para a escuridão lá fora. — Você tem razão.

— Pare de bocejar — Ela diz, então boceja alto. — A gata está ótima, mas a mãe dela vai me matar, graças ao AND que você me fez assinar. Se fofoca fosse uma pessoa, seria Pearl.

Eu franzo a testa. Por alguma razão, fico irritado

sempre que sou lembrado do AND ou de outros detalhes que destacam a verdadeira natureza do nosso acordo.

— Falando no AND — diz Juno. — Você tem que me dizer o que posso e não posso falar quando visitarmos meus pais amanhã.

Minha limusine para e eu saio enquanto Elijah pega as malas. — Em caso de dúvida, você pode olhar para mim — digo. — Vou piscar se estiver tudo bem em compartilhar o que quer que você tenha começado a falar.

— Se você piscar muito, eles vão pensar que você está com conjuntivite.

Subo as escadas até o avião e me sento. — Que tal você se sentar ao meu lado na mesa dos seus pais — digo a Juno enquanto ativo o recurso de massagem. — Se eu quiser que você pare de falar, vou pisar no seu pé.

— Delicadamente — Ela adverte.

Eu sorrio. — Vou fazer leve como uma pluma.

— OK.

— Bom. Agora eu tenho que desligar. Vamos decolar em um minuto.

— Não acredito que finalmente vou te ver amanhã — Ela diz, e algo em sua voz faz meu peito apertar, mas leve ao mesmo tempo.

Também sinto uma pontada de culpa. Há uma pequena chance de eu ter ficado mais tempo na Flórida porque temia o que poderia acontecer quando a visse novamente.

O que a biologia pode me obrigar a fazer.

— De qualquer forma, vá — Ela diz, mas eu não ouço a linha desconectando.

— Bem, desligue — digo, relutante em fazê-lo eu mesmo.

— Não, desliga você.

Sério? — Não, senhoras primeiro.

— A idade antes da beleza — diz ela.

Não sei o que é mais ridículo, esse vaivém ou minha estranha teimosia.

Os motores do avião ganham vida com um rugido.

— Você ouviu isso? — Eu pergunto. — Vai ser muito barulhento para falar em um segundo.

— Então... desligue — Ela diz.

Quase insisto para que ela faça isso primeiro, mas decido ser o adulto. — Vejo você amanhã — digo e relutantemente termino a ligação.

No dia seguinte, enquanto Elijah me leva pelos lindos picos nevados que cercam as águas calmas do lago Big Bear, tento imaginar como foi para Juno crescer aqui, em toda essa serenidade.

Falando em serenidade, estou tudo, menos calmo. Na verdade, sinto-me quase nervoso, como se estivesse prestes a fechar um negócio de um bilhão de dólares.

Em parte, é porque quero que a família de Juno goste de mim, mas principalmente porque vou ver Juno cara a cara depois de todo esse tempo. Sou honesto o suficiente comigo mesmo para admitir isso.

A limusine para e Elijah abre a porta para mim.

A casa à minha frente é pequena, mas bonita, com um telhado vermelho novinho em folha e uma nova camada de tinta branca que a destaca entre as vizinhas. A empresa de snowboard de seus pais está claramente indo bem.

Pego os presentes e vou até a varanda para tocar a campainha.

Uma atraente mulher de meia-idade com os olhos cor de mel de Juno e um sorriso brilhante abre a porta.

— Olá — digo. — Juno não me avisou que ela tinha uma irmã.

Clichê, eu sei, mas Elijah me garantiu que isso me daria alguns pontos com a mãe. Dado o sorriso ainda mais brilhante em seu rosto, Elijah estava certo.

— Você deve ser Lucius. — Ela estende a mão.

Em vez de apertá-la, eu a beijo — outra sugestão de Elijah que é certeira, pelo menos no que diz respeito a fazer seu rosto corar.

— Eu sou Lily — diz ela. — Entre. Eu posso ver por que Juno está tão apaixonada.

Mais como *agir* apaixonada, mas isso é algo que a mãe de Juno não pode saber.

— Isto é para você, Lily. — Entrego a ela um buquê

de lírios gloriosos recém-chegados do Zimbábue enquanto a sigo para dentro de casa.

Ela cheira as flores com uma expressão de êxtase no rosto no momento em que um homem alto de cabelos grisalhos vem por trás dela e estende a mão para mim. — Eu sou John — Ele diz bem-humorado. — Estou interrompendo suas tentativas de encantar minha esposa?

Dou-lhe uma garrafa de Hennessy Paradis. — Se você é fã de conhaque, acho que tenho mais chances de encantá-lo.

Eu sei que ele é, graças a um pouco de dever de casa – o que compensa, dado o quanto os olhos de John ficam arregalados quando ele percebe o que tem. — Por isso, posso deixar você levar minha esposa para um encontro — diz ele com aparente seriedade.

Eu sorrio. — Juno é a única que levarei para sair.

— Me levar para onde? — Juno pergunta, aparecendo atrás de um canto.

O tempo parece desacelerar momentaneamente, como em um filme adolescente quando a heroína se arruma para o baile e desce uma escada (mesmo que sua casa tenha um andar).

A vontade de ir até ela e puxá-la em meus braços é muito forte, mas seus pais estão aqui. No final, apenas dou um beijo casto na bochecha dela, mas até isso me deixa duro – uma posição estranha para estar com a família dela ao nosso redor. Parece que esse negócio da distância fazer o coração adoecer deveria ser extrapolado para outras partes do corpo.

Para manter minha biologia sob controle, penso rapidamente em coisas pouco sensuais, como sujeira sob as unhas, remela nos olhos e políticos. Assim que está começando a funcionar, alguém toca a campainha.

É um casal de idosos, e ambos carregam bandejas com comida.

Eu me inclino para sussurrar para Juno – e acabo quase lambendo sua orelha no processo. — Isto é uma reunião à americana?

— Não. — Ela lança um olhar culpado para sua mãe. — Meus avós simplesmente gostam de ajudar.

Pego meu telefone e mando uma mensagem para Elijah para trazer o que quer que tenhamos na geladeira da limusine. Se outros convidados trouxerem comida, eu também trarei.

No momento em que sou apresentado ao primeiro casal de avós, outro casal de idosos chega – também com comida.

— Devemos ir para a mesa? — John pergunta.

A campainha toca.

Lily franze a testa. — Todo mundo já está aqui.

— É o meu mordomo — digo.

Muitas sobrancelhas sobem e Juno ri. — Eu não disse a vocês que ele tem um mordomo?

Lily parece muito curiosa ao abrir a porta, revelando Elijah com uma grande bandeja.

Agradecendo, ela aceita a oferta e diz: — Por que você não se junta a nós?

Elijah dá um passo para trás. — Oh, eu não acho que seria apropriado.

Mais sobrancelhas se erguem, provavelmente em resposta ao sotaque britânico.

— Bobagem — diz Lily. — Você trouxe comida; portanto, você tem que entrar.

Elijah parece horrorizado. — Esta é a comida do mestre. Eu apenas a trouxe.

Lily faz olhos de cachorrinho para ele. — Por favor? Eu não gostaria de jantar sabendo que você está sentado sozinho no carro.

Elijah me lança um olhar questionador, e eu aceno o mais imperceptivelmente possível. Ele se juntar a nós pode me salvar de cometer uma gafe social que, de outra forma, prejudicaria minha intenção de encantar esta família. Ele, sendo um mordomo, é muito melhor nessas coisas. Então, novamente, a maioria das pessoas é melhor nessas coisas do que eu.

— Se você insiste, seria uma honra — diz Elijah rigidamente. Ele estende a mão e pega a bandeja de Lily. — Onde você gostaria que eu colocasse isso?

Lily o conduz pela sala de estar e o resto da família o segue, exceto Juno.

Ela se aproxima de mim e sussurra de forma conspiratória: — Só um aviso, a comida da minha mãe é ruim.

Eu olho para ela, as sobrancelhas levantadas. — Isso não é uma coisa legal de se dizer.

Ela suspira. — Eu sei, mas assim que você provar a chamada comida dela, perceberá que 'ruim' *era* a palavra mais leve que eu poderia ter usado. 'Atroz além da conta', 'inimaginavelmente horrenda' ou 'um crime contra a humanidade' são mais adequados, mas porque eu a amo, mostrei moderação.

— Sim — digo. — Sua moderação é lendária.

Ela estreita os olhos. — Você foi avisado. Apenas, por favor, pegue uma amostra de seus pratos e coma um pouco, ou se você não tiver estômago para isso, pelo menos espalhe a comida em seu prato para que ela não perceba. E elogie-a, é claro.

Eu espio em seu olhar e instantaneamente desejo mel. — Que tipo de monstro você pensa que eu sou?

Ela zomba. — Você sabe que pode ser franco.

— Eu, franco? Você me fere.

— É uma regra não escrita em nossa família deixar mamãe pensar que *pode* cozinhar. Se os pratos dela forem os únicos não comidos, ela pode descobrir a verdade.

Algo me ocorre. — É por isso que seus avós trouxeram comida?

Ela assente. — A história oficial é que eles querem ajudar. É também por isso que meu pai faz alguns pratos para cada evento. Na verdade, quando não é uma grande reunião, quem cozinha é papai.

Eu rio. — Sua mãe não percebe que ela é ruim nisso?

Juno parece horrorizada com a própria ideia. — Ela acha que sua comida é incrível. Papai a convenceu de que é boa demais e que ele comeria demais e engordaria se ela fizesse isso o tempo todo. Então, 'para sua saúde', ele cozinha seus pratos 'inferiores'.

— Muito fofo — digo, meus olhos vagando pelas feições animadas de Juno. Sem querer, encontro-me inclinado para ela, minha voz se aprofundando enquanto murmuro: — Não. Bonito.

Ela umedece os lábios e se aproxima um pouco mais enquanto sussurra: — Se eu tivesse um defeito, acho que gostaria de saber.

Devo contar a ela sobre seus muitos defeitos? Tipo, como os lábios dela são muito tentadores para o meu conforto? Como a inteligência dela tornou impossível não ligar para ela esta semana e manter distância como eu originalmente queria? Ou como seu peito arfante é excitante demais, me fazendo...

— Juno? — Seu pai grita de algum lugar, me salvando de fazer algo louco, como atacá-la aqui e agora, neste corredor.

— Indo! — Ela grita de volta, então olha para mim se desculpando. — Preparado?

— Estarei logo atrás de você — digo, minha voz um pouco rouca.

Ela me diz onde fica o banheiro, se eu precisar, e se afasta.

A princípio, eu a sigo, mas depois decido que uma parada no banheiro valeria a pena – para jogar um pouco de água fria no rosto.

Quando esse movimento falha, sou forçado a pensar mais uma vez nos pensamentos menos sexies do meu arsenal, porque mesmo que cera de ouvido e meleca não sejam ótimos para o meu apetite, eles são melhores do que a alternativa: os pais de Juno testemunharem como minha biologia reage à sua filha.

Capítulo 29

Juno

PELOS OVÁRIOS DO SAGUARO, eu estava prestes a beijar Lucius de novo?

Pode ser. Eu certamente queria, e se papai não tivesse gritado, eu poderia ter beijado. Como Lucius teria reagido? Por um momento, parecia que ele estava flertando comigo, mas talvez ele estivesse apenas se aprofundando no papel?

Ugh, eu realmente preciso manter minha libido sob controle. Em minha defesa, Lucius parece particularmente delicioso hoje – e culpo todas as conversas telefônicas por isso.

Agora que o conheço melhor, é difícil vê-lo apenas como um idiota mal-humorado. Não que ele não seja isso, é claro – existem tantos outros lados dele, incluindo o homem que ama tanto sua avó que está disposto a fazer de tudo para fazê-la feliz.

Ao entrar na cozinha, vejo que todos deixaram os

lugares mais visíveis da "cabeceira da mesa" vazios para nós. Muito sutil. Se fôssemos nos casar aqui hoje, é onde nos sentaríamos.

— Onde está Lucius? — Mamãe pergunta, parecendo muito preocupada, considerando todas as coisas. O que ela pensa, que terminei com ele no minuto em que nos deixaram sozinhos? Ou o canibalizei?

— Ele está bem atrás de mim — digo. — Provavelmente lavando as mãos.

Sentando-me, examino a mesa.

Há comida suficiente para alimentar um dormitório cheio de irmãos famintos da fraternidade – supondo que eles não tenham comido lagartas. Como sempre, a experiência e meu maior senso de autopreservação me dizem quais pratos são da mamãe. A contribuição de Lucius também se destaca: uma bandeja de tortinhas chiques com peixe defumado e cream cheese, caviar em biscoitos, bolinhos de caranguejo e sanduíches de pepino junto com outros aperitivos. Claramente, Elijah está por trás de algumas dessas seleções, considerando o quão bem elas combinam com o chá da tarde britânico.

— Ah, lá está ele — Mamãe diz e bate seus cílios coquetemente para o meu namorado.

Sério? Com o marido ali? Então, novamente, minhas avós também estão olhando para Lucius com admiração. Acho que ele desperta isso em quem gosta de homens.

— Tudo tem um cheiro delicioso — diz Lucius, seus lábios se curvando em um sorriso atipicamente caloroso. Ele lança um rápido olhar para Elijah, que acena com aprovação.

O que foi aquilo? O mordomo o ensinou a ser gentil no jantar?

— Espere até você provar a paella de Lily — Papai diz e aponta para o prato que eu já suspeitava ter o toque particular de mamãe. Há flores de hissopo de anis nele (usadas como guarnição?), que irão adicionar um sabor de alcaçuz onde não pertence remotamente.

Enquanto todos se revezam explicando o que trouxeram, eu me sirvo um pouco de tudo e faço um grande show para pegar um pouco da paella da mamãe. Na verdade, estou curiosa sobre isso. Os ingredientes deste prato podem variar muito, então, até que ponto ela poderia estragar tudo?

A resposta: espetacularmente. Coloco uma colherinha na boca e acho muito difícil não cuspir.

Quando penso em ervas e especiarias associadas à paella, coisas como páprica, cúrcuma, orégano, alho, pimenta, alecrim e açafrão vêm à mente. Nenhum deles está aqui. O que eu detecto é baunilha. E noz-moscada. E molho de soja, por algum motivo? E o que há com os croutons? Ah, e não vamos esquecer o arroz malcozido, os frutos do mar cozidos demais e emborrachados e sal suficiente para causar hipertensão instantânea a todos.

Mamãe é realmente uma virtuosa quando se trata

de tornar a comida intragável. Não pela primeira vez, eu me pergunto se há algo de errado com seu paladar – ela mastiga a paella com prazer e parece que está realmente gostando.

Eu pego Lucius colocando uma garfada da atrocidade em sua boca e observo para ver como ele é bom em esconder sua reação.

Seus olhos se arregalam. Sua mastigação torna-se difícil. Com evidente dificuldade, ele engole o bocado. Então, com grande sentimento, ele diz em voz alta: — Uau, Lily. Esta paella é de outro mundo.

Droga, isso foi bom. Ele canalizou suas verdadeiras emoções naquela mentira – que nem era mentira. Esta comida realmente não é deste mundo. É o que os monstros de cabeça para baixo devem comer em *Stranger Things*.

Papai olha para Lucius com aprovação. — A partir deste momento, você tem minha bênção se quiser se casar com minha filha.

— Pai! — Sinto como se pudesse cair da cadeira.

— Quando vocês dois *vão* se casar? — Mamãe pergunta animadamente.

— Mamãe! — Falando aquela queda através da minha cadeira *e* do chão.

— E quando podemos esperar bisnetos? — Minhas duas avós perguntam, de alguma forma em uníssono.

— Você poderia fazer de uma dessas crianças um menino? — Os avôs entram na conversa – também em sincronia suspeita.

— Vocês ensaiaram isso? — Eu pergunto com a voz embargada. Eu agora quero cair por toda a porra da montanha e continuar indo para o centro da Terra.

Lucius sorri para mim. Acho que é melhor do que sair correndo gritando, que é como um namorado de verdade reagiria a todo aquele barulho de casamento e filhos.

Escondendo o sorriso malicioso, Lucius encara minha família e diz solenemente: — Obrigado, John. Vou manter sua bênção em mente. Por enquanto, Juno e eu ainda não chegamos lá. — Ele olha para mim com adoração. — Certo, querida?

— Certo, Sardinha — digo. — O matrimônio profano terá que esperar.

Mamãe está fazendo beicinho? E meus avós estão realmente chateados ou simplesmente engoliram um pouco de paella?

Falando em paella... Parecendo extremamente desconfortável por estar no meio de todas essas coisas de família, Elijah pega um prato cheio do prato da minha mãe. Que grande erro.

Lucius olha para o mordomo com pena, assim como todos os membros da minha família que não são mamãe. No entanto, assim que mamãe olha para ele, a expressão de Lucius muda para curiosidade e ele pergunta como ela e papai se conheceram.

Uau. Se foi Elijah quem sugeriu aquele quebra-gelo, ele merece um aumento – ou ser salvo daquela paella. Deixado por conta própria, Lucius provavelmente teria feito à mamãe alguma pergunta maluca daquela lista online, como que tipo de palhaço ela gostaria de comer.

O rosto de mamãe fica animado quando ela conta a história de seu encontro fofo. Ela e papai são namorados de infância, então, sua história melada começa no ginasial.

Como já ouvi a história um milhão de vezes, me desligo e assisto Elijah.

Com grande confiança, o mordomo enfia a primeira colherada na boca.

À medida que a paella ataca seu pobre paladar, suas pupilas dilatam e seu rosto fica esverdeado.

Para crédito de Elijah – ou de sua escola de mordomo – ele não mostra sua aversão. Ele apenas engole o bocado com uma microexpressão que me lembra como as crianças tomam pílulas.

Ele mastiga a próxima colherada em um estilo que lembra um camelo. Isso não parece ajudar muito. O tormento ainda é perceptível em seu rosto se você estiver procurando por ele. Então, com o semblante de um homem indo para a forca, ele pega outra colherada, e mais outra.

Ele deve querer que a dor acabe rapidamente. Faz sentido. Eu teria feito isso no lugar dele – supondo que não pudesse enfiar um pouco de paella na bolsa.

Na valente luta contra a paella, Elijah sai vitorioso – e no resto da refeição ele se apega exclusivamente aos itens que trouxe da limusine.

Capítulo 30

Lucius

— Esperamos vê-lo novamente em breve — Lily fala enquanto beija minhas bochechas, primeiro uma, depois a outra.

Eu tolero a demonstração de afeto, embora normalmente meu instinto seja me afastar. Em geral, para minha surpresa, todo o jantar foi bastante tolerável. Talvez até legal. A atmosfera familiar calorosa, as zombarias gentis, a maneira como eles fingem gostar da comida terrível de Lily – tudo isso me deixou um pouco melancólico. É verdade que experimentei um pouco disso com Vovó, mas ela é apenas uma mulher e não pode criar uma atmosfera tão festiva sozinha.

Talvez eu tenha uma grande família assim um dia.

Espere, o que estou pensando?

— Devemos deixá-los sozinhos — diz Lily, acenando para mim e depois para Juno. — Deixe-os dizer "adeus". — Ela coloca a última palavra entre aspas no ar e Juno revira os olhos.

— Eu não vou te dar uma carona? — Pergunto a Juno assim que todos seguem a sugestão de Lily e desaparecem dentro de casa.

Ela balança a cabeça. — Mamãe quer que eu passe a noite.

— Ah. — Sinto uma pontada de decepção. Nós realmente não tivemos a chance de interagir hoje.

Juno acena para a porta e sussurra: — Aposto meu cacto que eles estão nos observando.

Meu coração pula uma batida. Ela está dizendo o que eu acho que está dizendo? Eu decido que vou assumir que sim, de qualquer maneira.

— Bem então. — Eu coloco minha mão na parte inferior de suas costas e inclino minha cabeça. — Devemos manter as aparências?

Ela fica na ponta dos pés, seus olhos cor de mel brilhando. — Receio que sim. — Sua respiração quente sussurra em meus lábios. — Não posso deixar todos esses ensaios serem desperdiçados.

Meu coração bate mais rápido. Não precisando de mais encorajamento, inclino meus lábios sobre os dela. É um beijo brincalhão no começo, mas rapidamente, nossas línguas estão dançando para valer. Seus lábios estão deliciosamente carnudos e úmidos, e todo o meu corpo fica rígido – algumas partes muito mais do que outras.

Porra. Ela acabou de passar a mãozinha no meu pau?

Respirando com dificuldade, eu me afasto. — Eu pensei que sua família estava assistindo.

Ela pisca rapidamente, como se estivesse tentando se reorientar. Por fim, ela sussurra: — Isso é bem feito por eles serem bisbilhoteiros.

De repente, fico muito feliz por ela não ter aceitado minha oferta de uma carona de limusine para casa. Se passarmos mais um segundo juntos, não tenho certeza se vou manter minha sanidade.

— Vejo você na casa da Vovó? — Eu pergunto com a voz rouca. — A não ser que...

— Sim. — Ela dá um passo para trás e umedece os lábios. — O que eu devo trazer?

Aqueles lábios carnudos e macios. Porra do inferno. Eu faço o meu melhor para soar normal. — Nenhuma coisa. Mas definitivamente *não* as sobras.

Ela sorri. — Tem certeza? Aposto que Vovó é fã de paella.

Estremeço ao me lembrar do gosto. — Não vamos fazer meus chefs sentirem que seus empregos não estão seguros.

— Chefs, no plural?

— Eu tenho três. Sem contar os que trabalham nos meus restaurantes.

Ela revira os olhos. — Espero que três sejam suficientes. Quero dizer, e se todos eles ficassem doentes ao mesmo tempo? Você morreria de fome.

— Na verdade, a comida de Elijah é útil. O mesmo vale para todas as minhas empregadas, exceto uma. E, em caso de emergência, sei fazer macarrão com queijo ou uma omelete.

— Uau. Com essas habilidades críticas para a vida, você pode até sobreviver em uma ilha deserta.

Por que eu quero beijá-la de novo? Provavelmente para calá-la.

— A que horas devo enviar uma limusine para pegá-la amanhã? — Eu pergunto.

— Te mando uma mensagem.

— OK. — Por que estou tão relutante em ir embora? — Tchau?

Ela hesita por um segundo, depois me manda um beijo no ar antes de fugir para a casa dos pais.

———

Assim que chego em casa, cuido da minha frustração sexual, e a sessão é muito mais vigorosa do que todas as pós-telefonemas na Flórida.

Em seguida, tomo banho, saio para correr e visito meus furões.

O substantivo coletivo para furões é 'negócio', em inglês, e acho que quem criou isso o fez porque sempre há algum negócio engraçado acontecendo quando se trata de furões, especialmente se houver mais de um por perto.

Hoje, por exemplo, Calígula consegue devorar as

guloseimas especiais que trouxe para todos antes que Blackbeard e Malfoy provem. Também localizo as luvas de jardinagem que um ou mais deles conseguiram roubar – e estão em pedaços.

Enquanto brinco com os diabinhos, luto contra a vontade de ligar para Juno. Afinal, estamos separados há apenas três horas. Mesmo que nosso relacionamento fosse real, seria muito cedo para sentir falta dela. A menos que... Talvez eu devesse...

Meu telefone toca.

Poderia ser Juno?

Não.

É Vovó.

Sorrindo apesar da minha decepção, eu atendo.

— Você gostou de conhecer os pais dela? — Ela pergunta em vez de um olá.

Eu conto a ela tudo sobre isso, menos a comida atroz de Lily. Não quero influenciar Vovó caso ela tente cozinhar.

Espere. Por que ela tentaria?

— Se Juno gostar de mim amanhã, você está praticamente casado — diz Vovó, além da animação.

Eu reprimo um gemido. — Por favor, não brinque com isso quando a vir. A família dela estava dizendo a mesma coisa.

— Quem disse que estou brincando? — Vovó pergunta.

Eu belisco a ponta do meu nariz. — Oh, não.— Eu

faço meu tom preocupado. — Os furões estão mastigando meus sapatos.

— Furões — Vovó diz a palavra como uma maldição. — Você ainda está brincando com aquelas feras?

Com pavor de ratos, Vovó decidiu que não gosta de furões porque "eles têm formato semelhante".

— Não se preocupe. Eu não vou trazê-los comigo. — Faço uma nota mental para verificar meus bolsos antes de ir para a casa dela. A última coisa que quero na casa da Vovó é uma repetição do que aconteceu na arrecadação de fundos. Ela tentaria pular em uma mesa e provavelmente se machucaria.

— Não os traga — diz ela. — Só de pensar nas coisas me dá vontade de tomar um chá de camomila para me acalmar.

— Vá fazer isso — digo com um sorriso. — Talvez com um pouco de raiz de valeriana também.

— Boa ideia. Tchau.

Desligo e percebo que os furões estão olhando para mim com expressões estranhas em seus rostos travessos.

— Desculpe por isso — digo a eles. — A bisavó de vocês não queria ser má.

Enquanto vou para a cama, sinto um forte desejo de ligar, ou pelo menos enviar uma mensagem de texto, para Juno. Recentemente, descobri que existe um emoji de cacto – e aposto que se eu o usasse, ela desmaiaria.

Mas não. Péssima ideia.

Minha prioridade é dormir bem, então, estarei no meu melhor comportamento quando Juno e eu finalmente apresentarmos o fartlek para Vovó.

Capítulo 31

Juno

Quando a limusine que Lucius mandou me buscar para na casa da avó de dele, que na verdade é uma pequena mansão, meu estômago parece um cacto florido cercado por borboletas.

A combinação de ontem de Lucius e minha família tornou a linha entre namorado falso e verdadeiro mais tênue do que nunca, tanto que ainda estou tendo problemas para controlar a idiotice. Deixando aquele beijo ardente de lado, Lucius foi incrível com minha família. Eu não me importo com o quanto Elijah o treinou — Lucius parecia estar se divertindo, e ele não é um ator bom o suficiente para fingir isso... eu não acho.

A limusine para e, quando a porta se abre, fico cara a cara com o próprio Lucius, o que deixa aqueles polinizadores em minha barriga realmente enlouquecidos.

— Oi. — Eu saio com a ajuda de sua mão estendida

e, quando nos tocamos, sinto-o entre minhas pernas – uma situação agradável, mas indesejável.

Soltando minha mão, ele me dá as costas e diz: — Siga-me.

Apenas "siga-me"? Nenhum beijo de saudação para a namorada falsa? Sem abraço? Nenhum "prazer em te ver?"

Certo. Que assim seja. Deixo que ele me leve para dentro de casa, onde finalmente consigo ver sua avó.

A primeira coisa que me vem à cabeça é como essa mulher é pequenininha – e isso vem de mim, que está longe de ser uma giganta. A segunda coisa: ela deve ter rido muito na vida. A evidência disso está gravada nas linhas ao redor de sua boca e na covinha em sua bochecha.

O mesmo tipo de covinha que Lucius tem, percebo com um aperto peculiar no peito.

Lucius lhe dá um grande e caloroso abraço e a beija na bochecha – provando assim que ele sabe que abraços e beijos de saudação são coisas que as pessoas fazem.

Vovó sorri para ele, e toda a situação é extremamente adorável, especialmente porque Lucius está a poucos passos de ser um robô.

— Vovó, esta é minha namorada, Juno — diz ele, fazendo-me sentir como se tivesse acabado de receber uma medalha de ouro. — Juno, esta é...

— Pearl — diz Vovó para mim. — Me chame de Pearl.

Eu sorrio. — Minha melhor amiga também se chama Pearl.

Ela sorri de volta. — Espero também me tornar sua amiga, assim como a outra Pearl.

Espero que ela não exagere no sexo como a Pearl mais jovem faz – como naquela vez em que minha amiga me disse que, sem ironia, gosta de um ato sexual chamado *colar de pérolas*.

— Você não estava exagerando — diz Vovó para Lucius. — Ela realmente *é* incrivelmente bonita.

Ele parece surpreso – o que me faz duvidar que ele tenha contado tal coisa para sua avó astuta.

Eu faço o meu melhor para salvar a situação. — Então, Pearl, você tem fotos de Lucius quando criança?

Ela me dá um olhar de aprovação. — Indo direto na jugular. Eu já gosto de você.

Enquanto ela nos leva para a sala de estar, Lucius sussurra: — Isso é injusto. Eu não vi essas fotos de você ontem.

Pearl me entrega um grosso álbum de fotos e eu me jogo no sofá.

Lucius se senta ao meu lado. Meu batimento cardíaco acelera. Seu corpo grande e musculoso irradia calor suficiente para ferver óvulos... ou fertilizá-los.

Quando Pearl se senta do meu outro lado, abro o álbum e o vejo com avidez, um sorriso de orelha a orelha dividindo meu rosto com a sobrecarga de fofura. Lucius era o garoto mais adorável de todos, com um sorriso com covinhas e grandes olhos cinzentos. Se tivéssemos um filho...

Não. Fecho o álbum com uma forte palmada e olho culpada para Pearl. — E a adolescência dele?

Isso deve ser mais seguro, certo?

Ela faz uma careta. — Infelizmente, a mãe de Lucius 'pegou emprestado' aquele álbum e nunca mais o devolveu.

— Típico — Lucius murmura.

Antes que eu possa comentar, um homem corpulento de meia-idade entra na sala, carregando uma bandeja com bebidas.

— Ah, obrigada, querido — Pearl diz a ele antes de se virar para mim. — Este é Aleksy.

— Prazer em conhecê-lo. Eu sou Juno — digo para Aleksy.

Aleksy coloca as bebidas na mesa de centro. — E eu a você — Ele diz, e eu detecto um sotaque do Leste Europeu.

Com uma reverência cortês, ele nos deixa em paz.

Pergunto a Pearl qual bebida é dela e entrego a ela.

— Educada também — Ela diz com aprovação para Lucius. — Não estrague isso.

Lucius suspira. — As senhoras podem me dar licença por um segundo? Quero falar com Aleksy.

Pearl estreita os olhos. — Por quê? Garanto-lhe, meu açúcar está entre setenta e noventa. Minha pressão arterial é a de um atleta. Sem dor nas costas ainda, sem comprimidos. Até os meus ossos...

— Eu gostaria de ouvir tudo isso de Aleksy — diz Lucius com firmeza, levantando-se.

— Não confia em mim — Pearl sussurra para mim tão alto que ele pode definitivamente ouvir.

Antes que Lucius possa sair da sala, meu telefone toca.

Mostro a Pearl a tela do meu telefone. — Vê? Essa é minha amiga e sua homônima. — Recuso a ligação e coloco meu telefone na mesa de centro. — Eu ligo para ela mais tarde.

Lucius balança a cabeça, do jeito que faz toda vez que vê meu não-smartfone, e então sai para falar com Aleksy.

Assim que ele sai, Pearl se inclina em minha direção e diz em voz baixa: — Que bom que você não atendeu aquela ligação.

— Oh?

O olhar de Pearl se encontra com o meu. — Há algo que eu queria falar com você sem a presença do meu neto.

Meu pulso acelera. — Ah, com certeza. O que é?

Ela hesita por um segundo. — Lucius... ele pode ser um pouco espinhoso.

Eu quase caio na gargalhada. — Um *pouco* espinhoso?

Ela suspira. — Ele é muito espinhoso?

Eu sorrio timidamente. — Bem, talvez não muito. Pelo menos não para mim.

— Bom — diz ela suavemente. — Eu estava preocupada. Ele parece se importar muito com você.

Mais como se ele fosse um ótimo ator. — Estamos bem.

— Você não parece querer dizer isso — diz ela, inclinando a cabeça.

Droga. Estou bagunçando todo o fartlek? — Acho que... — Respiro fundo e procuro algo para dizer que soe verdadeiro para ela. — Às vezes, tenho a sensação de que ele se contém. Como se ele estivesse com medo de se aproximar.

Na verdade, isso é verdade, ponto final. Não que eu possa culpá-lo, dada a falsidade de nosso relacionamento. Eu me contenho porque isso é lógico.

Ela assente com a cabeça. — Ele é... cauteloso, quero dizer. Espero que você possa ser paciente com ele. Ele pode ser rico agora, mas não teve uma vida fácil. Primeiro, seu pai inútil deixou ele e minha filha. Então, ela se revelou uma mãe nada ideal, por mais que me entristeça dizer isso. — Ela solta um suspiro pesado. — Quando coisas assim acontecem, um menino é obrigado a questionar se ele é adorável – e as garotas do Ensino Médio não ajudaram em nada.

— Garotas do Ensino Médio? — Eu digo duvidosamente. O resto do que ela disse eu já suspeitava – embora meu coração doa ao ouvir isso confirmado. — Eu pensei que as garotas do Ensino Médio enxamearam Lucius como abelhas furiosas. No calor.

Eu sei que teria, se estivéssemos na escola juntos.

Pearl franze o rosto. — Você pensaria assim, olhando para ele agora, certo? Mas não foi o caso, receio. Tão fofo quanto ele era quando criança, foi um típico patinho feio quando era adolescente. Pelo menos por um tempo. Ele ficou desengonçado da noite para o dia e levou alguns anos para crescer seu corpo. Não ajudou que ele já estava começando a ficar espinhoso. — Ela suspira novamente. — Até onde eu sei, ele não começou a namorar até ganhar muito dinheiro – e agora ele acha que é tudo o que qualquer mulher está interessada quando se trata dele.

É claro. Isso explicaria por que seu primeiro beijo aconteceu na época em que ele ganhou seu primeiro milhão – e por que ele não quis entrar em detalhes quando perguntei.

— Já que posso dizer que o que vocês dois têm é real — Pearl continua —, eu queria...

Lucius entra na sala, seus olhos duros. — Claro, o que Juno e eu temos é real. Mas vamos lá, o que você queria fazer?

— Eu queria dizer a Juno que vocês parecem o casal perfeito — diz Pearl — e soa tão sério que eu acreditaria nela se não soubesse com certeza que ela diria outra coisa. Algo como "dê a ele o benefício da dúvida".

— Tente de novo — diz Lucius.

— Certo. — Os olhos de Pearl brilham rebeldes. —

Eu ia contar a ela sobre seu doutorado em história romana. Eu sei que você nunca faria isso.

— Porque é honorário — diz ele. — Fique famoso ou faça uma doação grande o suficiente para uma escola e você também receberá um.

— Tenho certeza de que há mais do que isso. Você pelo menos contou a Juno sobre seu MBA? — ela pergunta. — Você mereceu isso, certo?

Ele suspira. — O sonho de Juno é obter seu próprio diploma, então imaginei que me gabar de minhas realizações escolares seria indelicado.

— Isso não quer dizer nada — digo. — Eu posso estar orgulhosa de você... e um pouco invejosa ao mesmo tempo. Além disso, quero me formar em Botânica. Você não tem um desses, tem?

— Não — Ele e Pearl dizem em uníssono.

— Então só estou com um pouco de inveja — digo. — E, obviamente, impressionada.

— Viu? — Pearl diz. — Sem problemas. Você deveria ter contado a ela.

Lucius esfrega as têmporas. — Você está tentando me fazer esquecer o que vim dizer aqui?

Pearl sorri. — Provavelmente foi, 'Juno, senti sua falta'.

— Não — diz ele mal-humorado. — Eu ia te perguntar sobre o seu cotovelo.

— Aleksy, você é um traidor! — Pearl grita.

— O que aconteceu? — Lucius exige.

Pearl levanta o cotovelo direito teatralmente. —

Nada. Provavelmente exagerei no badminton. Aleksy me colocou gelo no cotovelo por alguns dias e estou me sentindo melhor.

Lucius examina o cotovelo dela com tanta intensidade que você pensaria que ele está fazendo uma radiografia com o olhar. — Você vai ver um médico amanhã — Ele anuncia. — Eu sei que você acorda às dez, então é quando eu vou chamá-lo.

Enquanto eles discutem gentilmente sobre o horário, não posso deixar de sorrir por dentro. Eu já sabia que Lucius se preocupava com sua avó, mas sua superproteção está me mostrando o quanto – e isso me dá uma epifania sobre ele que eu deveria ter tido muito, muito antes.

Se Lucius fosse uma planta, ele seria um cacto. Espinhoso à primeira vista, mas nas circunstâncias certas – como perto de sua avó – ele floresce. Ele teve um começo difícil na vida, mas conseguiu ganhar bilhões e prosperar. Assim como seus irmãos *cactuses*, Lucius escondeu profundidades dele que ainda estou desvendando.

Isso explica muita coisa. Como o jeito que ele tem sequestrado todos os meus pensamentos ultimamente. Quero dizer, eu amo *cactuses*, então deveria ser tão surpreendente que...

Aleksy entra na sala. — Os chefs estão aqui com o jantar.

No jantar, Pearl se transforma em um híbrido entre uma inquisidora e uma detetive, então todo o nosso treinamento anterior de conhecer um ao outro valeu a pena. O que mais me impressiona é a quantidade de detalhes que Lucius se lembra de mim, até coisas que mencionei de passagem.

É bom ser notada assim, mesmo que seja só para enganar a avó hoje.

— Você teve notícias de sua mãe? — Pearl pergunta a Lucius enquanto terminamos os divinos éclairs que o confeiteiro fez para a sobremesa.

Ele concorda. — Sua filha está em um safári em Botswana.

— Ah. — Pearl enxuga a boca com um guardanapo. — Um momento, por favor. Eu tenho que passar pó no meu nariz.

Assim que ela sai, Lucius sussurra: — Aposto que isso é um teste.

Eu levanto uma sobrancelha. — Que tipo?

— Para ver se conseguiremos manter nossas mãos longe um do outro.

Ele está dizendo o que eu acho que ele está dizendo? Engulo o último pedaço de éclair com um nó na garganta. — Você queria colocar nossa prática anterior em uso?

Ele olha para os meus lábios com avidez. — Se ela nos pegar, vai cimentar o fartlek.

Grr. Estou começando a realmente odiar essa palavra com F.

— A menos que você se importe? — Ele diz.

Saguaro me dê forças. Eu me viro para ele e franzo os lábios. — Vamos fazer.

Ele se inclina e nossos lábios se encontram.

Oh, meu Deus. Ele tem gosto de chocolate e baunilha do éclair, mas também o gosto dele – deliciosamente masculino.

Se isso é puramente uma performance da parte dele, é boa. Meus mamilos certamente o aplaudem de pé, e meus ovários assobiam e festejam.

— Não podiam esperar, não é? — O tom de Pearl é o oposto de crítico, mas me sinto como uma adolescente travessa, de qualquer maneira.

Eu me afasto, e meu coração pula uma batida com o calor nos olhos de Lucius. Ele pode fingir isso? Além disso, isso é uma tenda sob o guardanapo em seu colo ou estou vendo coisas?

— Desculpe — digo à sua avó timidamente. — Eu confundi a boca de Lucius com um éclair.

Ugh, por que eu disse isso? Há algo muito mais pornográfico em forma de éclair embaixo daquele guardanapo.

— Está tudo bem, querida — diz Pearl. — Sobremesa não é completa sem um beijo da namorada.

— Vovó — diz Lucius com falsa severidade. — Não faça Juno se sentir estranha.

Ela ri. — Tem certeza de que é Juno quem se sente estranha?

Lucius coloca as mãos em posição de oração. — Podemos, por favor, falar sobre outra coisa?

Oh, não. Os olhos que ele está fazendo para sua avó. Se ele usasse esse olhar em mim, eu diria sim para praticamente qualquer coisa. Qualquer coisa particularmente suja.

— Tudo bem — diz Pearl graciosamente. — Você vai deixar as sobras quando for embora?

Lucius balança a cabeça. — Acho melhor levar a sobremesa comigo, para que você não fique tentada.

Eles discutem sobre o destino da sobremesa por alguns minutos enquanto eu bebo meu chá sem cafeína. Em seguida, Pearl começa uma história sobre a luta pelos direitos das mulheres em sua juventude.

Enquanto ouço, não posso deixar de sentir uma sensação torturante de pavor. Lucius e eu vamos parar de passar tempo juntos agora que a avó dele está totalmente enganada pensando que estamos juntos?

Não. É muito cedo para isso.

Ainda assim, temos uma data de validade.

Não tinha me tocado até agora o quanto eu não quero que seja o que tenha entre nós – não importa o quão falso – acabe. Eu gosto de beijar meu cacto humano. Eu gosto de falar ao telefone com ele. E jantar com ele.

É possível que ele sinta algo semelhante? Se sim, como eu faria para descobrir isso?

— Juno? — A voz de Lucius se intromete em meus pensamentos, e eu me sento sobressaltada.

— Sim? — *O que eu perdi?*

Ele sorri. — A pergunta era: você está pronta para ir?

— Ir?

Ele acena para Pearl. — É hora de Vovó dormir.

Ela revira os olhos. — Posso ficar acordada até mais tarde.

Eu salto para os meus pés. — Não, não, estou pronta. Desculpe pela confusão.

— É compreensível. — Pearl me dá uma piscadela lasciva. — Está ficando tarde.

O que essa avó está querendo dizer? Seja o que for, minhas bochechas queimam. Traidoras.

Para piorar as coisas, Lucius coloca a mão na parte inferior das minhas costas para me conduzir para fora. Minhas bochechas ficam mais quentes e meu cérebro entra em curto-circuito. No piloto automático, digo a Pearl como foi um grande prazer conhecê-la, e ela retribui o sentimento. Eu acho.

Mantendo a mão em mim, Lucius me leva até a limusine e me conduz para dentro.

— Ótimo trabalho — digo quando seu toque se foi e pensamentos coerentes retornaram. — Ela tem que pensar que estamos realmente juntos.

Ele concorda, mas só consigo pensar que Pearl não é a única enganada. A maneira como ele olha para mim – não tenho mais certeza do que é real... e isso faz com que uma ideia maluca invada minha mente.

Uma maneira de ver se estou sozinha em minha confusão ou se Lucius pode estar na mesma sintonia.

A ideia é a própria simplicidade, mas não tenho certeza se tenho coragem proverbial para realizá-la.

Tudo o que preciso fazer é convidar Lucius para a minha casa.

Capítulo 32

Lucius

ENQUANTO A LIMUSINE se afasta da casa de Vovó, posiciono minhas pernas para esconder a ereção que está me incomodando a noite toda. Até hoje, eu pensava que "bolas azuis" era algo que os adolescentes inventavam para conseguir que suas namoradas relutantes lhes fizessem masturbações, mas agora estou prestes a adquirir a condição mítica eu mesmo.

— Lucius? — Eu ouço Juno dizer como se estivesse à distância.

— Sim?

Ela morde o lábio. — Tem uma coisa que eu queria te perguntar.

Dou a ela metade da minha atenção enquanto a outra metade está trabalhando em uma lista de coisas nojentas para acalmar minha biologia hiperativa. Sua mastigação labial não está ajudando.

— Não importa — diz ela, uma pulsação depois.

Agora ela tem toda a minha atenção. — Algo a ver com Vovó?

Ela balança a cabeça. — Eu estava apenas... não importa.

Ela geralmente é muito mais eloquente do que isso. Talvez seja um coma alimentar?

— Você se importa se eu verificar meu e-mail então? — Eu pergunto a ela. É uma atividade pouco sexy que pode ajudar a acalmar meu pau.

— Vá em frente — diz ela, mas ela parece extremamente desapontada. — Na verdade, eu deveria ligar de volta para Pearl, minha amiga, a dona da gata. Não sua avó. — Ela bate nos bolsos, depois remexe na bolsa, sua expressão mais preocupada a cada segundo.

— Você perdeu sua antiguidade? — Eu pergunto.

Ela balança a cabeça, mas então seus olhos se iluminam. — Acho que deixei na mesinha de centro da casa da sua avó.

— Ah, faz sentido.

— Podemos ir buscar? — Ela pergunta. — Eu posso receber ligações de meus clientes e...

— Claro — digo, então abaixo a divisória e digo a Elijah para voltar.

Juno de repente parece desconfortável. — Espera. Sua avó não está dormindo agora?

Dou de ombros. — Eu tenho as chaves.

———

— Vamos entrar discretamente para não acordar Vovó — digo a Juno enquanto abro a porta.

Ela assente e entramos na casa na ponta dos pés e seguimos pelo corredor.

Quando nos aproximamos da sala de estar, ouço algo que não consigo entender. O som é como alguém batendo palmas lentamente.

Merda. Uma onda de preocupação me faz acelerar, deixando Juno para trás.

Um batimento cardíaco frenético depois, eu entro na sala de estar – assim que as palmas são acompanhadas por dois sons de gelar o sangue.

Um grunhido masculino e um gemido feminino.

Fico boquiaberto com a cena à minha frente, meu cérebro se recusando a compreender o que meus olhos estão vendo.

Um Aleksy nu está esparramado no sofá, com as mãos amarradas com uma corda grossa à mesa de centro que era o nosso destino. Mas essa não é a parte que está travando o sistema operacional do meu cérebro.

Essa honra pertence à pessoa que monta o guarda-costas como se fosse um touro de rodeio.

Vovó.

Capítulo 33

Juno

Eu NÃO SABIA que um pescoço podia ficar pálido, mas o de Lucius fica com base em algo que ele está vendo dentro da sala de estar.

Meu primeiro pensamento assustador é que algo aconteceu com Pearl, mas então ouço os sons.

Oh, rapaz. É isso que eu acho que é?

Alcançando o lado de Lucius, eu paro, meus olhos se arregalando enquanto minhas bochechas pegam fogo.

Sim. Realmente é o que eu suspeitava.

Pearl está se divertindo com Aleksy – e se seus gemidos de seu nome servem de referência, ela está se divertindo muito. Ah, e apesar de estar amarrado, seu guarda-costas está claramente fazendo isso de forma consensual. Seus grunhidos felizes e o "sim, senhora, sim!" são uma prova disso.

Meu rosto fica ainda mais quente de vergonha, e

não consigo nem imaginar como Lucius está se sentindo. Pearl está de costas para nós, mas não tenho certeza se isso torna as coisas mais fáceis para a psique de Lucius. Se eu visse meus avós fazendo isso, quase certamente ficaria traumatizada – mesmo que não parecesse uma cena de *Cinquenta Tons*.

Lutando contra uma risadinha histérica, toco o ombro de Lucius.

Ele pula e vira a cabeça em minha direção, seus olhos selvagens e confusos. Eu aceno para o corredor de onde viemos e faço o gesto de andar com dois dedos.

Uma centelha de sanidade retorna ao seu olhar. Ele agarra minha mão e nós saímos na ponta dos pés como dois ladrões.

Uma vez lá fora, Lucius corre para a limusine como se estivesse sendo perseguido por lobisomens com tesão, e como ele ainda está segurando minha mão em um aperto mortal, eu corro com ele.

— Precisamos ir — Ele grita para Elijah. — Agora!

Assim que Elijah pisa no acelerador, fecho a divisória de privacidade.

— Você está bem? — Eu pergunto sem fôlego. Felizmente, o desejo de rir como uma garotinha desapareceu, então, posso me concentrar em Lucius em vez de como aquele encontro foi mortificante.

— Não tenho certeza — Ele responde, parecendo atordoado. — Quero dizer, estou feliz que ela esteja saudável o suficiente para fazer isso, mas...— Ele balança a cabeça. — Desculpa. Não tenho certeza se quero falar mais sobre isso.

— Boa ideia. — Eu mesma gostaria que essas imagens recentes fossem apagadas da minha memória, então, aposto que ele pagaria um bilhão por aquele tratamento de limpeza de memória de *Brilho Eterno de uma Mente sem Lembranças*. — Apenas uma última coisa relacionada tangencialmente – meu telefone.

— Certo — diz ele. — Pego amanhã.

Luto contra a vontade de beijar a ruga em sua testa. — Você vai dizer a qualquer um deles que você sabe?

— Nunca — diz ele com sentimento.

OK. Devo a ele uma mudança de assunto, grande momento, então digo: — Diga-me qual será o seu recurso favorito da Novus Rome.

Sou oficialmente uma hipnotizadora de bilionário. Seu rosto volta ao tom normal, a ruga relaxa e seus olhos brilham. — É difícil escolher apenas um favorito. Já contei sobre nosso plano de mobilidade inteligente?

Acho que sim, mas balanço a cabeça, já que esta é mais uma situação de terapia, não uma coleta de informações de minha parte.

Ele passa a me dizer que Novus Rome não permitirá que os residentes mantenham seus carros dentro da comunidade. Aqueles que possuem carros pessoais terão que deixá-los em um estacionamento fora da Novus Rome. No interior, uma frota de carros elétricos autônomos será o meio de transporte escolhido. Não há necessidade de garagens particulares, não há poluição do ar e todos estarão muito mais seguros, pois os carros sempre respeitarão o limite de velocidade e se comunicarão entre si e com as estradas para evitar todo e qualquer acidente.

— Espere — digo, intrigada apesar de mim. — Novus Rome terá sensores nas calçadas e estradas?

Ele assente com entusiasmo.

— Parece Orwelliano — digo.

Ele dá de ombros. — Os dados serão usados apenas para navegação de carros e segurança de pedestres.

— Huh, tudo bem. Qual é o seu segundo recurso favorito?

Ele fala sobre o acesso super-rápido à Internet que todos em Novus Rome terão de graça, mesmo durante caminhadas na floresta preservada.

Normalmente, eu questionaria a sabedoria de ter pessoas conectadas assim quando estão tentando aproveitar a natureza, mas a limusine para, e meu objetivo anterior de convidá-lo para minha casa ressurge na cabeça excitada, fazendo-me ficar com a língua amarrada mais uma vez.

— Chegamos. — Ele gesticula para fora da janela, sua expressão ilegível.

— Sim. — Sei que devo ir, mas não me mexo, nem mesmo quando Elijah abre a porta.

Pior ainda, minhas bochechas coram, apesar do fato de eu não ter dito nada, muito menos ter convidado alguém para qualquer lugar.

Aff.

Desde quando sou um gato tão assustado? Por que não posso ser ousada, como a avó dele, que claramente perguntou a um homem muito mais jovem se ela poderia amarrá-lo antes...

— Vou acompanhá-la até sua porta — Afirma Lucius.

— Obrigada — Eu deixo escapar e, finalmente, movo minha bunda para fora.

Isso é bom. Tenho mais tempo para reunir minha coragem.

Exceto por toda a caminhada até minha casa, estou tão silenciosa quanto um filme de Charlie Chaplin. Finalmente, não há mais como caminhar, e nesse ponto eu entrego minha melhor conversa até agora: — Esta é uma porta. Quero dizer, minha porta.

Os cantos de seus olhos sorriem. — Estou familiarizado com o conceito de porta. A sua parece especial.

Eu mordo meu lábio. — Você provavelmente projetou algum tipo de porta inteligente para as casas em Novus Rome. Uma porta que provavelmente o cumprimenta e se abre sozinha. — E talvez essa porta seja capaz de convidar namorados falsos quando a dona é uma covarde.

Ele umedece os lábios – embora pareça um pouco com um lobo lambendo os beiços. — Essa é uma ótima ideia. Ainda não pensei muito em portas inteligentes.

Merda. Parece que ele quer me beijar. Ou isso é uma ilusão da minha parte?

Eu engulo uma respiração calmante. É isso. Eu vou levá-lo para dentro. — Minha cama Murphy está presa. Você pode ajudar? — Eu balbucio em uma respiração, assim como ele também diz algo.

— O que você disse? — Eu pergunto, me castigando mentalmente. Por que cama Murphy? O que eu estava pensando? Estar no meu quarto é muito descarado e óbvio. Além disso, como agora finjo que está presa?

— Perguntei se poderia ver seu cacto de novo — diz Lucius. — Eu não sabia o quão importante era para você quando me deu aquela turnê. O que foi que você disse? Algo sobre a Lei de Murphy?

Um sorriso enorme e bobo surge no meu rosto. — Não se preocupe com o que eu disse. Você pode totalmente ver o meu cacto.

Enquanto me atrapalho com minhas chaves, não consigo deixar de me perguntar se "cacto" é um código para outra coisa. Nesse caso, o nome científico da ervilha-borboleta – a planta que produz aquele belo chá azul – funcionaria muito melhor, já que é *Clitoria Ternatea*, ou simplesmente Clitoria. Como Lucius gosta de latim, ele gostaria disso.

— Aqui — digo quando a porta está aberta. — Venha.

Droga. Por que tudo que eu digo soa obsceno de repente?

Ele entra, caminha até El Duderino e o examina com muita atenção, aparentemente com grande apreciação.

Cara. Esse cara está planejando me mastigar? Isso não seria nada legal.

— Este é um rabo de castor, certo? — Lucius pergunta.

Tudo o que minha mente suja ouve é "castor" e depois "rabo", mas murmuro algo afirmativamente. Então percebo que Lucius deve ter pesquisado meu cacto.

Argh! Meus ovários podem explodir.

Antes que eu possa pensar melhor, tropeço na minha cama embutida e a sacudo com força suficiente para que as molas estalem. — Oh, não. Está presa. Pode me ajudar?

Droga. Por que não consegui inventar algo novo?

Não importa, no entanto.

Ele se vira e há calor em seus olhos quando ele diz: — Esse não é o seu quarto?

Concordo com a cabeça e balanço a cama Murphy novamente.

Movendo-se com uma graça suave e atlética, ele se aproxima e puxa a frente do meu sofá/cama.

Whoosh.

A coisa nunca passou do sofá para a cama tão rápido.

Eu engulo, olhando para ele. — Eu devo ter afrouxado isso para você.

Afrouxado? O que vem a seguir, discussão sobre lubrificar as engrenagens?

Ele olha para a cama, depois de volta para mim. —
Boa noite?

Droga. Sua voz é tão rouca quanto a de um puro-
sangue da Sibéria. Meu coração martela tão rápido que
corro o risco de quebrar minha caixa torácica. Ele está
olhando para mim com aqueles olhos cor de aço que
estão começando a parecer metal derretido, e eu não
consigo puxar ar o suficiente. Ou melhor, cada
respiração que eu puxo me deixa extremamente
consciente de seu perfume masculino sutil e do calor
que irradia de seu corpo grande.

— Juno... — Sua voz é ainda mais rouca. — Eu vou
te beijar. Se você não quiser, diga agora.

— Eu... — Eu lambo meus lábios secos. — Eu
definitivamente quero.

E com isso, fico na ponta dos pés, envolvo meus
braços em seu pescoço e pressiono meus lábios nos
dele.

Capítulo 34

Lucius

Assim, a biologia ganha não só a batalha, mas a guerra.

Os lábios macios de Juno são deliciosos, sua língua hábil é enlouquecedora. Eu a quero mais do que qualquer coisa que eu já quis na minha vida.

Avidamente, inalo seu perfume inebriante – uma mistura de xampu Neutrogena, sabonete líquido Dove e algo doce que é puramente Juno, a mulher com o nome legítimo de uma deusa.

Eu a puxo para perto, suas partes macias pressionando contra a minha dureza.

Ela engasga delicadamente em minha boca, e suas mãos deslizam do meu pescoço e pelas minhas costas até que uma palma agarra minha bunda.

Droga, isso é bom. Se ao menos nossas roupas não estivessem atrapalhando... Não. Em um segundo. Primeiro, eu movo meu beijo de seus lábios para seu pescoço de alabastro, respirando mais de seu perfume doce, saboreando a suavidade de sua pele macia.

Com um gemido, ela puxa minha camisa, provando que estamos na mesma sintonia quanto ao incômodo que são nossas roupas.

A contragosto, afasto meus lábios de seu pescoço e dou um passo para trás para tirar minha camisa.

Mantendo o contato visual, ela tira a blusa e depois o sutiã, expondo seus seios perfeitamente empinados.

Prendo a respiração. — Porra. — Tiro minha calça. — Você é incrível. — Para enfatizar meu ponto, eu tiro minha boxer para que ela possa ver minha apreciação dura como pedra.

Ela olha para o meu pau com os olhos arregalados. — Santo saguaro, isso é grande. — Ela desliza a calcinha para baixo, revelando a boceta bem aparada com a qual tenho sonhado todo esse tempo.

É ainda melhor na vida real.

Fico com água na boca enquanto ela examina meu corpo da cabeça aos pés. — Você é como uma estátua grega — Ela respira quando seus olhos encontram os meus novamente.

Minha resposta sai em um rosnado baixo. — E você é exatamente como uma romana. A perfeita.

Com isso, eu gentilmente a empurro para a cama e coloco um mamilo rosa e duro em minha boca.

Caralho. Isso é o céu.

— O outro está com ciúmes — diz ela, ofegante.

Solto aquele mamilo e dou uma lambida no outro.

— Desculpe por isso. Todos terão sua vez.

Juno arqueia as costas, fechando as mãos em meu cabelo enquanto chupo o mamilo com força até que ela geme. Corro minha língua por seu seio, sobre sua barriga deliciosa e seus cachos bem arrumados até que estou no altar da deusa.

— Eu vou te beijar — Murmuro, olhando para cima para encontrar seu olhar. — Se você não quiser...

— Quero — Ela levanta os quadris da cama. — Muito.

Bom. Eu deslizo minha língua sobre suas dobras cremosas e carnudas, em seguida, chupo-as suavemente.

Um gemido é minha recompensa.

Deslizo minha língua sobre seu clitóris perfeito.

Ela solta um suspiro.

— Delicioso — Respiro, deixando meus lábios vibrarem contra a carne sensível.

Um gemido mais alto é a prova de que estou no caminho certo.

Eu achato minha língua.

Seus gemidos crescem em volume.

Eu lambo a doçura dentro, e deslizo um dedo onde meu pau tão desesperadamente deseja estar.

Caraaaalho. A suavidade quente e aveludada quase me faz gozar. Tensionando todo o meu corpo para evitar isso, eu movo a ponta do meu dedo até localizar o pequeno feixe de nervos exatamente abaixo de onde minha língua está.

— Oh — Ela suspira. — Por favor, não pare.

Nem em um milhão de anos. Eu lambo e adiciono pressão com o dedo antes de achatar minha língua novamente.

Seu corpo inteiro estremece, e as paredes de sua boceta apertam em meu dedo, fazendo meu pau latejante estremecer de inveja.

Ela se senta, seu cabelo cor de trigo despenteado e olhos selvagens. — Incline-se para trás.

Antes que eu possa perguntar por que, eu vejo – e então sinto quando os lábios deliciosos de Juno envolvem meu pau.

Caralho.

Caralho duplo.

Isso é incrível.

De explodir a mente.

Só que se ela continuar, vou explodir.

Com um esforço hercúleo, eu a afasto.

Ela me dá um olhar confuso.

— Eu tenho que estar dentro de você — Rosno.

Seus olhos brilham com compreensão. Escapando do meu aperto, ela rasteja até a beira da cama, e sua bunda deliciosa é a visão mais erótica de todas. Assim como seus pés pequenos e perfeitos, todo rosinha e delicadamente femininos.

Ela se vira, e percebo que não estava fazendo um

show para mim. Ela comprou uma camisinha, que me entrega com um lindo rubor.

Porra de biologia. Pela primeira vez na minha vida, não pensei em usar proteção. Graças a Deus, um de nós ainda tem algumas células cerebrais ativas.

Rasgando o pacote com os dentes, eu me embainho enquanto ela se deita de costas. Com fome, eu passo meu olhar sobre ela.

— Linda. — A palavra sai como um grunhido, mas em minha defesa, o tsunami de sangue subindo para o meu pau me roubou o poder da fala.

Cobrindo seu pequeno corpo com o meu muito maior, mergulho minha cabeça para capturar os lábios de Juno em outro beijo e cuidadosamente guio a ponta do meu pau para sua entrada. Mordiscando o lóbulo de sua orelha, sussurro: — Pronta?

— Por favor — Ela implora.

O que ela está fazendo comigo?

Usando os fragmentos de força de vontade que me restam, entro nela em um impulso lento e sensual – e sinto como se tivesse chegado em casa depois de ficar longe por uma década. Ela geme, apertando seus músculos internos, e eu cerro os dentes, segurando ainda para deixá-la se acostumar comigo.

Quando seu corpo amolece e relaxa, pressiono mais fundo, saboreando o quão apertada ela é, o quão quente ela é. Quão perfeitamente feita para mim.

Meu próximo impulso é mais forte, mais ousado. Ela empurra minhas costas para me encorajar, e eu acelero meu passo até que um gemido de prazer é arrancado de seus lábios.

Eu acelero ainda mais.

Seus gemidos ficam mais altos.

Minhas bolas apertam. Estou à beira, mas luto até que ela estremeça debaixo de mim e grite meu nome.

E então estou perdido.

Sua boceta me aperta em um torno macio e úmido, e eu gozo com um gemido, o prazer explodindo em minhas terminações nervosas com uma violência que faz minha visão embaçar.

Capítulo 35

Juno

Estou flutuando em uma nuvem pós-orgástica de contentamento nebuloso quando braços fortes me levantam.

Hum. Estou sendo carregada para algum lugar. Antes de encontrar energia para perguntar onde, o destino se torna aparente.

O banho.

Colocando-me de pé no chão de ladrilhos, Lucius abre a água, e empurra levemente minha bunda para que eu entre. Assim que o faço, ele se junta a mim.

Santo saguaro. Ele começa a me ensaboar com sabonete líquido, suas mãos fortes vagando por todo o meu corpo, acariciando e massageando cada parte do meu corpo. Eu deveria estar completamente exausta — e estou — mas, de alguma forma, ele está despertando meu desejo.

No momento em que ele muda o foco para si

mesmo, estou doendo de necessidade, e quando estamos nos enxugando, estou tão excitada quanto antes de entrarmos em meu apartamento.

Mordendo meu lábio, eu o considero através dos cílios molhados. — Vou usar minhas próprias pernas para voltar ou...?

Seus lábios se contraem, e ele se inclina para me balançar em seus braços, me pressionando firmemente contra seu peito musculoso enquanto começa a andar. Ele também não parece fazer nenhum esforço enquanto me carrega.

Esses músculos sensuais não são apenas para exibição.

— Eu poderia me acostumar com isso, sabe — digo depois que ele me deita na cama.

Um sorriso arrogante dança em seus lábios. — Você gostou?

Eu me estico, me sentindo como um gato. Um gato bem alimentado e bem tratado. — Quando gozei pela segunda vez, meus dedos dos pés se curvaram com tanta força que meus pés doeram.

Ele olha para os meus pés, e seu sorriso anterior é substituído por uma expressão absolutamente carnívora. — Você quer que eles sejam massageados?

Eu poderia lembrá-lo da vez em que admiti ter gostado daquele ato em particular, mas, em vez disso, deixo escapar: — Um cacto inala dióxido de carbono à noite?

Ele se senta na beira da cama e pega meu pé direito

em suas mãos. Sua voz está rouca novamente. — Suponho que seja um sim.

Eu começo a responder, mas ele aperta meu pé perto dos dedos e eu expiro de prazer.

Encorajado, ele pressiona com mais firmeza e, em seguida, seus dedos percorrem lentamente a distância até meu tornozelo, trazendo um relaxamento prazeroso em seu rastro.

Ele começa a fazer pequenos círculos no arco do meu pé.

Fecho os olhos, agora me sentindo como um gato sendo acariciado.

Ele move os polegares para cima e para baixo no meu tendão de Aquiles.

Se os humanos pudessem ronronar, eu o faria.

Quando ele começa a apertar e puxar cada um dos meus dedos do pé, suspiro de alegria quando tenho um flashback do meu orgasmo anterior, especialmente quando ele começa a deslizar os dedos para cima e para baixo em cada dedo do pé.

— Esta é a melhor massagem nos pés que já recebi — Eu respiro, abrindo meus olhos para pegar seu olhar. — Nem uma pitada de cócegas, eu adoro isso.

Seu sorriso carnívoro retorna. — Vamos ver se você gosta disso. Não espreite. Apenas sinta.

Intrigada, fecho meus olhos novamente.

Uau. Há uma sensação intensamente agradável vindo do meu dedão do pé – uma combinação de calor, umidade, pressão e sucção leve.

É vagamente semelhante a quando meu mamilo é sugado e até ecoa em meu núcleo de maneira semelhante.

Incapaz de me deter, eu abro meus olhos.

Como eu percebi, ele está chupando meu dedo do pé.

Então ele lambe, enviando um raio de calor direto para o meu clitóris.

Eu suspiro.

Ele desliza a língua sobre o arco do meu pé.

Eu não posso deixar de gemer.

Ele reinicia seus cuidados com meu outro pé, e encontro minha mão deslizando entre minhas coxas, pressionando contra a dor vazia que pulsa ali.

— Isso mesmo — Ele rosna, seus olhos queimando. — Goze para mim assim.

Alegremente.

Minha respiração acelerando, pressiono meu clitóris com mais força enquanto ele chupa meu próximo dedo do pé, e quando ele muda sua atenção para o terceiro dedo do pé, eu gozo com um grito sufocado.

— Boa menina — Ele murmura, olhando para mim com olhos derretidos. — Você está pronta para outra rodada?

Outra rodada de quê? Eu olho para baixo e fico boquiaberta com a ereção latejante que ele está exibindo.

Como pode parecer ainda maior do que da

primeira vez? E como ele pode estar pronto novamente? Nenhum dos meus ex-namorados teve esse período refratário.

Ele gosta *tanto* assim dos meus pés?

Seja qual for o motivo da recuperação, há um elogio em algum lugar.

Eu rastejo para pegar a camisinha o mais rápido que meus ossos gelatinosos permitem, e então entrego a ele.

— Fique de quatro — Ele ordena, acariciando sua enorme ereção.

Eu obedeço alegremente e, em um piscar de olhos, ele está entrando em mim novamente, gentilmente a princípio, depois com mais segurança conforme me ajusto a ele.

Seu primeiro impulso profundo faz meus olhos rolarem para trás da minha cabeça. Após o segundo, eu cerro meus punhos nos lençóis, uma nova tensão crescendo em meu núcleo. Ele aumenta o ritmo, empurrando cada vez mais rápido, até que a tensão ameaça transbordar.

— Goze para mim — Ele murmura, e seus quadris empurram em mim, arrancando gemidos dos meus lábios.

Assim que estou no limite, ele agarra meus pés, apertando-os com a pressão certa – e eu gozo com um grito, meus dedos se curvando sob seus dedos fortes.

— Caralho — Ele grunhe quando eu sinto sua

liberação, o que me dá um pequeno orgasmo secundário.

———

Esgotada, eu caio na cama, meus olhos fechados e meu corpo flácido.

É oficial. Estou arruinada para todos os outros homens – e isso antes de ele me levar de volta para o chuveiro e me tratar com outra lavagem sensual.

Quando voltamos para a cama, ele me arruma em uma posição de conchinha, e envolve seus braços em volta de mim e respira na minha nuca.

Isso é legal.

Não. Legal não chega nem perto.

Isso é felicidade.

Eu suspiro contente. Neste momento, é muito fácil imaginar essa coisa entre nós dando certo – e sem mágoa. O mundo lá fora já acha que estamos juntos, então só precisaríamos mudar alguns rótulos, certo? E vamos ser honestos... Para mim, o ajuste será minúsculo, graças a todas as coisas que tenho sentido e que não deveria.

A grande questão é: ele está na mesma sintonia?

Suas ações esta noite apontam fortemente nessa direção, especialmente o quão carinhosamente ele está me segurando agora. No entanto, uma preocupação fria se espalha em minhas veias. Ele ainda é um bilionário lindo e eu sou uma pequena empresária que às vezes interpreta mal os rótulos das caixas de fertilizantes.

E se esta noite fosse apenas para transar com ele? E se ele não estiver vendo isso como uma ocasião importante, mas como um lapso momentâneo de razão?

Quanto mais fico ali deitada, mais preocupada fico.

De repente, ele afasta os braços.

Ele precisa do banheiro ou algo assim?

Ele remove todo o seu corpo, deixando minhas costas frias.

Confusa e preocupada, eu me viro.

Lucius está sentado na beira da cama, parecendo desconfortável.

Eu me sento. — O que você está fazendo?

— Indo para casa. — Sem encontrar meu olhar, ele se levanta e começa a procurar por suas roupas. — Você vai querer a cama para você.

Que diabos?

Sei que ele pode ter um travesseiro de um milhão de dólares esperando por ele em casa, mas pensei...

— Desculpe — Ele diz, vestindo suas roupas mais rápido do que eu pensei ser humanamente possível.

Eu estreito meus olhos. — Desculpe pelo quê?

Ele abre as mãos. — Nós não devíamos ter feito isso.

Meu coração para. — Por 'nós' você quer dizer 'eu'? E por 'isso' você quer dizer 'eu'?

Ele puxa o zíper. — O quê?

— Nada. — Eu luto contra impulsos violentos, bem

como uma pressão atrás dos meus olhos. — Já que você está tão ansioso para sair, vá embora.

— Eu não estou – não importa. Eu vou. — Ele calça os sapatos. — Desculpe de novo. Te ligo amanhã?

— Não. — Ele deveria agradecer ao saguaro por não ter um abajur por perto, ou qualquer outra coisa que eu pudesse jogar na cabeça estúpida dele.

Ele me dá um olhar indecifrável, então fecha a porta com um estrondo.

Enterro o rosto no travesseiro e começo a chorar.

Capítulo 36

Lucius

No CAMINHO PARA CASA, luto contra um milhão de perguntas e uma crescente sensação de confusão.

O que eu fiz?

Por que eu transei com ela?

Por que eu fui embora?

Eu estraguei tudo. Deixei a biologia me governar e agora não sei onde estamos.

Caralho duplo.

Este foi o melhor sexo da minha vida, mas não tenho ideia se foi o mesmo para ela.

Provavelmente não. Aposto que ela estava apenas brincando com essa fantasia que construímos.

Se eu não estivesse em uma limusine, começaria a andar de um lado para o outro, mas como está, apenas fecho e abro os punhos.

Nunca estive em uma situação em que gostasse tanto de uma mulher. Nunca me permiti estar.

Oh, quem eu estou enganando? Eu mais do que gosto dela. E tudo isso é falso. Pelo menos é suposto ser falso. Só que não é mais falso da minha parte.

Talvez eu não devesse ter ido embora. Mas se eu tivesse ficado, mantendo-a em meus braços um segundo a mais, eu teria caído mais fundo na fantasia. Se eu tivesse cedido à ilusão, dito a mim mesmo que ela poderia cuidar de mim tanto quanto eu cuido dela, acabaria me arrependendo, simplesmente sei disso. Seria como aquela vez no Ensino Médio quando Maddy fingia gostar de mim para deixar seu ex com ciúmes. Depois, ela agiu como se eu fosse um leproso.

Quanto mais penso nisso, mais duvido que Juno realmente sinta algo por mim. Nenhuma quantia pode mudar quem eu sou, e nenhuma mulher jamais se interessou por aquele cara. Conheço Juno bem o suficiente para perceber que ela não se importa com dinheiro da maneira estereotipada de caça-dote – tudo o que ela quer é pagar sua mensalidade e ter o básico necessário para sobreviver. Mas também a conheço bem o suficiente para ver o quão incrível ela é – e quais são as chances de alguém assim ser a primeira mulher a me querer por qualquer coisa além dos bilhões?

Em algum momento, percebo que consegui chegar em casa e terminar minha rotina de dormir sem nem perceber, como o robô que não quero mais me tornar. Não, a menos que meu corpo de robô pudesse me permitir experimentar o que senti hoje cedo, quando Juno estava em meus braços.

Que seja. Não preciso pensar em robótica esta noite, nem em nada, na verdade.

O que devo fazer é tentar o impossível.

Adormecer.

———

Acordo, o que é estranho, porque não pensei que fosse dormir com toda aquela agitação, reviravolta e obsessão por Juno.

Talvez eu devesse ligar para ela? Ver como eu...

Espere.

Ela esqueceu o telefone na casa da Vovó.

Pulando da cama, eu me preparo freneticamente.

Prometi a Juno que devolveria o telefone hoje, então é isso que pretendo fazer.

———

Quando entro na casa de Vovó, Aleksy me cumprimenta com um sorriso caloroso.

Caralho. Eu estava planejando fingir que não vi nada e não sei de nada, mas agora percebo que não sou quem sou.

— Vamos falar lá fora por um segundo — digo a ele com firmeza.

Arqueando uma sobrancelha, ele me segue.

— E aí? — Ele pergunta.

— Algo que esqueci de te dizer quando te contratei.

— Eu encontro seu olhar para ilustrar o quão sérias serão minhas próximas palavras. — Se alguém machucar minha avó de alguma forma, colocarei uma recompensa multimilionária pela cabeça dessa pessoa.

As feições de Aleksy se contraem e seu sotaque é mais forte do que o normal quando ele diz: — Se alguém a machucar, você não precisará desperdiçar seu dinheiro. Eu cuidarei disso pessoalmente.

Eu o estudo atentamente, então assinto. — Parece que temos um entendimento. — Estendo minha mão e ele a aperta solenemente. — Onde ela está?— Pergunto por cima do ombro enquanto volto para dentro.

— Jardinagem — diz ele com aprovação.

Paro na sala de estar e pego o telefone de Juno, depois vou para o quintal, onde pego Vovó capinando.

— Para que eu pago o seu jardineiro? — Eu pergunto exasperado.

Ela olha para cima e sorri. — Ele cuida do paisagismo na frente da casa. Isso aqui é meu domínio. — Com isso, ela se levanta, limpa as palmas das mãos no vestido e corre para me dar um beijo na bochecha. — Sem abraço — Ela avisa. — Ou vai ter sujeira em cima de você.

— Não tenho medo de um pouco de sujeira. — Para provar isso, localizo a erva daninha mais próxima e dou um puxão.

— Venha — diz ela. — Vamos conversar na sala de jantar.

———

"Conversar na sala de jantar", obviamente, um código para tomar café da manhã juntos. Não me importo, e não apenas porque esqueci completamente da comida esta manhã.

— Então — diz Vovó, balançando as sobrancelhas. — Como foi o resto da sua noite?

O sanduíche grelhado de queijo brie e pera de repente tem gosto de isopor. — Foi bom. Excelente. De costume.

Ela pousa a xícara de chá. — O que aconteceu?

Eu sou tão transparente? — Nada.

— Você brigou com Juno? — Ela cutuca. — Essas coisas acontecem.

Minha mandíbula fica tensa. — Não. Não sei.

Vovó franze as sobrancelhas. — Qual é o problema?

— Isso não é um problema. É apenas a realidade.

— Que realidade? — Ela exige.

— Eu gosto dela — digo, e expressar isso faz algo apertar dentro do meu peito. — Muito. Talvez mais do que muito.

Vovó ri. — Querido, eu vi vocês juntos. Você não precisava me dizer isso.

Eu não encontro o olhar de Vovó. — Acho que ela não gosta de mim, no entanto. Não da mesma forma.

— Você é louco?

Pisco, assustado, e olho para Vovó.

Ela suspira e coloca a mão sobre a minha. — Ouça.

Como acabei de dizer, eu vi vocês juntos e aquela garota é louca por você.

— Foi apenas atuação. — As palavras têm um gosto amargo na minha boca.

Ela zomba. — Não é uma atuação. É um fato. Acredite em mim, nunca estou errada sobre essas coisas.

Eu distraidamente pego meu sanduíche e dou uma grande mordida.

Vovó poderia estar certa?

Revejo todas as minhas interações com Juno – as refeições tipo encontro, a viagem de avião, Gainesville, os telefonemas, conhecer as famílias um do outro e, em seguida, o sexo transcendental de ontem. E talvez seja a estabilização do meu açúcar no sangue, mas estou começando a me sentir mais esperançoso.

No mínimo, Juno parece me querer na cama. Suas ações ontem provaram isso. Talvez não tanto quanto eu a queira, mas é um começo.

Talvez se eu me dedicar, posso fazer com que ela me queira mais.

Fazer com que ela me ame.

Jogo o sanduíche inacabado no prato enquanto uma ideia se solidifica em minha mente.

Por que não pensei nisso antes?

Eu farei Juno minha. Vou abordá-la como faço em qualquer negócio: com coragem e determinação. Farei o que for preciso para tornar real o que temos.

Sim. Isso pode funcionar.

Talvez eu tenha agido como um idiota ontem, mas posso consertar isso.

Eu vou consertar tudo.

Sem querer, eu salto para os meus pés.

Vovó arqueia uma sobrancelha. — Já vai embora?

Eu apalpo o telefone no meu bolso. — Eu tenho que ver uma garota. Ou, neste caso, uma deusa romana.

Capítulo 37

Juno

Acordo com o cheiro de Lucius em meus lençóis e uma dor no peito.

Ficando de pé, rasgo os lençóis ofensivos da cama e os jogo em uma pilha. Se eu quiser manter a sanidade, terei que lavar roupas de emergência.

Quando a lavanderia abre mesmo?

Eu pego meu telefone para ligar para o lugar, mas então me lembro que esqueci o telefone estúpido.

Ugh, eu preciso recuperá-lo.

Meu novo destino — a casa da avó de Lucius.

———

Alguns segundos depois de eu bater não tão gentilmente na porta de Pearl, Aleksy a abre.

— Você acabou de perdê-lo — diz ele sem preâmbulos.

Grr. "Ele" deve ser Lucius. Eu não sabia que estava arriscando esbarrar nele.

Ou talvez eu tenha percebido isso.

Talvez eu quisesse.

Não.

Ao contrário de Aleksy, não sou masoquista.

— Esqueci meu telefone na mesinha de centro da sala de estar — digo, e coro quando me lembro do que mais aquela mesa estava envolvida.

Aleksy abre a porta e gesticula para que eu entre. Entro rapidamente, rezando para o saguaro para não esbarrar em Pearl. A última coisa que quero é chorar de novo se ela me perguntar alguma coisa sobre seu neto robô – isso não seria bom.

De jeito nenhum.

— O telefone não está aqui — digo a Aleksy, olhando ao redor da sala.

Ele dá de ombros.

— Lucius pegou? — Eu pergunto.

Ele coça o queixo. — É possível.

Eu expiro em frustração. — Onde você acha que ele está?

Outro encolher de ombros. — Trabalho?

Certo. É claro. A única coisa com a qual ele realmente se importa.

Com o estômago apertado enquanto antecipo *aquele* encontro, ainda assim, sigo para meu novo destino.

———

Entro no prédio fatídico onde vi Lucius pela primeira vez.

O saguão é exatamente como eu me lembro – um aspirante a museu da Roma Antiga.

Porcaria. Por que não me vesti para impressionar? Isso poderia fazer Lucius se arrepender de ser tão idiota, mas, mais importante, seria bom se encaixar com todos os drones trabalhadores elegantes, para variar.

Sinto um arrepio na espinha que está apenas parcialmente relacionado ao excesso do ar condicionado.

Para me acalmar, me aproximo da parede verde e localizo o cacto estrela ali. — Ei, garotinho — Sussurro. — Você está sendo cuidado por quem conseguiu aquele emprego que eu não consegui?

Após uma rápida verificação do solo, a resposta parece ser sim. Bom. Nem tudo é uma merda neste universo horrível.

Virando-me para a mesa de segurança, vejo o mesmo guarda que verificou minha identidade da última vez. Dirijo-me a ele.

— Juno — diz ele com entusiasmo. — Você me tornou uma celebridade por aqui.

Eu pisco para ele. — Como?

Ele sorri. — Recebi o crédito por conhecê-la antes do chefão.

Ah. Acho que isso faz sentido. O fato de que o

imbecil de coração de pedra de um "chefão" conseguiu uma namorada humana é provavelmente um evento de proporções míticas, e qualquer um envolvido é o vencedor da loteria de fofocas.

— Ele está aqui? — Eu pergunto, não me incomodando em soar como uma namorada carinhosa nem um pouco. — Ele tem algo que eu preciso.

— Deixe-me ver. — O guarda começa a fazer ligações e é transferido algumas vezes antes de dizer: — Sim. Juno está aqui procurando...

Ele para no meio da respiração, e posso imaginar Lucius do outro lado: *Ela está me perseguindo agora? Que irritante.*

— Sim — O guarda diz depois de um momento. — Vou pedir para ela esperar por você. — Desligando, ele olha para mim com uma leve confusão. — Era a Sra. Avalin. Ela quer falar com você.

— Quem?

Ele digita algumas teclas e vira a tela para mim para me mostrar uma foto. — Ela.

Ah. Ele está falando sobre Eidith. A do 'i' extra.

Lucius está mandando-a descer com meu telefone para que ele não tenha que se preocupar em me encarar pessoalmente? Ou ele está muito ocupado agora que literal e figurativamente me fodeu?

Eu espero, mudando de um pé para o outro, até que a loira rainha do gelo apareça com seus sapatos clicando, quadris balançando como um pêndulo sexy.

— Juno — Ela diz. — Eu estava esperando que pudéssemos conversar.

Isso é estranho. Ela não parece ter meu telefone. Tudo o que ela está segurando é um pedaço de papel.

— Venha — diz ela em uma voz que indica que está acostumada a ser obedecida.

Curiosa, eu a sigo até o elevador mais próximo. Entramos, mas ela não aperta nenhum botão. Depois de um momento, as portas se fecham de qualquer maneira e ela diz: — Temos que fazer isso rápido.

— Fazer o que rápido?

Ela suspira. — Olha... eu sei sobre você e Lucius.

Meu estômago cai. Ele confidenciou a ela sobre a noite passada?

Não. Isso seria demais, mesmo para ele.

Melhor jogar com calma, por mais difícil que seja. — Você pode esclarecer, por favor?

— Eu vi o contrato na mesa de Lucius. Você e Lucius não são de verdade — Ela diz. — É tudo sobre dinheiro para você. E não há nada de errado nisso. Se alguma coisa...

— Por que você se importa? — As palavras saem um pouco histéricas.

Ela me entrega o papel que está segurando. — Isso é o dobro do que ele prometeu a você.

Olho para o número no cheque – que é o que está no papel – com uma incompreensão estupefata.

— Esse dinheiro é seu — diz Eidith. — Se, e somente se, você romper o relacionamento falso, a partir de hoje. — Ela aponta para o cheque. — Há um endereço de e-mail que escrevi no verso. É o de um jornalista respeitado. Ele espera notícias suas.

— Por quê? — Eu pergunto entorpecida.

Ela está fazendo isso em nome de Lucius?

Ela dá de ombros. — O arranjo de vocês nunca caiu bem para mim. Se ele tivesse me perguntado, eu o teria aconselhado contra isso.

— Oh?

Mudei de ideia sobre quem é o maior idiota do mundo. Lucius terá que desistir desse título para ela.

— Por que *você* se importa? — Ela pergunta.

Por que, de fato? Eu lanço um palpite selvagem. — Você quer que ele saia com você? — Diante de sua ligeira hesitação, aproveito minha vantagem. — Eu aposto que namorar você de verdade seria muito parecido com namorar você de mentira.

Ela estreita os pingentes de gelo que são seus olhos. — Lucius e eu fazemos muito mais sentido do que um bilionário e uma zé-ninguém que não sabe se vestir ou agir. Uma zé-ninguém quase analfabeta que...

Respirando fundo, aperto o botão de "abrir porta".

Se eu ficar neste elevador mais um momento, vou machucar essa cadela, gravemente – e como ela tem advogados e testemunhas que nos viram entrar juntos, vou acabar na cadeia.

Não, obrigada. Eu vou passar.

Assim que as portas se abrem, eu pulo para fora, mas Eidith manda um tiro de despedida nas minhas costas. — Você tem sido uma mancha na reputação dele.

Eu quase volto e arrisco a prisão.

Mas não. Ela adoraria isso.

Rasgo o cheque, saio correndo do prédio estúpido, entro em um táxi e me esforço para não me envergonhar chorando. Eu sinto como se Eidith tivesse enfiado um dedo na ferida aberta de inseguranças que Lucius abriu na noite passada – e então fez um movimento de 'venha cá', seguido por uma cutucada.

Quando me aproximo da porta da frente, vejo Lucius esperando lá.

Meu batimento cardíaco dispara.

Engolindo em seco uma respiração calmante, eu avanço e limpo minha garganta com raiva.

Ele se vira e me olha de cima a baixo. — Aí está você. Eu estava...

— Onde está meu telefone? — Eu pergunto o mais cortante que posso.

Franzindo a testa, ele o tira do bolso. — Aqui. Nós podemos...

— Não. O que quer que você queira, a resposta é *não*. — Pego o telefone de suas mãos e abro a porta. — Não ligue. Não envie e-mail. Não envie mensagens de texto. Não volte mais — Falo com uma respiração trêmula. — Eu nunca, nunca mais quero ver ou ouvir falar de você novamente.

Capítulo 38

Lucius

Que porra? Depois de entregar aquele solilóquio horrível, Juno bate a porta na minha cara com tanta força que, se meu nariz estivesse um centímetro mais perto, eu pareceria um pug agora.

Merda. Eu sabia que ela ficaria chateada, mas isso era outra coisa. Isso foi mais violento do que eu esperava. E ela não me deu chance de dizer o que vim dizer.

Eu bato.

Ela não responde.

Eu toco a campainha.

Mesmo resultado.

Eu ligo para o suposto telefone dela.

Vai direto para o correio de voz.

Chamo o nome dela bem alto, mas não há resposta.

Duvido que ela fique mais calma se eu quebrar esta porta, mesmo que seja tentador.

Não. Por enquanto, vou dar a ela uma chance de se acalmar e depois conversaremos.

Eu vou ter certeza disso.

———

Quando entro em meu prédio, todos saem do meu caminho, sem dúvida percebendo meu mau humor.

Então, para minha surpresa, um dos seguranças grita: — Senhor?

Eu olho para o sujeito.

Não. Nunca falei com ele na minha vida. Esqueço nomes, mas não rostos. Isso é uma tentativa de promoção ou algo assim? Nunca estou com disposição para isso, mas especialmente não agora.

— Juno encontrou você? — O cara grita.

E assim, ele tem toda a minha atenção.

Quase derrubo alguns de meus asseclas no caminho para a mesa de segurança, onde exijo: — O que você quer dizer com isso?

Ele empalidece. — Ela esteve aqui. Procurando por você. Ela falou com a Sra. Avalin e depois fugiu. — Ele olha em volta furtivamente e acrescenta: — Juno parecia chateada.

Eidith falou com Juno? Para que diabos?

Resisto à vontade de agarrar o guarda pelo colarinho. — Sobre o que elas conversaram?

Ele dá de ombros. — Eles não conversaram aqui.

— Onde então?

Algo em minha expressão o faz ficar ainda mais pálido. — Não sei. Elas pegaram o elevador.

Eu me junto a ele atrás da mesa. — Puxe as câmeras de segurança.

Ele o faz, e nós observamos as duas mulheres caminharem até o elevador mais próximo.

— Puxe a gravação daquele elevador — Ordeno.

Depois que Juno e eu ficamos presos, todos os elevadores foram equipados com câmeras, microfones e um alto-falante bidirecional. Uma equipe especial agora assiste e ouve esses feeds o tempo todo e, se alguém travar, seu trabalho é resolver a situação.

Parece que leva uma eternidade, mas, finalmente, vejo a gravação na tela... e ouço cada palavra que Eidith disse.

— Você foi promovido a partir de hoje — digo secamente ao guarda. — Mas se eu souber que você mencionou isso para alguém, vou garantir que você nunca mais trabalhe em lugar nenhum.

Ele assente com a cabeça, olhos esbugalhados.

Eu cerro os dentes e caminho para as suítes executivas.

———

— Que porra é essa? — digo a Eidith em vez de um olá.

— Desculpe? — Ela se levanta, a própria imagem da inocência.

— Sua conversa no elevador não foi privada. Você tem dois segundos para se explicar.

Ela empalidece, depois levanta o queixo. — O que devo explicar?

— Você quer dizer além do fato de que bisbilhotou na minha mesa? Que tal você me dizer por que ousaria pagar minha namorada para terminar comigo?

Ela está quase translúcida agora. — Que namorada? Era tudo falso.

— Falso é o caralho — digo com os dentes cerrados. — De qualquer forma, não é da sua conta.

Ela olha para mim como se eu tivesse ficado laranja. — Você realmente se importa com ela?

— Sim. — Ela não merece minha resposta, mas não vou mentir sobre isso. — De qualquer forma, você não deveria ter se intrometido em meus assuntos.

Eidith me encara com uma expressão magoada. — Mas você pode fazer muito melhor do que ela.

— Oh? — Minha voz goteja com sarcasmo. — Tipo, quem?

— Eu — diz ela e cora. — Real. Falso. De qualquer forma, faria muito mais sentido.

Certifico-me de que ela pode ver o desdém em meu rosto enquanto enuncio lentamente: — Você e eu *não* fazemos sentido. Você e eu nunca aconteceremos. Nem em um milhão de anos. Na verdade, depois de hoje, nunca mais nos veremos.

Ela cambaleia para trás quando acrescento: — Ah, nem é preciso dizer, mas você está demitida.

Pelo resto do dia, tento falar com Juno sem muito sucesso.

O entregador de flores me disse que ela jogou o buquê na cara dele. Ela também destruiu os chocolates que mandei para ela e se recusou a assinar as joias.

O único presente de muitos que ela aceitou foi o cacto do castelo das fadas – mas ela ordenou que a entregadora o fizesse, e passo a citar: "Diga ao remetente que eu receber esse pobre cara com excesso de água não significa nada".

Certo. Eu só preciso de uma maneira mais criativa de chamar a atenção dela.

E acho que tenho uma.

É uma loucura, quase fatal, mas tenho a sensação de que pode funcionar.

Capítulo 39

Juno

Estou deprimida no sofá, revendo meu momento favorito em toda a ficção – a cena em *Encanto* quando Isabella cria um cacto.

O que eu daria por tal poder.

Ah, bem. Terei que me contentar com os *cactuses* que tenho: o fiel El Duderino e seu novo irmão, Chateau de Chambord.

Porcaria. Pensar no novo cacto me lembra da pessoa que o presenteou para mim.

Lucius tem sido extremamente persistente nos últimos três dias. Houve chamadas, mensagens de voz, mensagens de texto, e-mails e vários presentes.

Para ser honesta comigo mesma, ele está começando a me cansar, mas tenho que ser forte. O que ele provavelmente quer é me convencer a manter o relacionamento falso, e isso não é algo que eu...

Meu telefone toca. É Lucius de novo? Ele é como o diabo – pense nele e ele liga para você?

Mas não.

É Pearl, minha amiga, não a avó excêntrica de Lucius.

— Ei — digo, tentando não soar tão deprimida quanto me sinto. — E aí?

— Acabei de receber uma ligação do seu insistente bilionário insano — diz ela.

— O quê?

— Eu disse que recebi uma ligação de um certo Lucius Warren — Ela diz exageradamente alto. — Imagine minha surpresa.

Eu salto para os meus pés. — Não quero falar com ele.

— Sim. Ele mencionou isso como o motivo para me procurar. Parece que vocês dois brigaram e não me contaram nada sobre isso.

— Desculpa. O AND. — Na verdade, não falei com ninguém sobre Lucius porque é impossível explicar minha situação sem admitir todas as mentiras, e não suporto entrar nisso.

— Bem — diz ela. —, dada a façanha que ele está prestes a fazer, acho que você pode querer falar com ele.

— Não. Não vai acontecer.

Ela suspira. — O que aconteceu, querida? Havia outra mulher?

— Não.

Ela engasga. — Outro homem?

— Não! Ele não me traiu. Acho que ele nem está interessado em... deixa pra lá.

Há um silêncio do lado dela por um tempo. Então ela diz: — Tudo bem. Estou aqui para conversar quando você estiver pronta. Por enquanto, você pode pelo menos me dizer como ele conseguiu meu número?

— Nenhuma ideia. Eu mencionei seu nome na frente dele e da avó dele, porque o nome dela também é Pearl. Ele deve ter usado seus recursos bilionários para triangular você.

Pode até não ter sido tão difícil. Quantas jovens da nossa idade se chamam Pearl? Qualquer que seja o número, quase sorrio imaginando Lucius ligando para todas as ditas Pearl e perguntando se elas têm uma amiga chamada Juno.

— OK — diz ela. — Mas você vai precisar pelo menos falar com ele uma vez. Dizer a ele para cancelar a ideia idiota.

— Qual é?

Ela me diz.

Meus olhos se arregalam e meu estômago cai. Então cerro os dentes e pergunto: — Como faço para entrar em contato com ele?

— Verifique seu e-mail — diz ela. — Ele disse que a videoconferência do Zoom está funcionando e que você deveria receber um convite.

— OK. É melhor eu ir.

— Claro — diz ela. — Mas você *vai* me contar tudo depois.

— Em algum momento, talvez — digo. — Isto é, a menos que você saiba o que aconteceu com ele no noticiário diário. 'Bilionário morre por ação idiota.'

— Ação romântica — Ela corrige.

Não me dignificando com uma resposta, desligo, pego meu computador e localizo o e-mail.

Droga.

Ele me enviou mais uma dúzia de vezes desde a última vez que apaguei todas as suas mensagens sem ler.

Abro o e-mail mais recente e clico no link para participar da estúpida videochamada.

Um segundo depois, lá está ele, na minha tela.

Saguaro me dê forças.

Ao vê-lo, esqueço tudo, inclusive como estou brava e por quê.

Senti falta do meu estúpido cacto humano. Senti tanto a falta dele que dói.

— Oi — diz ele da tela. — Obrigado por aparecer.

Eu estreito meus olhos para ele. — Não é como se você me desse muita escolha.

Como que para confirmar minhas palavras, um gato persa branco passeia na frente da câmera. Em seguida, um gato siamês. Então, um daqueles carecas que todos os vilões do cinema têm pula em seu ombro, sem dúvida pensando que é um papagaio para o pirata dele.

— Eu queria me desculpar — diz Lucius, alheio às ameaças felinas que o cercam. — Eu queria te dizer como me sinto. Em pessoa. — Ele estende a mão para a câmera e o vídeo é cortado. — Uma limusine está esperando por você. Ou, se quiser pegar um táxi, o lugar se chama Purrville Cat Café.

— Espere!— eu grito. — Vá para fora.

Exceto que é tarde demais. A chamada é desconectada antes que ele possa me ouvir.

Porra! Um café para gatos não deveria verificar se um cliente é alérgico a gatos antes de deixá-lo entrar? Ou ele mentiu para eles?

Que seja.

Corro para pegar meus sapatos, feliz por estar razoavelmente bem-vestida quando tudo isso começou. Se ele entrasse em choque anafilático porque eu tive que me trocar, não sei o que faria.

Correndo para fora, pulo para dentro da limusine e grito: — Vá!

Elijah deve saber da loucura de Lucius porque estamos nos movendo em um ritmo *Velozes e Furiosos*.

Observando as ruas embaçadas, não posso deixar de imaginar as lindas feições de Lucius inchando, sua garganta fechando e então...

A limusine para.

Ufa. Pelo menos Purrville Cat Café é perto o suficiente da minha casa.

Eu corro para dentro, ignorando as pessoas da porta da frente dizendo algo sobre descontos e taxas.

Os gatos estão por toda parte. Na verdade, é uma luta não pisar em uma pata ou rabo, mas faço o possível.

Quando chego a Lucius, ele está cercado por gatos suficientes para dar pesadelos até mesmo aos ratos de esgoto mais cruéis e cansados da batalha.

— Você veio — Ele diz, sua voz ligeiramente abafada por um rabo fofo enrolado em seu rosto.

Eu removo o monstro fofo e encaro os olhos vermelhos e inchados de Lucius. — Eu me recuso a falar aqui. Fora. Agora.

Assentindo com um pouco de gratidão, ele se levanta e sai rapidamente de Purrville.

Assim que estamos na rua, dou a ele meu olhar mais furioso. — Você está louco?

Ele dá de ombros e espirra violentamente. — Eu *tinha* que ver você.

— Então você encenou a porra de um suicídio?

— Nada tão dramático. — Ele enfia a mão no bolso e tira uma EpiPen. — Eu só precisava mostrar a você o quão sério eu estava falando. Minha vida não estava em perigo.

— Besteira. — Ainda assim, suspiro de alívio e digo com sentimento: — Seu idiota. Eu estava preocupada. — Então, para mostrar a ele o quanto, eu o empurro. Ou finjo.

Ele captura meus pulsos e depois meu olhar. — Você estava preocupada comigo?

— Sim. Obviamente. Ao contrário de alguns, eu tenho emoções humanas e...

— Eu sinto muito. — Ele aperta meus pulsos suavemente. — Eu não queria preocupá-la.

— Claro que sim. E é melhor você ter a porra de uma boa razão.

— Eu tenho — diz ele solenemente. — Eu preciso te contar uma coisa.

O olhar em seus olhos me faz sentir leve e borbulhante de repente, como se eu pudesse flutuar ou explodir. Eu luto contra o sentimento porque já fui enganada antes. Mantendo meu tom irritadiço, eu digo: — Tudo bem. Diga logo.

— OK. — Ele me puxa para mais perto. — Eu te amo.

Ou, pelo menos, é o que acho que o ouço dizer. É tão chocante que respondo com a resposta mais idiota desde os tempos da Roma Antiga: — O quê?

Ele solta meus pulsos para embalar meu rosto em suas mãos. — Eu te amo, Juno. Eu preciso que você saiba disso. Eu sei que não mereço, mas quero que você me namore. De verdade desta vez. Espero que, com o tempo, você também...

— Eu também te amo, seu idiota!

— O quê? — Ele diz, e eu não acho que ele está tirando sarro do meu "o quê?"

Eu cubro suas mãos com as minhas. — Eu disse 'seu idiota'.

— Justo — Ele concorda. — Mas antes disso?

Eu umedeço meus lábios. — Eu te amo, Lucius. Eu tenho me apaixonado por você esse tempo todo. Eu soube quando percebi que você é um cacto. Meu cacto. Então, quando nós...

Ele me silencia da maneira mais gentil possível – com um beijo.

Um doce e gentil que me faz acreditar que ele realmente quer dizer suas palavras – por mais devastadoras que sejam. Rapidamente, o beijo se torna classificado para maiores, nossas línguas se acasalam avidamente enquanto ele coloca as mãos em meus quadris e me puxa para seu corpo excitado.

E então ele se afasta e espirra. Em dobro.

Dou um passo para trás e dou-lhe um olhar severo.

Sim. Ele está coberto de pelo de gato e seus olhos não parecem saudáveis. De forma alguma.

— Precisamos tirar você dessas roupas — digo. — E para o chuveiro.

Seu olhar esquenta. — Você vai se juntar a mim?

Finjo suspirar. — Se for preciso.

Epílogo

Juno

Estou TÃO TONTA de empolgação que tenho medo de fazer xixi nas calças.

Não é apenas o fato de que estou prestes a me tornar oficialmente uma ex-aluna da Universidade da Flórida. Ou que toda a minha amada família está aqui para a minha formatura.

Não. A principal fonte da minha alegria é o homem distribuindo os diplomas no palco.

O homem que voou com a dita família aqui em seu jato particular.

Lucius.

Meu verdadeiro namorado oficial que foi convidado pela universidade para realizar esta homenagem porque ele se tornou uma celebridade aqui em Gainesville devido a – entre outras coisas – todos os empregos que a Novus Rome recém-concluída criou.

Pesarosamente, eu olho para a minha roupa, uma beca preta disforme.

Não é o meu melhor. Não quando prefiro usar vestidos de verão quando o vejo, com sandálias que acentuam meus pés – porque sei que estes últimos o deixam louco.

Então, novamente, talvez essa roupa esteja bem. Talvez ter meus pés – e tudo mais – escondido seja atraente. Talvez possamos incorporar este vestido em um pouco de dramatização esta noite? Eu poderia ser uma juíza travessa da Suprema Corte. Ou uma...

— Juno Lazko. — As palavras ressoam ameaçadoramente nos grandes alto-falantes.

Minha mãe me dá uma cotovelada nas costelas, caso eu tenha ficado surda.

Ficando de pé, flutuo para o palco em uma nuvem de endorfinas e adrenalina.

Quanto mais perto chego de Lucius, mais fortemente meu coração palpita.

Nossa vida está prestes a ser diferente.

Mais fácil.

Agradável.

Ele tem estado extremamente ocupado com o projeto dos seus sonhos e eu com o meu programa de botânica e, embora sempre tenhamos encontrado tempo um para o outro, sempre sentimos que estávamos roubando esse tempo.

Mas não depois de hoje. Não com o trabalho que arrumei no Jardim Botânico e o dele...

— Ei, você — Lucius diz para mim, cobrindo o microfone. Seus olhos metálicos refletem o sol brilhante da Flórida. — Está animada?

Eu assinto, radiante.

— Bom. — Ele pega meu diploma e sai de trás do pódio, como fez com os outros alunos. Mas então ele sai do roteiro. Normalmente, ele aperta a mão do graduado neste momento, mas não faz isso comigo.

Em vez disso, ele cai de joelhos – fazendo com que todos se juntem para ofegar.

No silêncio atordoado que se segue, Lucius puxa uma caixa turquesa, e aperta minha mão na sua, olhando para mim com adoração – algo que ele definitivamente não fez com nenhum dos outros ganhadores do diploma.

— O que está acontecendo? — Eu sussurro para ele.

Quero dizer, obviamente eu sei. Eu sonhei com algo como este momento. Afinal, já se passaram quatro anos.

Ainda assim, aqui dentre todos os lugares? Agora?

— Juno — diz ele, e não tenho certeza se faz parte do plano ou não, mas ele não está mais cobrindo o microfone, então suas palavras ressoam por todo o campo. — Desde que ficamos presos naquele elevador juntos, minha vida não tem sido a mesma – e eu não poderia estar mais feliz.— Ele abre a caixa, revelando um diamante que lembra aquele que a velha jogou no oceano no *Titanic*. — Você tem sido minha musa — Continua ele. — Minha amiga. Meu tudo. — Ele tira o anel. — Os antigos romanos acreditavam que uma veia levava diretamente do dedo anelar esquerdo ao coração — e essa crença é a origem da tradição da qual estamos participando atualmente.

Claro, deixe para Lucius vincular a Roma Antiga a esta proposta.

— Então, enquanto lhe dou seu diploma, pergunto-lhe, Juno Lazko, você me fará o homem mais feliz do mundo e se casará comigo?

Eu sorrio tanto que meus ouvidos doem. — Se eu disser não, ainda vou me formar?

Ele concorda.

— Nesse caso... sim. Mil vezes, sim.

Quando ele coloca o anel no meu dedo e se levanta para me abraçar, o estádio inteiro explode em aplausos, e percebo que os antigos romanos podem estar certos.

Meu coração incha com todo o sangue bombeando pela veia que sai do meu dedo anelar esquerdo. Ou mais provavelmente, com o amor de Lucius.

Agradecimentos

Obrigado por fazer parte da aventura de Juno e Lucius! Certifique-se de nunca mais perder um lançamento, inscreva-se na newsletter em www.mishabell.com/pt.

Se você quer mais histórias de Misha Bell, vire a página e leia trechos de outros livros hilários!

Trecho de A Sêxtupla e a Cidade

O que acontece em Vegas, fica em Vegas, certo?

OK, me deixa explicar. Eu invadi o camarim do meu crush para cheirar as meias dele (não de um jeito pervertido, eu juro!) e fui pega... você me entende. Ele, então, meio que me chantageou, para aceitar um casamento falso para que ele tivesse o green card. Mas, ei, quem está reclamando?

A próxima coisa que sei, estávamos voando para Vegas para fazer todos acreditarem de que após uma noite de bebedeira, fugimos para casar. Exceto que... isso foi exatamente o que aconteceu. (Graças à vodka.)

Considerando que ele é o bailarino mais desejado da cidade de Nova York, e eu sou uma blogueira falida, fanática por doce e que mora numa garagem, não há como esse casamento ser real. Sem mencionar minha família louca e minha aversão a todo tipo de cheiro sob o sol – exceto o dele.

Meu maior desejo é que ele se apaixone por mim. Isso não deveria ser tão difícil, certo?

O balé que estou assistindo é *O Lago dos Cisnes*, e o papel da minha paixão é o do Príncipe Siegfried.

Caramba. Estou com ciúmes daquela besta que ele está segurando. Dado que meu objetivo é tirar esse homem do meu sistema, vê-lo ao vivo pode ter sido um passo na direção errada.

Seus músculos – especialmente de suas pernas poderosas – fariam uma estátua de um deus grego chorar de inveja. Seus olhos brilhantes são puro chocolate derretido, e chocolate amargo também é o que seu cabelo penteado para trás me lembra. Seu rosto é angelical, com maçãs do rosto tão proeminentes que parecem a camada dura de Crème Brûlée depois de quebrada com uma colher. Ah, mas tudo isso empalidece em comparação com a protuberância em suas calças – uma característica de tantas das minhas fantasias de masturbação que até chamei o conteúdo delas de Sr. Big.

Então, sim. Ver tudo isso é o oposto de útil – e se eu

ativar a calcinha vibratória que estou usando no momento, isso tornará tudo muito pior.

Originalmente, coloquei a calcinha vibratória porque achei que esta era minha última chance de um *ménage à moi* com O Russo. Se cheirar sua meia-calça funcionar como pretendido, terei que recorrer a algum outro recurso visual para visitar a batcaverna – como *Magic Mike, 300* ou *A Fantástica Fábrica de Chocolate*.

Então, novamente, eu não deveria ser egoísta. Essa aventura daria um post de blog incrível. Normalmente, não sou travessa em público, então, isso pode ser educativo para meus seguidores.

Sim. Eu farei isso por eles. Será meu último show com O Russo – ficou muito mais interessante porque o estou vendo ao vivo.

Examino as pessoas bem vestidas sentadas ao meu redor. A barra está limpa. Elas estão concentradas no espetáculo à nossa frente, como deveriam.

Pego o pequeno controle remoto que ativa a vibração.

Última chance de mudar de ideia.

Não. O Russo me mostra a perfeição que é sua bunda, com um glúteo máximo que dá vontade de lamber como bala.

Eu pressiono o botão "ligar" e sorrio quando minha calcinha começa a vibrar.

É hora de faça-você-mesma.

Mesmo na velocidade mais baixa, meu clitóris fica

instantaneamente inchado e espero que os componentes elétricos dentro dessa maravilha tecnológica sejam à prova d'água. Logo, tenho que morder dolorosamente minha língua para não gemer. A música de Tchaikovsky é genial, mas não abafaria *isso*.

Eu não tinha ideia de que seria tão difícil ficar quieta. Deve ser a gostosura do Russo em ação.

Ofegante, desligo o aparelho para dar ao meu clitóris uma chance de esfriar. Se eu for pega fazendo isso, serei escoltada e banida para sempre por ser a pervertida.

Quando acho que posso ficar quieta, ligo a coisa de novo.

Não. Assim como O Russo executa um *fouetté* particularmente apetitoso, o desejo de ser vocal está de volta com força total.

Ca-ra-lho.

Quem desenhou essas calcinhas deveria ganhar algum tipo de prêmio. Elas fazem com minhas regiões inferiores o que a música-tema do Cisne faz com meus ouvidos, ou O Russo, com meus olhos.

Um orgasmo de proporções cósmicas cresce dentro de mim, e ficar em silêncio exige um esforço de vontade que sei que não possuo, então, desligo tudo mais uma vez, desta vez para sempre.

Idiota. Agora estou muito frustrada e irritada.

Como que para aguçar minha frustração, aparece a bailarina que interpreta a Princesa Odette.

Você pode dizer "padrão de beleza impossível"?

Translúcida por cima, ela parece alguém que nunca provou um croissant na vida, mas suas pernas são poderosas e parecem não ter fim.

Eu sei, eu sei. Meu ciúme é tão verde quanto um donut do Dia de São Patrício. Em minha defesa, supõe-se que a personagem dela seja doce, nobre e sincera. Ela, porém, dança o papel com sedução, como Odile, o malvado cisne negro. Falando em *Cisne Negro*, é muito fácil imaginar essa mulher esfaqueando alguém com um caco de vidro, como fez a personagem de Natalie Portman no filme.

É isso. Decidido. De agora em diante, essa bailarina será o Cisne Negro em minha mente.

À medida que o balé continua, eu me encolho cada vez que O Russo toca no Cisne Negro – o que é frequente, especialmente durante o *pas de deux*. Na verdade, as coisas ficam tão ruins que, quando a Princesa Odette encontra seu triste fim, acho difícil ter empatia.

Estou feliz que o show acabou. Assistir ao vivo foi definitivamente um erro.

Lutando contra a multidão que sai, vou até o banheiro, onde tranco minha cabine e subo em um vaso sanitário para esconder meus pés, de acordo com as instruções de Blue para a Operação Baita Sorvida. Suas instruções também são o motivo de eu estar toda vestida de preto – calça elegante apropriada para o local, uma camisa de botão um pouco apertada demais em mim (comprei alguns quilos atrás, me processe) e um par de sapatilhas que já viram dias melhores, mas são os sapatos mais chiques com os quais posso correr.

Pego um fone de ouvido, coloco no ouvido e disco para Blue.

— Ei, mana — diz ela. — A multidão está se dispersando enquanto falamos. Aguente aí.

Enquanto espero, Blue me conta todas as fofocas da família, me fazendo pensar como ela conseguiu todas essas informações. Sem dúvida, usando os mesmos métodos nefastos do Big Brother no mundo distópico de 1984.

— O Elvis Letão acabou de sair do prédio — Blue finalmente diz. — E eu desliguei as câmeras no seu caminho, para que você possa iniciar a operação.

— Obrigada. — Eu me movo para descer do vaso, mas meu pé escorrega e eu dou uma cabeçada na porta da cabine.

Ai. Vejo estrelas em minha frente – em forma de bolos de mictório.

Pior ainda, ouço um *splash*.

Não! Por favor, não.

Infelizmente, é sim.

Meu telefone está nadando no vaso sanitário. Que nojo.

— Ei — Blue diz no fone de ouvido através da estática crepitante. — Está tudo b...

O resto é um silvo ininteligível.

Meu pobre telefone está morto.

Eu debato pescá-lo, por mais nojento que seja.

Ouvi dizer que você pode colocar esses dispositivos no arroz para secar e eles podem ressuscitar sozinhos. No final, eu decido contra isso. O telefone é tão antigo que é difícil chamá-lo de "smart", de smartfone . É melhor afogar no banheiro com alguma dignidade, mesmo que eu tenha que pular cerca de cem idas ao Cinnabon para pagar uma substituição.

A questão agora é: devo cancelar a operação?

Não tenho mais Blue no ouvido, mas *esbanjei* nessa entrada e não sei quando poderei comprar outra. Além disso, passei por todo o trabalho de aprender a arrombar uma fechadura, e Blue já fez a parte dela.

Tudo bem, vou continuar.

Tomando uma respiração calmante, eu me esgueiro para fora da cabine.

Ninguém por perto.

Bom.

Enquanto me arrasto para o meu destino, fico feliz por ter memorizado o layout deste lugar em vez de confiar nos esquemas do meu telefone.

A primeira fechadura no meu caminho é fácil de arrombar, e a segunda porta nem está trancada.

Quando chego ao último corredor, percebo que estou correndo e, quando paro ao lado da porta do que deveria ser o vestiário d'O Russo, estou ofegante.

Sim. "Artjoms Skulme" é o que diz a etiqueta na porta. Estou no lugar certo.

Pego as ferramentas e a fechadura cede às minhas habilidades recém-descobertas sem muito barulho.

Com o coração martelando, eu entro. No grande espelho à minha frente, pareço assustada, como Blue pareceria em um ninho de pássaro. Até o meu cabelo na altura dos ombros parece desgrenhado e pálido, o loiro-avermelhado dos meus fios mais loiro-acinzentado nesta luz do que qualquer coisa perto do vermelho.

Mordendo o lábio, procuro a meia-calça. Cheguei até aqui e não vou embora sem concluir a operação.

Hum.

Não vejo meia-calça em lugar nenhum.

Apenas minha sorte. Ele é um aficcionado por arrumação.

Espere um segundo... Eu vejo algo. Não a meia-calça, mas possivelmente ainda melhor. Embora também um pouco mais assustador se eu pensar nisso profundamente.

Corro até a cadeira em que localizei o item – uma peça de roupa conhecida nesta indústria como cinturão.

Exceto que não é um cinto real.

Projetado para bailarinos com órgãos genitais externos que podem balançar durante saltos vigorosos, esta roupa íntima parece suspeitamente com uma tanga.

Eu me abano.

Só de imaginar O Russo usando esse fio dental sem meia-calça me faz querer reativar minha calcinha vibratória.

Mas não. Não há tempo para 'bater uma' agora.

Eu pego o fio dental – quero dizer, o cinturão. É agradável e macio ao toque.

Deve ser feito de material especial.

Olho para o cinturão de dança como se estivesse tentando enfeitiçar uma cobra dentro dele. Uma cobra chamada Sr. Big.

Eu realmente vou fazer isso? E se eu fizer, isso significa que sou como uma daquelas pessoas que compram roupas íntimas usadas online?

Não. Não tenho fetiche por cheirar cuecas, muito pelo contrário.

Sim. Se alguém perguntar, essa é minha desculpa.

Com movimentos determinados, arranco o filtro de cada narina e trago o cinturão até o nariz.

Aqui vai.

E tomo a Baita Sorvida.

———

A Sêxtupla e a Cidade está disponível. Visite nossa página www.mishabell.com/pt/ para saber mais.

Trecho de Entre Polvos & Homens

O vizinho mal-humorado dos meus avós é tão "quente" quanto o sol letal da Flórida. E como o sol, ele é ruim para mim. Meu gosto para homens é péssimo – basta perguntar ao meu ex sobre a ordem de restrição contra ele.

O que estou fazendo na Flórida com meus avós, você se pergunta? Bem, meu melhor amigo é um polvo e precisa de um aquário maior, então, consegui um emprego em um aquário no Estado do Sol.

Eu não esperava que aquele rabugento sexy de cabelos compridos tentasse comprar meu polvo para algum propósito nefasto. Nem esperava me enroscar com ele durante um mergulho na praia, tarde da noite.

E a última coisa que eu esperava era topar com ele no meu primeiro dia no meu novo emprego... onde ele é meu chefe.

———

— Ah, Caper. O que você está fazendo?

Eu sorrio. Meu nome é Olive (meus pais são maus em seu jeito hippie), e quando vovô me chama de Caper, ele quer dizer "pequena azeitona", o que me faz sentir como uma garotinha novamente. Obviamente, nunca direi a ele que seu apelido para mim é botanicamente incorreto: as alcaparras são as flores de um arbusto, enquanto as azeitonas são um fruto de árvore de uma espécie completamente diferente.

— Levando Beaky para passear — respondo, acenando para o tanque.

Vovô aperta os olhos para o vidro, e Beaky escolhe aquele exato momento para parecer uma pedra – como faz toda vez que vovô tenta olhar para ele.

Vovô esfrega os olhos. — Existe realmente um polvo aí? Sinto que você e sua avó estão tentando me fazer pensar que estou ficando senil.

— Não. É Beaky quem está brincando com você.

Não posso culpar meu avô por não ter visto meu amigo de oito braços. Quando se trata de camuflagem, os polvos dão um banho em camaleões. Além disso, se um camaleão estivesse literalmente na água, nenhuma quantidade de camuflagem o salvaria de se tornar o almoço de um polvo.

Vovô balança a cabeça. — Por quê?

Eu dou de ombros. — Ele é uma criatura com nove cérebros, um na cabeça e um em cada braço. Tentar decifrar seu pensamento daria dor de cabeça a qualquer um.

Vovô aperta os olhos para o tanque de novo, mas Beaky permanece em seu disfarce de pedra. — Por que você anda com ele, afinal?

— Para evitar que ele fique entediado. O que ele realmente precisa é de um tanque maior, mas, por enquanto, ele terá que se contentar com uma mudança de cenário.

— Entediado?

— Oh, sim. Um polvo entediado é pior do que um menino de sete anos cheio de cafeína e bolo de aniversário. Na Alemanha, um polvo chamado Otto bloqueou repetidamente todo o sistema elétrico do Sea Star Aquarium esguichando água no holofote de 2.000 watts. Porque ele estava entediado.

Vovô levanta as sobrancelhas espessas. — Mas você não faz quebra-cabeças para ele? Deixa-o assistir TV?

Eu concordo. Fazer quebra-cabeças para polvos é, na verdade, pelo que sou famosa e como consegui meu novo emprego. — Brinquedos e TV ajudam — digo —, mas ainda tenho a sensação de que ele está se sentindo preso.

Grunhindo, vovô enfia a mão no bolso e tira uma arma do tamanho do meu braço.

— Leve isso com você. — Ele a empurra para mim. Eu pisco para o instrumento da morte. — Por quê?

— Proteção.

— De quê? Estamos em um condomínio fechado.

Ele empurra a arma para mim com maior urgência. — É melhor ter uma arma e não precisar dela.

Eu não aceito a oferta. — A taxa de criminalidade em Palm Islet é dez vezes menor do que em Nova York.

Vovô tira o pente da arma, verifica, enfia uma bala extra e a encaixa de volta. — Eu ficaria tranquilo se você pegasse.

— Por Cthulhu — murmuro.

— Saúde — diz vovô.

— Isso não foi um espirro. Eu disse 'Cthulhu'. — Com o olhar vazio do vovô, eu dou um suspiro. — Ele é uma entidade cósmica fictícia criada por H. P. Lovecraft. Representado com características de polvo.

— Oh. É ele nos desenhos sensuais da sua avó?

— Absolutamente não. — Eu tremo só de pensar. — Cthulhu tem centenas de metros de altura. Ele é um dos Grandes Antigos, então, suas atenções rasgariam uma mulher tão rapidamente quanto a deixariam louca.

— Justo. — Vovô tenta enfiar a arma em minhas mãos novamente. — Pegue e vá.

Eu escondo minhas mãos atrás das costas. — Não tenho nenhum tipo de licença.

— Você está brincando. — Ele me olha incrédulo. — Amanhã, eu vou te levar para uma aula para obter a licença.

Eu luto contra um revirar de olhos do tamanho de Cthulhu. — Estou meio ocupada amanhã, começando um novo emprego e tudo mais.

Com uma carranca, ele esconde a arma em algum lugar. — Que tal esse fim de semana?

— Vamos ver — digo tão evasivamente quanto posso antes de pegar minha bolsa do encosto de uma cadeira próxima e pressionar o botão do controle remoto novamente para rolar o tanque para a garagem.

Meus avós, como outros moradores da Flórida, preferem sair de casa assim, em vez de, digamos, pela porta da frente.

Assim que meu avô está fora de vista, Beaky deixa de ser uma pedra, abre os braços nos quadris e fica com um tom de vermelho excitado.

— Você deveria ter vergonha de si mesmo — digo a ele com firmeza.

Nós somos o Imperador Divino do Tanque, ordenado por Cthulhu. Não concederemos a glória de nosso semblante aos indignos. Apresse-se, nossa fiel súdita sacerdotisa. Queremos provar a luz do sol em nossas ventosas.

Sim. Ellen DeGeneres conversou com um polvo senciente fictício em *Procurando Dory*, enquanto o meu verdadeiro fala comigo na minha cabeça. E não sou a única a ter essas conversas imaginárias. Desde que minhas irmãs e eu éramos crianças, damos vozes aos animais. Na minha cabeça, Beaky soa como nove pessoas falando em uníssono (o cérebro principal e os oito em seus braços), e seu tom é imperioso (afinal, os polvos têm sangue azul). Ah, e suas palavras saem com aquele fraco efeito sonoro de gargarejo usado em *Aquaman* quando os atlantes falavam debaixo d'água.

Abro a porta da garagem.

É super brilhante lá fora, apesar dos carvalhos antigos que proporcionam muita sombra.

Com um suspiro, pego um tubo grande do meu protetor solar mineral favorito da minha bolsa e me cubro com uma camada grossa da cabeça aos pés. O índice UV é 10, então, espero alguns minutos e depois me cubro com uma segunda camada. Faço isso furtivamente na garagem para evitar que meus avós me provoquem por aceitar um emprego no Estado do Sol enquanto sou paranoica com a exposição ao sol.

E não, eu não sou uma vampira – embora minha irmã Gia pareça suspeitosamente como uma, com sua maquiagem gótica e tudo. Evitar o sol faz sentido científico legítimo, devido aos efeitos nocivos dos raios UV, A e B, bem como da luz azul, luz infravermelha e luz visível. Todos eles causam danos ao DNA. Esse problema entrou no meu radar alguns anos atrás, quando Sushi, meu peixe-palhaço de estimação, desenvolveu câncer de pele, provavelmente devido ao aquário estar perto de uma janela. Tenho sido cuidadosa desde então, chegando a colar uma camada tripla de revestimento protetor UV sobre o tanque de Beaky.

Agora, percebo que me preocupo com o sol um pouco mais do que qualquer um que não seja um dermatologista paranoico? Claro. Mas posso parar? Não. Acho que algum nível de neurose está programado em meu DNA, pelo menos se minhas irmãs sêxtuplas idênticas servirem de amostra. Mas, ei, quando eu estiver na casa dos oitenta e parecer mais jovem do que todas as minhas irmãs, veremos quem ri por último.

Terminado o protetor solar, coloco uma jaqueta leve com zíper revestida com produtos químicos de proteção UV, um chapéu de aba larga e óculos de sol gigantes.

Pronto. Se eu levasse isso longe demais, estaria usando um daqueles visores de Darth Vader, não?

Meu batimento cardíaco acelera enquanto sigo o tanque de Beaky em pleno sol, mas me acalmo lembrando a mim mesma que o protetor solar fará seu trabalho. Quando o tanque desce pela entrada de carros e chega a uma calçada sombreada à beira do lago, minha respiração se equilibra ainda mais.

Até agora, tudo bem. Só espero não receber muitas perguntas irritantes de vizinhos intrometidos.

Um par de garças voa nas proximidades enquanto caminhamos pela margem do lago. Beaky as encara atentamente e muda de forma algumas vezes.

Queremos provar essas coisas. Seja uma boa súdita-sacerdotisa e entregue-as ao tanque.

Eu bato no topo do tanque. — Eu vou te dar um camarão quando voltarmos.

Ambos avistamos um guaxinim cavando na grama à beira do lago, provavelmente procurando por ovos de tartaruga ou jacaré.

Queremos provar isso também.

— Vou te dar um camarão sem o quebra-cabeça — digo a ele.

Normalmente, coloco suas guloseimas em uma de minhas criações, tornando a refeição ainda mais divertida para ele, mas se seu apetite abriu observando todos os animais terrestres, não quero atrasar sua gratificação.

Um jacaré de 1,5 metro rasteja lentamente para fora do lago.

Sim, definitivamente estamos na Flórida.

Ao vê-lo, Beaky pega duas cascas de coco do fundo de seu tanque e as fecha sobre o corpo, parecendo ao mundo – e ao jacaré – um coco inocente.

— Essa coisa não pode ir no tanque — digo suavemente. — Para não mencionar, está com medo de mim. Esperançosamente.

As estatísticas sobre ataques de jacaré estão a nosso favor. Em um estado com manchetes como "Homem da Flórida espanca jacaré" e "Homem da Flórida joga jacaré na janela do drive-thru do Wendy's", os jacarés aprenderam a ficar muito, muito longe dos humanos insanos.

Como Beaky não lê as notícias nem verifica as estatísticas on-line, seu olho parece cético ao espreitar das cascas de coco.

Volto minha atenção para a calçada – e o vejo.

Um homem.

E que homem.

Ele poderia ter estrelado *Aquaman* em vez de Jason Momoa. Se eu estivesse escalando o protagonista para meus sonhos molhados, esse cara, definitivamente, conseguiria o papel.

O pensamento envia arrepios para minhas regiões inferiores, especificamente a parte que eu particularmente considero meu wunderpus – em homenagem ao *wunderpus photogenicus*, uma incrível espécie de polvo descoberta nos anos oitenta.

A propósito, uma vez tirei uma foto do meu wunderpus, e também é *fotogênicus*.

Mas, voltando ao estranho. Traços fortes e masculinos emoldurados por uma barba impecavelmente aparada, olhos azul-ciano profundos como o oceano, um corpo musculoso e bronzeado vestido com jeans de cintura baixa e um camiseta que mostra braços poderosos, cabelos grossos com mechas loiras que descem até seus ombros largos – ele pareceria um surfista se não fosse pela expressão taciturna em seu rosto.

Beaky deve ter esquecido o jacaré porque ele está sem coco e olhando para o estranho com fascínio.

Vai entender. Aquaman tem o poder de falar com polvos, junto com outras criaturas marinhas.

Percebo que também estou boquiaberta para ele e tensa à medida que ele se aproxima. Ao contrário de Nova York, onde é costume passar por um estranho sem reconhecer sua existência, aqui na Flórida, todos pelo menos cumprimentam seus vizinhos.

O que eu digo se ele falar comigo? Será que me atrevo a abrir a boca? E se eu acidentalmente pedir a ele para fazer o que quiser comigo?

Espere um segundo. Acho que já sei. Ele também está passeando com um animal de estimação, no caso dele um cachorro da raça Dachshund, também conhecido como cachorro-quente, o membro mais fálico da espécie canina. Tudo o que tenho a fazer é dizer algo sobre sua salsicha – aquela que está abanando o rabo, não seu Aqua-membro.

Quando o homem está a uns três metros de distância, ele parece me notar pela primeira vez. Na verdade, seu olhar se concentra no tanque de Beaky, e sua expressão taciturna se torna francamente hostil – maxilar cerrado, boca voltada para baixo, olhos duros. O insano é que ele não parece menos gostoso agora. Talvez mais.

O que há de errado comigo? Não é à toa que eu acabo namorando idiotas como...

Sua voz profunda e sexy é o tipo de frio que pode

criar um vento gélido mesmo nesta sauna úmida. — Quanto pelo polvo?

Eu pisco, e estreito meus olhos para o estranho, meus pelos subindo como espinhos em um baiacu. Ele quer comprar Beaky? Por quê? Ele quer comê-lo?

Este *é* o estado onde as pessoas comem jacarés, tartarugas (mesmo as espécies protegidas), sapos, pítons birmanesas e torta de limão.

Trincando os dentes, aponto para o cachorro abanando o rabo ao seu lado. — Quanto pela salsicha?

Um sorriso de escárnio torce seus lábios cheios. — Deixe-me adivinhar... uma nova-iorquina?

Aquaman? Mais como Aqua-asno. — Deixe-*me* adivinhar. Homem da Flórida? — Posso imaginar o resto da manchete: — ...rouba polvo no tanque e tenta fazer sexo com ele.

Dado o que minha avó disse sobre a Regra 34 e onde estou, não é tão absurdo. Certa vez li um artigo sobre um homem da Flórida que tentou vender um tubarão vivo no estacionamento de um shopping. O que é sexo com um polvo em comparação?

Suas grossas sobrancelhas castanhas se juntam. — As histórias às quais você está se referindo são sobre novos moradores. Nunca foram sobre os realmente da Flórida.

— Oh, eu li o que você está falando — digo com uma bufada. — 'Homem da Flórida recebe o primeiro transplante de pênis de um cavalo'. Tenho certeza de que o artigo dizia que o bravo pioneiro nasceu e foi criado em Melbourne – que fica a duas horas daqui.

Oops. Fui longe demais? Todo mundo parece carregar uma arma aqui. E desde que eu o achei atraente antes, com meu histórico de namoro, ele pode se tornar perigoso.

Em vez de sacar uma arma, o estranho esfrega a ponta do nariz. — Isso é o que eu ganho por tentar discutir com uma nova-iorquina. Esqueça as notícias. Aquele tanque é muito pequeno para aquele polvo. Você gostaria de viver sua vida dentro de um Mini Cooper?

Eu seguro a respiração, meu estômago apertando. — *Você* gostaria de passear na coleira? — Empurro meu queixo em direção à sua salsicha, cuja cauda não está mais abanando. — Ou ser forçado a ignorar sua bexiga e intestinos que gritam até que seu mestre se digne a levá-lo para passear? Ou ter seus órgãos reprodutivos bagunçados?

Ele me encara. — Tofu não é castrado. Na verdade, ele...

— *Tofu?* — Meu queixo cai. — Como um cachorro-quente de tofu? Fale sobre a crueldade animal.

As veias saltando em seu pescoço parecem distraidamente sexies. — O que há de errado com o nome Tofu?

Antes que eu possa responder, Tofu choraminga lamentavelmente.

— Ótimo trabalho — diz o estranho. — Agora, você o aborreceu.

— Tenho certeza de que você fez isso. — *Ao nomear o pobre cão Tofu.*

— Essa conversa acabou.— Ele vira as costas para mim e puxa a coleira. — Venha, Tofu.

Tofu me dá um olhar triste que parece dizer, *eu não gosto quando meu pai e minha nova mamãe discutem.*

Com um bufo, rolo o tanque de Beaky na direção oposta.

———

Entre Polvos & Homens está disponível. Visite nossa página <u>www.mishabell.com/pt/</u> para saber mais.

www.ingramcontent.com/pod-product-compliance
Lightning Source LLC
Chambersburg PA
CBHW010526100726
47903CB00011B/2909